Hermann Oldenberg

Aus Indien und Iran gesammelte Aufsätze

Hermann Oldenberg

Aus Indien und Iran gesammelte Aufsätze

ISBN/EAN: 9783742891839

Hergestellt in Europa, USA, Kanada, Australien, Japan

Cover: Foto ©Andreas Hilbeck / pixelio.de

Manufactured and distributed by brebook publishing software (www.brebook.com)

Hermann Oldenberg

Aus Indien und Iran gesammelte Aufsätze

Das Recht der Uebersetzung
in fremde Sprachen wird vorbehalten.

Inhalt.

		Seite
I.	Ueber Sanskritforschung	1
II.	Die Religion des Veda und der Buddhismus	43
III.	Der Satan des Buddhismus	101
IV.	Buddhistische Kunst in Indien	108
V.	Taine's Essai über den Buddhismus	121
VI.	Zarathustra	129
	Register	192

Die Aufsätze I, II, III, VI sind zuerst in der Deutschen Rundschau (Juni 1886. Nov. 1895. Sept. 1896. Sept. 1898), IV ist in der Nationalzeitung (1. Febr. 1894) erschienen. Nr. V, bisher ungedruckt, ist ein auf dem Orientalistencongreß zu Paris (Sept. 1897) gehaltener Vortrag.

I.
Ueber Sanskritforschung.

Die Erforschung des Sanskrit, die Wissenschaft vom Alterthum Indiens, ist nicht viel älter als ein Jahrhundert. Es war im Jahre 1784, daß in Calcutta eine Anzahl der Juristen und Verwaltungsbeamten der East India Company sich zu einer wissenschaftlichen Gesellschaft vereinigten, der Asiatic Society. Man kann sagen, daß die Begründung der Asiatischen Gesellschaft mit der Schöpfung jenes neuen Zweiges geschichtlicher Forschung zusammenfällt, an dessen Möglichkeit die vorangegangenen Generationen nicht gedacht hatten. Engländer haben das Werk begonnen; bald wurde es von Männern andrer Nationen aufgenommen, und im Laufe der Zeit hat es sich immer entschiedener, in weit höherem Maße als dies z. B. von den hieroglyphischen oder den keilschriftlichen Forschungen gesagt werden könnte, in eine Angelegenheit der deutschen Wissenschaft verwandelt.

Die kleine Schar der Arbeiter, welche in den Werkstätten jener Forschung thätig sind, ist es nicht eben gewohnt, daß die Augen Anderer sich auf ihr Thun, auf ihre Erfolge und Mißerfolge hinwenden. Aber trotzdem, oder vielmehr gerade eben deswegen ist es recht, daß doch der Versuch gewagt werde, auch die Fernerstehenden zu einem Blick in jene Werkstätten einzuladen und ihnen die Arbeiten oder doch einen Theil der Arbeiten, welche dort gethan werden — Bruchstücke von Bruchstücken — zu zeigen und zu deuten. Noch liegt in diesen Werkstätten mancher Block unbehauenen Gesteins formlos da, vielleicht um den Versuchen der bildenden Hand für immer zu widerstehen, aber auch manche Gestalt ist unter dem thätigen Meißel sichtbar geworden, aus deren Zügen uns ferne Vorzeit, vergangenes Leben jenes seltsamen Volkes anblickt, das unserm Volk verwandt ist, und dessen Wege sich doch von unsern Wegen äußerlich und innerlich so weit entfernt haben.

Wir werfen zunächst einen Blick auf die Anfänge indischer Forschungen am Ende des vorigen Jahrhunderts. Wir verfolgen, wie die junge Wissenschaft nach dem ersten fliegend schnellen Durchmessen ihres Gebietes bald sich in sich selbst zusammengefaßt hat zu tieferem Eindringen und doch auch zu unvergleichlich weiterem Vordringen. Wir begleiten vor Allem die schwierigen Wege, welche die Erforschung der Veden gegangen ist, der wichtigsten unter den literarischen Denkmälern des indischen Alterthums, welchen selbst die Werke des ältesten Buddhismus an geschichtlicher Bedeutung nicht verglichen werden können. Von den Fragen, vor welche die Wissenschaft hier gestellt war, von dem Wollen und Gelingen, das in der Bemühung um diese Fragen sich bewiesen hat, möchten wir ein Bild geben, oder möchten wir wenigstens einen Umriß zu entwerfen den Versuch machen.

I.

Der erste folgenreiche Anstoß zur Erforschung des Sanskrit und der sanskritischen Literatur ging von Sir William Jones aus, der 1783 sich nach Indien begab, um den Posten eines Judge of the supreme court of judicature in Fortwilliam zu

übernehmen. Den wissenschaftlichen Bestrebungen, die er ins
Leben rief, kam der blendende Zauber zu Gute, welchen dieser
begabte und vielseitige Mann auf seine Zeitgenossen geübt hat.
In Prosa und in Versen ist Jones von seinen Freunden und
Freundinnen als der Phönix seiner Zeit, »the most enlight-
ened of the sons of men«, gefeiert worden, Complimente, von
welchen der kühlere und fernerstehende Beobachter doch Manches
abzuziehen geneigt sein wird. Die Correspondenzen und sonstigen Aufzeichnungen von Jones, die in großer Reichhaltigkeit
vorliegen[1]), zeigen mehr das Bild eines unermüdlich coquettiren-
den Schönredners, als das eines ernstlichen Forschers, zu dem
es ihm an Schärfe wie an Wärme gleich sehr mangelte. Als
jungen Mann finden wir ihn mit der Lectüre und der Nach-
dichtung persischer und arabischer Poesie, gelegentlich auch mit
Ausblicken auf die chinesische Literatur beschäftigt. Daneben
eigene Entwürfe: ein heroisches Epos, eine Art neuer Aeneide,
für welche, gewiß sinnreich genug, die phönizische Götterwelt als
Staffage in Aussicht genommen war, sollte die Vollkommenheiten
der britischen Verfassung verherrlichen. Auf der Reise nach Indien
schrieb der siebenunddreißigjährige Mann ein Register der Werke
nieder, welche er, wenn Gott Leben gäbe, zu verfassen gedachte,
nach berühmten Mustern, die bei den einzelnen Nummern des
Verzeichnisses sorgfältig vermerkt wurden. Da findet sich neben
jenem heroischen Epos (Vorbild: Homer) eine Geschichte des
amerikanischen Krieges (Vorbilder: Thucydides und Polybius),
philosophische und historische Dialoge (Vorbild: Plato) und
andere Pläne ähnlicher Art. Mit diesem von Scrupeln recht
unbeirrten Gefühl des Alleskönnens war Jones doch, in Indien

---

[1]) Sie sind von seinem Biographen Lord Teignmouth mitgetheilt
worden, zuweilen in größerer Vollständigkeit, als für den panegyrischen Charakter jener Lebensbeschreibung förderlich gewesen wäre.

vor die Aufgabe gestellt, den ersten Eingang in die Riesenmassen einer unbekannten Literatur, einer fremdartigen, schönheitsreichen Poesie zu finden, ebenso sehr, ja vielleicht in höherem Grade der rechte Mann, als mancher ernster und tiefer Begabte gewesen sein würde. Die Lage der Dinge, wie er sie in Indien vorfand, drängte es den europäischen Beherrschern des Landes geradezu als eine Pflicht auf, des Sanskrit und seiner Literatur sich zu bemächtigen. Die zunehmende Ausdehnung und zugleich die sich steigernde Intensität des britischen Regiments machte es undenkbar, daß die Thatsache der alten einheimischen Cultur und Literatur des Landes auf die Dauer hätte ignorirt oder nur oberflächlich anerkannt werden können. Vor Allem lag dies auf dem Gebiet der Rechtspflege am Tage, wo die Politik der ostindischen Compagnie gebieterisch verlangte, daß den Eingeborenen von ihren Gesetzen und Sitten gelassen wurde, so viel ihnen zu lassen möglich war. Schon in die im Jahre 1772 ergangene Parlamentsacte über die Angelegenheiten der Compagnie war auf Betrieb von Warren Hastings die Bestimmung aufgenommen worden, daß mohammedanische und indische Rechtskenner den Gerichtsverhandlungen beiwohnen sollten, um ihre Gesetze zur Geltung zu bringen und bei der Abfassung der Urtheile zu assistiren. Es mußte sich hieraus eine für jeden gewissenhaften Juristen überaus peinliche Abhängigkeit der europäischen Richter von der Zuverlässigkeit oder Unzuverlässigkeit der indischen Pandits entwickeln, deren Behauptungen darüber, was in den einheimischen Rechtsbüchern über Erbrecht, Familienrecht, Contractrecht festgesetzt war, sich jeder Controle entzogen. Warren Hastings ließ, dem Uebelstande zu begegnen, von mehreren rechtskundigen Brahminen aus den alten sanskritischen Gesetzbüchern eine Zusammenstellung machen, welche ins Englische übersetzt wurde. Das Unternehmen hatte nur geringen Erfolg, vor Allem weil kein Europäer zu finden war, der direct aus dem Sanskrit übersetzen konnte; man mußte zuerst aus dem Sanskrit ins Persische, dann aus dem Persischen ins Englische übersetzen[1]). So stand die Nothwendigkeit den directen Zugang zum Sanskrit zu erlangen außer Frage. Die Aufgabe war nicht leicht, aber ihrer Natur nach doch völlig verschieden von solchen unmöglich scheinenden Leistungen philologischer Genialität wie etwa der Deutung der hieroglyphischen und keilschriftlichen Monumente. Das Verständniß und sogar der Gebrauch des Sanskrit hatte in Indien in ununterbrochener Tradition fortgelebt[2]); es gab zahllose Pandits, welche nicht schlechter Sanskrit verstanden, als man im Mittelalter das Lateinische beherrschte, und welche die Sprache zu lehren sehr wohl im Stande waren. Die entgegenstehenden brahminischen Vorurtheile waren nicht unbesiegbar; der Hindernisse Herr zu werden, welche aus der Unnatur des unbeschreiblich spitzfindigen und verkehrten grammatischen Systems der Inder flossen[3]), hatte größere Schwierigkeiten, die sich doch mit einiger Geduld überwinden ließen. Eben in die erste Zeit dieser Bemühungen fiel die Ankunft von Sir William Jones in Indien. Sofort war er der Mittelpunkt. Von ihm ging die Begründung der Asiatic Society aus, von ihm die Anregung zu einer neuen, diesmal auf festerer

---

[1]) Dies Werk ist 1776 unter dem Titel »A Code of Gentoo Law« erschienen.

[2]) Ganz ebenso noch heutzutage. Man vergleiche hierüber die von Max Müller in seinem Werk »India what can it teach us« S. 78 ff. gegebenen Ausführungen.

[3]) Bekannt ist die originelle Klage des mit Jones etwa gleichzeitigen Missionars Paulinus a S. Bartholomaeo: der Teufel habe in seiner bewunderungswürdigen Listigkeit die brahminischen Philosophen angestachelt, eine zugleich so reiche und so verwickelte Sprache zu ersinnen, um ihre Geheimnisse nicht dem Volke allein, sondern sogar den Unterrichteten zu verbergen.

Grundlage unternommenen Bearbeitung des indischen Contract- und Erbrechts. Er sammelte tüchtige brahminische Kenner des Sanskrit um sich; im Jahre 1790 schrieb er: „Jeden Tag schwatze ich Sanskrit mit den Pandits; ich hoffe es, ehe ich Indien verlasse, zu verstehen, wie ich Latein verstehe." Nicht Forschen, sondern Lernen war es, um was es sich handelte, und daß rasche, klare Erfolge gewonnen, daß mit glücklichem Griff bedeutende Werke des indischen Geistes vor Aller Augen gestellt wurden. Jones übersetzte das anmuthigste aller indischen Dramen, das Gedicht von den rührenden Schicksalen der Büßerjungfrau Sakuntala, die in der Waldesstille ihrer Einsiedelei von dem königlichen Jäger Dushjanta erblickt und geliebt ward: dies Werk voll zartesten Empfindens, duftend wie die sommerliche Pracht der indischen Natur, die in seinen zierlichen Rhythmen von Kalidasas geistreicher Beredsamkeit besungen wird [1]). Noch bedeutsamer als das Bekanntwerden der Sakuntala war die Veröffentlichung eines zweiten großen Werks, welches Jones übersetzte, der Gesetze des Manu. Es schien, als hätte man hier einen Lykurg der orientalischen Vorzeit vor sich; denn dem fernsten Alterthum schrieb man dieses seltsame Bild eines seltsamen Volkslebens zu, die von Priesterhochmuth gesteigerte und verzerrte Schilderung der Brahminenherrschaft von Brahmas Gnaden, in der das Volk nichts, der Fürst wenig, der Priester Alles ist. Wie sollte man durch eine solche plötzlich zuströmende Fülle ungeahnter Aufschlüsse über eine alte, bis dahin aller

---

[1]) Man meinte früher, aus Gründen, die sich nicht als stichhaltig erwiesen haben, daß Kalidasa im ersten Jahrhundert vor Chr. gelebt habe; man pflegte ihn den römischen Dichtern des augusteischen Zeitalters, deren ungefährer Zeitgenosse er dann gewesen wäre, zu vergleichen. In der That muß er mehrere Jahrhunderte später angesetzt werden, etwa in das fünfte Jahrhundert nach Christo.

Kunde entzogen gewesene Civilisation sich nicht zu dem Versuch treiben lassen, jener Cultur und ihrer Sprache unter den bekannten Culturen und Sprachen die Stelle anzuweisen? Wohin man blickte, drängten sich wichtige und folgenreiche Bemerkungen auf, freilich zugleich die Versuchung, die Phantasie in ziellosen Abenteuern sich verirren zu lassen; und Jones war am wenigsten der Mann, dieser Versuchung zu widerstehen. Der Wortschatz und der grammatische Bau des Sanskrit zeigte ihm, daß die alte Sprache der Inder mit den Sprachen der Griechen, der Römer, der Germanen stammverwandt ist, daß sie aus einer gemeinsamen Grundsprache mit jenen abgeleitet werden muß[1]). Aber neben der Feststellung dieser unvergleichlich folgenreichen Erkenntniß wuchern in den Arbeiten von Jones Phantasmen über urgeschichtliche Beziehungen, die so ziemlich Alles mit Allem verbinden. Bald wird Indisches mit Alttestamentlichem identificirt, bald wird es in Zusammenhang mit südamerikanischer Cultur gebracht; Buddha soll gleich Wodan sein, die Pyramiden und Sphinxe Aegyptens den Stil derselben Arbeiter zeigen, welche die indischen Höhlentempel gebaut und die alten Buddhabilder gemeißelt haben.

Zum Glück für die junge Sanskritkunde fiel die Fortsetzung des von Jones begonnenen Werks einem der nüchternsten und umfassendsten Beobachter des Thatsächlichen anheim, die je der Erforschung orientalischer Literaturen gedient haben. Es war Henry Thomas Colebrooke (geb. 1765, nach Indien

---

[1]) Die Identität indischer Wörter mit lateinischen, griechischen u. s. w. war schon vor Jones von Mehreren bemerkt, und auch die richtige Erklärung dieser Erscheinung, die Stammverwandtschaft der Inder mit den Griechen und Lateinern, bereits 1740 von Pater Pons ausgesprochen worden. Nähere Nachweise findet man bei Benfey, Geschichte der Sprachwissenschaft, S. 222. 333—341.

gegangen 1782), unter dem thätigen indischen Beamtenstande als Thätigster hervorragend, bald Verwaltungsmann, bald Richter, bald Diplomat, ein vorzüglicher Kenner der indischen Landwirthschaft und des indischen Handels. Man kann nicht ohne Bewunderung betrachten, welche Fülle von Aufschlüssen er in den langen Jahren, die er der Sanskritforschung gewidmet hat, seiner unvergleichlichen Sammlung von Manuscripten abzugewinnen wußte, heute einem der vornehmsten Schätze der India Office Library. Von den Sphären der indischen Poesie hielt sich Colebrooke, der die Grenzen seiner Begabung wohl kannte, mit offenbarer Absichtlichkeit fern. Aber in der Literatur des Rechts, der Grammatik, der Philosophie, der Astronomie besaß er eine Belesenheit, wie sie in diesem Umfang seitdem kaum wieder erreicht sein mag; er war es, der über die Literatur des Veda die ersten eingreifenden Aufschlüsse gegeben hat. Seine Untersuchungen sind an Hypothesen arm, man mag sagen allzu enthaltsam gegenüber der Versuchung, das geschichtliche Werden der Dinge, von denen er sprach, begreifen zu wollen. Aber die thatsächlichen Grundlagen weiter Gebiete der indischen Forschung hat er festgestellt, selbst voll Erstaunen über die immer unabsehbarer sich öffnenden Fernen jener Literatur, und unser Erstaunen weckend durch die sichere und unermüdliche Kraft, mit welcher er zu diesen Fernen vorzudringen gewußt hat.

Während Colebrooke noch auf der Höhe des Wirkens stand, begann das Interesse für das indische Alterthum in dem Lande zu erwachen, welches mehr als ein anderes dafür thun sollte, diese Forschungen einer strengen, fest begründeten Wissenschaft näher zu bringen: in Deutschland. Es konnte für die Entdeckungen der Jones und Colebrooke keinen empfänglicheren Boden geben, als eben das Deutschland jener Zeit, voll Begeisterung für die alte volksthümliche Poesie aller Nationen, und in der eigenen Literatur und Philosophie von großen Bewegungen erfüllt, denen jetzt aus der Ferne Indiens Verwandtes zu begegnen schien: gleichsam eine orientalische Romantik und ein dichtendes Denken, das in seiner Weise nicht minder kühn als die absolute Philosophie der Deutschen zu dem gestaltlosen Urquell aller Gestaltungen vorzudringen suchte. Poeten standen unter den Sanskritisten Deutschlands von Anfang an in der vordersten Reihe, die beiden Schlegel, Friedrich Rückert; neben ihnen, nüchtern und schmucklos, der große Neubegründer der grammatischen Wissenschaft, Franz Bopp. Im Jahre 1808 erschien Friedrich Schlegel's Schrift „Ueber die Sprache und Weisheit der Inder". Schlegel schuf aus dem, was ihm von indischer Poesie und Speculation bekannt war, und aus seinen eigenen Ideen über die Gesetze und Ziele menschlicher Geistesarbeit ein mit warmer und phantasievoller Beredsamkeit entworfenes Bild Indiens als eines Landes erhabener Urweisheit: die indischen Religionen und die indische Poesie schildert er als prangend in einer Fülle der Kraft und des Lichtes, gegen welche auch die höchste Philosophie und Dichtung der Griechen nur ein schwacher Funke ist. Die Zeit, aus welcher jene Schöpfungen der Inder stammen, erscheint ihm als eine ferne, gigantische Vorzeit der Geistesbildung; dort sind jene ernsten Lehren voll düsterer Tragik zu Hause von der Seelenwanderung und von dem dunkeln Schicksal, das allen Wesen ihre Wege und ihr Ziel vorschreibt:

„Diesem Ziel nach nun wandeln sie aus Gott kommend bis zur Pflanz' herab
In des Seins schrecklicher Welt hier, die stets hin zum Verderben sinkt."

Während so von Schlegel ein durch seine ahnungsreichen Perspectiven höchst wirkungsvolles, aber der nüchternen Treue ermangelndes Phantasiebild indischen Tiefsinns entworfen wurde, schickte sich Bopp an, anspruchsloser, aber unvergleichlich viel tiefer greifend, mit gedulbigem Scharfsinn die grammatische Structur des Sanskrit zu durchforschen und auf das längst erkannte Factum der Verwandtschaft jener Sprache mit dem Persischen und den hauptsächlichsten europäischen Sprachen die Wissenschaft der vergleichenden Grammatik zu bauen. Im Jahre 1816 erschien sein „Conjugationssystem der Sanskritsprache in Vergleichung mit jenem der griechischen, lateinischen, persischen und germanischen Sprache". Es handelte sich nicht mehr darum, einzelne Uebereinstimmungen ähnlich klingender Worte in den verwandten Sprachen aufzusuchen, sondern Uebereinstimmungen wie Verschiedenheiten auf ihre festen Normen zurückzuführen und so in dem Leben jener Sprachen, wie sie aus einer gemeinsamen Wurzel stammend in mannigfachstem Reichthum sich entfaltet haben, je mehr und mehr die Züge einer von erkennbaren Gesetzen beherrschten Nothwendigkeit zu entdecken. Wir können hier nur mit einem Wort die seit dem Erscheinen jener Schrift durch nun achtzig Jahre betriebenen Forschungen berühren, zu welchen Bopp damals den Grund gelegt hat. Selten ist der Wissenschaft Erstaunlicheres als hier gelungen. Ueber die Vorgeschichte, welche die Sprache Homer's oder der altitalischen Denkmäler durchleben mußte, ehe sie zu der Gestalt gelangen konnte, in welcher wir sie aufgezeichnet finden, sind die unerwartetsten Zeugen zum Reden gebracht worden: die Sprachen der Inder, der Deutschen, der Slaven, der Kelten. Die eine unter den verwandten Sprachen hellt die dunkeln Bildungen der andern auf, ähnlich wie die Naturforschung verkrüppelte Organe von Thieren erklärt, indem sie dieselben Organe in ihrer ursprünglichen, verständlichen Gestalt bei andern Thieren nachweist. Das Bild der Grundsprache, deren Töchter die Sprachen unseres Sprachstammes sind, ist nicht mehr allein in verschwommenen oder zweifelhaften Zügen erkennbar; die Gesetze, unter deren Herrschaft die Laut- und Formensysteme der einzelnen Tochtersprachen sich aus jener heraus entwickelt haben, werden immer vollständiger ermittelt und immer schärfer formulirt. Das wesentlichste Hilfsmittel, ja die Grundlage dieser Forschungen war von Anfang an das Sanskrit: daß der allzu feste Glaube an die durchgehende höhere Ursprünglichkeit des Sanskrit verglichen mit den verwandten Sprachen die nöthigen Correcturen gefunden hat, ist ein bedeutsamer Fortschritt, den vor Allem die letzten Jahrzehnte gebracht haben. Wir wissen jetzt, daß der scheinbar einfachere und durchsichtigere Zustand des Sanskrit an Lauten und Formen in mancher Hinsicht minder ursprünglich ist, als die complicirteren Verhältnisse anderer Sprachen, z. B. des Griechischen, und daß oft vielmehr von diesen als von dem Sanskrit ausgegangen werden muß, um zur Erklärung der sanskritischen Bildungen den Weg zu finden. So empfängt jetzt das Sanskrit das Licht, welches es für das geschichtliche Verständniß der europäischen Sprachen gebracht hat, von diesen zurück[1]).

[1]) Es sei gestattet, diese Umkehrung der Auffassungsweise an einem einzelnen Punkt, dem für die gesammte Grammatik eine besonders weittragende Bedeutung zukommt, zu veranschaulichen. Das Griechische besitzt fünf kurze Vocale, ă (α), ĕ (ε), ŏ (ο), ĭ (ι), ŭ (υ). Das Sanskrit hat dem ι und υ entsprechend i und u, aber den drei Lauten α, ε, ο entspricht im Sanskrit nur ein einziger Vocal, a. So lautet beispielsweise das griechische apo (= deutsch ab) im Sanskrit apa; sowohl das a der ersten Silbe, wie das o der zweiten Silbe des griechischen Wortes ist mithin im Sanskrit durch a vertreten. Dem griechischen esti (= deutsch ist) entspricht im Sanskrit asti, also griech. e steht Sanskr. a gleich. Aehnlich griech. menos (der Muth) = manas; griech. epheron (ich trug) = abharam. Was ist nun das Ursprüngliche, d. h. was war in der indoeuropäischen Grundsprache vorhanden, der Dreiklang des griechischen a, e, o, oder die Einheit des sanskritischen a? Als man unter Zugrundelegung des Sanskrit Sprachvergleichung zu treiben anfing, hielt man nahezu allgemein, von der scheinbaren Einfachheit jener Sprache bestochen, das a allein für ursprünglich und lehrte, daß sich dieser Vocal später auf europäischem Boden in die drei Laute a, e, o gespalten habe. Untersuchungen

Ich darf nicht versuchen im Einzelnen die Wege zu verfolgen, welche die Wissenschaft der vergleichenden Grammatik, von den indischen Studien durchaus abgelöst, genommen hat. Während beide Zweige der Forschung insonderheit von Deutschen, und neben ihnen in Frankreich von dem genialen Burnouf in rascher Arbeit gefördert wurden, strömte nicht minder schnell von Indien her immer neuer Stoff zu. In zwei Ländern an der Peripherie der indischen Culturwelt, in den Himalayathälern von Nepal und in Ceylon, wurde in zwei Redactionen, in Sanskrit und in dem Pali genannten Volksdialekt die aus dem eigentlichen Indien verschwundene heilige Literatur der Buddhisten ans Licht gezogen. Dem Scharfsinn Prinseps gelang die Entzifferung der ältesten indischen Schriftcharaktere auf Inschriften und Münzen. In Calcutta unternahm und vollendete man in den dreißiger Jahren den Druck des Mahabharata, des riesenhaften Heldengedichts von fast hunderttausend Doppelversen, in dessen unabsehbaren Gesängen mit ihrem Labyrinth von Epi-

---

der letzten Jahrzehnte — wir verdanken sie Amelung, Brugmann, Joh. Schmidt u. A. — haben gezeigt, daß die Entwicklung des Vocalsystems den umgekehrten Weg genommen hat. Die Vocale a, e, o waren bereits in der indoeuropäischen Grundsprache vorhanden und sind im Sanskrit, oder genauer bereits vor der Zeit des Sanskrit in der Sprache, welche die Vorfahren der Inder und Perser sprachen, als sie noch ein Volk bildeten, zu dem einen Vocal a zusammengeflossen. So ist das e von esti, das o von apo ursprünglicher, als das a von asti, apa. Nun zeigt sich im Sanskrit, daß, wo einem sanskritischen a ein griechisches e entspricht, gewisse Consonanten, die diesem Vocal vorangehen, z. B. k, in andrer Weise durch den letzteren afficirt werden, als wo für das a des Sanskrit das Griechische ein a oder o aufweist. Aus dem Sprachzustande des Sanskrit allein, welches in dem einen wie in dem andern Fall a hat, wäre nicht zu begreifen, daß das k beide Male ein verschiedenes Schicksal erleidet: das Griechische, indem es die ursprüngliche Verschiedenheit der Vocale bewahrt hat, giebt den Schlüssel für das Verständniß der eigenthümlichen Wandlungen, welche den k-Laut in großen und wichtigen Gruppen sanskritischer Worte betroffen haben.

soden und Unterepisoden viele Generationen von Dichtern die
Sagen von den Helden und Weisen der alten Zeit, von ihren
Kämpfen und Kasteiungen zusammengetragen haben.
Die Summe aller dieser neu erschlossenen Kunde ist in dem
großen Werk eines Norwegers gezogen, der in Deutschland
zum Deutschen geworden war, in der „Indischen Alterthums=
kunde" Christian Lassen's. Lassen gehörte nicht zu den
großen Pfadfindern der Wissenschaft wie Bopp; es muß auch
gesagt werden, daß manches Mal ihm jene Verständigkeit des
philologischen Denkens versagte, welche die Fragen fördert
selbst wo sie ihre Lösung nicht findet. Und freilich war es
eine unlösbare Aufgabe, eine Danaidenarbeit, die älteren Perioden
der indischen Vergangenheit ergründen zu wollen, wenn man
nur auf das große Epos und etwa noch auf das Gesetzbuch
des Manu als auf die hauptsächlichsten Quellen gewiesen war.
Auch eine sicherere Kunst der Kritik, als Lassen sie besaß, hätte
nicht viel von Geschichte entdecken können in dem nebelhaften
Sagengewirr, den erfundenen Königsreihen des Mahabharata
und in jener farblosen Gleichförmigkeit, welche die Erzählungs=
weise der indischen Vergile über die ungeheuren Zeiträume, von
denen sie zu berichten vorgeben, unwandelbar verbreitet. Trotz=
dem steht Lassen's Alterthumskunde, das Werk unermüdlichsten
Fleißes und eines seltenen Wissens, als ein Markstein in der
Geschichte der indischen Forschungen da, allen Ertrag der ver=
gangenen Zeit zusammenfassend und durch das, was ihr fehlt,
auf neue, noch unberührte Aufgaben der Zukunft hindeutend.

Eben in dieselbe Zeit aber, als der erste, die ältesten
Perioden behandelnde Band des Lassen'schen Werkes erschien,
fällt der Anfang einer Bewegung, welche die Entwicklung der
Wissenschaft von Indien geradezu in zwei Hälften zerlegt hat.
Neu auf den Schauplatz tretende Persönlichkeiten schoben einen

neuen Kreis von Problemen in den Vordergrund, für deren
Lösung sie eine unerschöpflich scheinende und bis heute in ge‑
wissem Sinn unerschöpflich gebliebene Fülle frisch gewonnener
Quellen eröffneten. Es war die vornehmste Erweiterung, welche
unsrer Kenntniß der Weltliteratur je durch irgend einen Zweig
der orientalistischen Forschung zu Theil geworden ist: die Er‑
oberung des Veda für die Wissenschaft.

II.

Eine Entdeckung des Veda kann das, was damals vorging,
nicht eigentlich genannt werden. Daß der Veda existirt, und
welche Stellung er innerhalb der indischen Literatur einnimmt,
wußte man längst. Auf Schritt und Tritt zeigten die bereits
bekannt gewordenen Schriftwerke auf den Veda als auf die
Grundlage von Allem hin, viel nachdrücklicher noch, als man
etwa in der Literatur der Griechen sich überall zu den homerischen
Gedichten zurückgeführt sieht. Und Manuscripte der vedischen
Texte gab es nicht allein in Indien mehr als genug; sie lagen
auch in großer Zahl seit lange in europäischen Bibliotheken.
Aber man hatte nicht oder doch kaum gewagt zuzugreifen und
zu versuchen, ob in dem unübersehbaren Chaos dieser Schriften‑
masse fester Boden für die Wissenschaft zu gewinnen sein würde.
Das Sanskrit der großen epischen Gedichte oder des Kalidasa
verstand man gut genug; aber von dem Dialekt, in welchem die
wichtigsten Theile des Veda abgefaßt sind, wußte man nicht
mehr, als etwa ein Kenner des heutigen Französisch von der
Sprache der Troubadours verstehen würde. Die ungewohnte
Seltsamkeit, der zum Theil wenigstens äußerst verwickelte, oft
in dürre Kleinlichkeiten sich verlierende Inhalt jener Texte ließ
sich, auch ohne daß man tiefer in sie eingedrungen war, voraus‑
erkennen. Würde ein ernstes Durchforschen dieses Gebietes,

falls es überhaupt gelänge, die Mühe verlohnen? Es war eine Schar junger deutscher Gelehrter, die ihre Kräfte ans Werk setzten. Zwei von ihnen wirken noch in unserer Mitte: Max Müller und Weber. Andere, deren Namen hier nicht fehlen dürfen, sind verstorben: Adalbert Kuhn, Benfey, Roth. Man bedurfte nicht den Apparat großer Expeditionen, wie die waren, welche der Erforschung des ägyptischen oder babylonischen Alterthums die Wege gebahnt haben. Jene Monumente, in deren colossalen und bizarren Steingestalten Bruchstücke der Urzeit vor unser Auge zu treten scheinen, fehlen in Indien. Die Kenntniß, die man gewinnen wollte, beruhte nicht auf Inschriften, sondern auf Manuscripten. Auf längere oder kürzere Zeit siedelte man nach London über und begann unter den Handschriftenschätzen des East India House die Arbeit[1]). An Zuversicht fehlte es nicht. „Es wäre," schrieb Roth, „ein Spott auf die Kritik und den Scharfsinn dieses Jahrhunderts, das die Felseninschriften der Perserkönige und Zoroaster's Bücher liest und lesen wird, wenn es ihm nicht gelänge, in dieser massenhaften Schriftwelt die Geistesgeschichte jenes Volkes mit Sicherheit zu lesen."

Vieles von dem, was Roth erwartete, ist gelungen oder auf dem Wege des Gelingens. Von Manchem, was in jener Zeit gehofft wurde, läßt sich jetzt wohl sagen, daß und warum es unerreichbar ist. Das Erreichte aber hat dem Bilde, welches sich die Wissenschaft vom indischen Alterthum machte, ein völlig anderes Aussehen gegeben. Horizontlos schien sich dies Bild in die nebelhaften Tiefen einer ungemessenen Vergangenheit zu

---

[1]) Auch die Königliche Bibliothek zu Berlin besaß und besitzt eine reiche Sammlung von Sanskrithandschriften, zu welcher durch den auf Befehl Friedrich Wilhelm's IV. erfolgten Ankauf der Chambers'schen Handschriften der Grund gelegt wurde.

verlieren; jetzt fanden sich feste Grenzen; ein Anfangspunkt erforschbarer Geschichte war abzusehen. Es eröffneten sich authentische Quellen, der ältesten Zeit Indiens entstammend, aus welcher und über welche geschichtliche Zeugnisse im gewöhnlichen Sinne des Worts erlangbar sein konnten, und statt des von schattenhaften Riesengestalten durchwogten Halbdunkels, in welchem die epischen Gedichte jene Zeiten hatten erscheinen lassen, zeigte der Veda eine Wirklichkeit, die man zu verstehen hoffen konnte. Und wenn er an manchen Orten dem Auge statt der Gestalten leere Räume erscheinen ließ, so war auch dies ein Gewinn: man wußte dann wenigstens, daß die Kunde, nach der man gesucht hatte, verschollen war, und was sich als solche gegeben hatte, enthüllte sich nun als ein der Willkür später Legendenmacher entsprungenes Phantasiegebilde. Die Literatur der epischen Gedichte durfte jetzt nicht länger den Anspruch auf unberechenbares Alterthum erheben; sie sank in eine Art Mittelalter herab, hinter welchem sich das neu entdeckte wahre Alterthum aufthat, den Horizont des geschichtlichen Erkennens mit bedeutenden Formen begrenzend.

Wir versuchen zu veranschaulichen, wie die Aufgabe gelöst wurde, den Veda zu verstehen, und beschreiben zu gleicher Zeit — das Eine ist von dem Andern nicht scharf zu trennen — was das war, das man so kennen gelernt hatte: eine neu erschlossene Literatur aus ehrwürdiger Vergangenheit, reich an Spuren ernster Geistesarbeit, in scharf ausgeprägten Formen folgerichtig entwickelt, und ein wenn auch nur in spärlichen Trümmern neu entdecktes Stück Geschichte, die Anfänge der Geschichte — oder sollen wir sagen der Geschichtslosigkeit? — eines uns stammverwandten Volkes, das früh von allen andern Völkern getrennte Wege gegangen ist und seine seltsamen, die

Keime eigener Leiden in sich tragenden Formen des Daseins sich geschaffen hat.

Wie gelang es den Beda zu verstehen?

Fast alle wichtigeren Werke der Beda=Literatur — denn der Beda ist wie die Bibel nicht ein einzelner Text, sondern eine weit verzweigte Literatur — sind in zahlreichen, meistens ziemlich modernen Handschriften erhalten; nur selten, wie das bei dem zerstörenden Klima Indiens nicht anders sein kann, sind diese älter als wenige Jahrhunderte. Die Texte selbst aber, welche wir in so jungen Manuscripten finden, stammen aus entferntem Alterthum. Durch weite Zeiträume haben sie, ehe sie dazu gelangten in diesen Handschriften oder in Hand= schriften überhaupt aufgezeichnet zu werden, Schicksale sehr mannigfaltiger Art erlitten, und es ist die Aufgabe des philo= logischen Forschers, diese Schicksale, gewissermaßen die Lebens= geschichte der Texte festzustellen. Man kann sagen, daß diese, wie sie uns überliefert sind, Gemälden alter Meister gleichen, über welche abwechselnd Zerstörungen und Herstellungs= versuche von berufener und unberufener Hand hingegangen sind; was wir kennen wollen, soweit es sich kennen läßt, ist ihr Aus= sehen, wie es im Ursprung gewesen ist.

Welcher Zeit nun der Ursprung der alten Bedalieder angehört, können wir nicht in Jahren, auch nicht in Jahrhunderten aus= drücken. Aber wir wissen, daß diese Lieder vorhanden waren, als es in Indien noch nicht Städte gab, sondern nur Dörfer und Burgen: als die Namen der mächtigen Stämme, welche in der Folgezeit den ersten Platz unter den Stämmen Indiens ein= genommen haben, noch nicht genannt wurden, so wenig wie in dem Deutschland, das Tacitus schildert, die Namen der Franken und Bayern. Es war die Zeit der Wanderungen, der endlosen, hin= und herwogenden Fehden kleiner, bald hier bald dort auftauchender

Stämme mit ihren Abligen und Priestern — man stritt um Weidegründe, um Kühe und Ackerland: fast noch die Zeit des Kampfes der hellfarbigen Einwanderer, die sich Arja nannten, gegen die Urbewohner, die „schwarzen Leute", die „Ungläubigen, die Götter nicht labenden". Noch suchte das Denken und Glauben der Inder das Göttliche nicht in jenen gestaltlosen Tiefen, in welchen spätere Zeitalter die Idee des ewigen, verborgenen Brahma erfaßten; wo in der Natur dem Auge die hellsten Bilder, dem Ohr die mächtigsten Töne entgegenkamen, da waren die Götter oder da hatten die Götter wenigstens ihren Ursprung: der leuchtende Himmelsgott, die Morgenröthe, das flammende Feuer, Indra der Schwinger des Donnerkeils und seine Gesellen, die Winde. Noch hatten die vedischen Arier ihre späteren Sitze an den gewaltigen Zwillingsströmen Ganges und Jumna nicht erreicht; noch war für sie „der mütterlichste Fluß" die Sindhu (Indus), von welcher einer der alten Poeten des Rigveda sagt[1]):

„Am Himmel hin auf von der Erde strebt ihr Schall;
Unendlich Brausen regt sie auf, die Strahlende.
Wie Regenfluth donnernd dem Wolkenschoß entströmt,
Stürzt hin die Sindhu, wie der Stier, der brüllende."

Aus den Zeiten jener Wanderungen und Kämpfe, die um den Indus und seine Nebenflüsse sich bewegten, stammt die Poesie des Rigveda. In bestimmten Familien war zugleich die Uebung des priesterlichen Werkes und die eng damit verbundene Fertigkeit künstlich gebundener Rede und eines einfachen, nur in wenigen Tönen sich bewegenden Gesanges heimisch[2]). Diese Familien haben die vedische Poesie geschaffen und ihre

---

[1]) Rigveda X, 75, 3.
[2]) Hunderte von vedischen Melodien sind in einer Aufzeichnungsweise, deren Deutung keinem wesentlichen Zweifel unterworfen ist, überliefert: wie es scheint, das älteste, leider aber auch wohl das dürftigste Denkmal des musikalischen Alterthums.

Kunde unter sich fortgepflanzt. Was wir Volksdichtung nennen, sind die Lieder des Rigveda, fast sämmtlich Opferlieder, nicht eigentlich gewesen; man hört in ihnen nicht jene Sprache, die aus der Seele des Volkes, wie es dichtend mit sich selbst redet, hervortönt. Es war eine Poesie, der wohl meist die rechten Hörer gefehlt haben: die Menge, die mit dem Dichter mitdichtete. Hörer war Gott Agni, Gott Indra oder die Göttin Morgenröthe, und Dichter war nicht Jeder, den leidenschaftlicher Drang seiner Seele oder die Lust am Singen und Sagen antrieb, sondern Dichter war vor Allem, wer einer Dichterfamilie angehörte — einer jener Familien, die sich zu einer Kaste zusammengeschlossen und immer unübersteiglichere Schranken zwischen ihrem geweihten Dasein und der profanen Wirklichkeit des lebendigen Lebens aufgerichtet haben —: ein solcher Poet nur verstand es, für die Götter „ein Preislied zu zimmern wie einen Wagen ein kunstverständiger, geschickter Zimmermann" — ein Lied, das von reichen, fürstlichen Opferherren mit Rossen und Rindern, mit Goldschmuck und mit Sklavinnen aus der Kriegsbeute gelohnt wurde. „Dein Segen," sagt ein vedischer Dichter zu einem Gotte[1]),

„weilt bei Spendern,
Den unversehrten, reich an starken Helden,
Die Kleider uns, Rinder und Rosse schenken;
Sie mögen walten schöner Güterfülle.

Zerrinnen laß Alles, was sie erworben,
Die uns nicht lohnend unsre Lieder nutzen.
Die Opferfeinde, denen hold das Glück ist,
Die Frevler verstoße vom Sonnenlichte."

Es ist für alles Denken und Dichten in Indien verhängnißvoll gewesen, daß sich dort früh geradezu eine zweite Welt, von eigen phantastischem Inhalt erfüllt, neben die wirkliche Welt ge-

---

[1]) Rigveda V, 42, 8—9.

stellt hat: der Opferplatz mit den drei heiligen Feuern und die Schulen, in welchen die Virtuosen der Opferkunst ausgebildet wurden — Gebiete sinnlos abergläubischen Thuns und der Tummelplatz spitzfindiger, leerer Geheimnißkrämerei, deren entnervende Macht über den Geist eines ganzen Volks wir nur schwer in ihrem vollen Umfang begreifen. Die Poesie des Rigveda zeigt uns jenen Krankheitsproceß in einem frühen Stadium, aber er ist da, und viel von dem, was das Wesen des Rigveda ausmacht, beruht eben auf ihm. Im Vordergrunde steht das Opfer und immer wieder nur das Opfer. „Durch Opfer opferten Opfer die Götter; jene Ordnungen waren die ersten", heißt es in einem Verse, der zweimal im Rigveda wiederholt ist. Der Preis des Gottes, dem die Opferspende gilt, seiner Macht, seiner Siege, und das Bitten um die Güter, die als Gegengabe für die menschlichen Spenden gehofft werden — Gedeihen der Heerden und der Nachkommenschaft, langes Leben und Vernichtung der Feinde, der Verhaßten und Gottlosen —: das ist der Inhalt, der in unaufhörlichen Wiederholungen durch die Lieder des Rigveda wiederkehrt. Ganz gefehlt freilich hat es unter jenen verschmiedenden Opferern doch nicht an wirklichen Poeten, und so leuchtet unter den stereotypen Anrufungen und Lobpreisungen bald hier bald dort ein großes und schönes Bild hervor, das Staunen der Dichterseele über die bunten Wunder der Natur oder der tiefe Ausdruck ernsten inneren Erlebens. Ein Dichter aus der priesterlichen Familie der Bharadvajas besingt die Göttin Ushas[1]), die Morgenröthe:

"Wir schaun dich, Liebliche, weithin erglänzt du.
Zum Himmel auf flog deiner Strahlen Helle.
In Schönheit prangend deine Brust enthüllst du
Voll hoher Pracht, göttliche Morgenröthe.

---

[1]) Das indische Wort Ushas ist mit dem griechischen Eos, dem lateinischen Aurora verwandt.

Die rothen Stiere ziehen ihren Wagen,
Wenn hold sie sich über die Fernen breitet.
Sie treibt die Nacht fort, wie ein Held, ein Schütze
Die Feinde scheucht, gleich schnellem Wagenlenker.

Und schöner Pfad ist auf dem Berg gebahnt dir.
Du Unbezwungne, durch die Wasser bringst du.
So führ' uns Schätze her, uns zu erquicken,
Auf weiter Bahn, herrliche Himmelstochter!"¹).

Ein andrer Dichter redet von Parjanya, dem Regengott²):

„Dem Fuhrmann gleich, der seine Rosse vorwärts peitscht,
Treibt seine Boten, seine Wolken er herauf.
Von ferne her hebt sich des Löwen Donnerton,
Wenn dem Gewölk Regen der Gott entströmen läßt.

Parjanya's Blitze fliegen auf; die Winde wehn;
Die Sonne trieft Regen; empor schießt Gras und Kraut.
Erquickung wird Allem, was lebt und webt, geschafft,
Wenn seinen Samen auf die Erd' ergießt der Gott.

Auf sein Gebot neiget sich tief die Erde;
Auf sein Gebot regt sich behuftes Thiervolk;
Auf sein Gebot sprießen die bunten Blumen.
Mög' uns Parjanya starken Schutz gewähren!

Des Regens Strom sandtest du; nun halt' inne;
Du machtest durchschreitbar die öden Wüsten.
Du ließest uns Kräuter zur Nahrung sprießen,
Und ihr Gebet hast du erfüllt den Menschen." —

Doch wir müssen von der Schilderung der Rigveda-Poesie zur Betrachtung der Schicksale zurückkehren, welche diese auf ihrem Wege vom fernsten Alterthum zur Neuzeit, von den

---

¹) Rigveda VI, 64. Das folgende Lied ist V, 83.

²) Auch dieser Gott kehrt allem Anschein nach bei den stammverwandten Völkern Europa's wieder, als Fiörghynn in der nordischen Mythologie, und bei den Lithauern und Preußen als jener Gott Perkunas, von welchem ein alter Chronist sagt: „Perkuno war der dritte Abgot und man ihn anruffte umbs gewitters willen, domit sie Regen hatten und schön Wetter zu seiner Zeit, und in der Donner und blitz kein schaden thett."

Opferplätzen am Indus zu den Werkstätten der englischen und deutschen Philologen erlitten hat. Hier ist nun vor Allem eine Thatsache hervorzuheben, die zu den seltsamsten Erscheinungen in der an Seltsamkeiten so reichen Geschichte Indiens gehört. Die Lieder des Rigveda, die Lieder, Melodien und Sprüche der andern Veden sind verfaßt, gesammelt, fortüberliefert worden; es hat sich an sie eine höchst umfangreiche, durch ältere und jüngere Schichten entwickelte geistliche Prosaliteratur über Opferkunst und die Symbolik des Opfers angeschlossen; es sind ketzerische Secten wie die buddhistische entstanden, welche die Autorität des Veda verwarfen und statt des Veda die Predigten ihres eigenen Stifters, die Sammlung der von ihm verkündigten Ordnungen als heilige Texte verehrten: und alles dies ist ohne Schreibkunst geschehen. Im vedischen Zeitalter kannte man die Schrift nicht; in der Zeit des entstehenden Buddhismus kannte man sie zwar — vermuthlich sind es Semiten gewesen, von welchen die Inder schreiben gelernt haben — aber man benutzte sie nur zur Aufzeichnung kurzer Mittheilungen im praktischen Leben, nicht zur Niederschrift von Büchern. Wir besitzen sehr sichere und charakteristische Informationen über die Rolle, welche die Schreibkunst noch in einem verhältnißmäßig späten Zeitalter, um 400 vor Chr., im kirchlichen Leben der Buddhisten gespielt oder vielmehr nicht gespielt hat. Die heiligen Texte dieser Secte entwerfen ein bis in die kleinsten Züge ausgeführtes Bild von dem Treiben in den Häusern und Parks, welche die geistlichen Brüder bewohnten; vom Morgen bis zum Abend können wir die Mönche in ihrem täglichen Leben verfolgen, auf ihren Wanderungen und während der Rast, im Alleinsein und im Verkehr mit andern Mönchen oder mit Laien; wir kennen die Ausstattung der von ihnen bewohnten Räume, ihre Geräthschaften, den Inhalt ihrer Vorrathskammern:

aber nirgends hören wir, daß sie ihre heiligen Texte lasen oder abschrieben, nirgends, daß man in den Mönchshäusern solche Dinge wie Schreibutensilien oder Manuscripte besaß. Das Gedächtniß der „an Hören reichen" geistlichen Brüder — was wir heute belesen nennen, hieß damals reich an Hören — vertrat die Stelle von Klosterbibliotheken; und drohte unter einer Gemeinde die Kenntniß irgend eines unentbehrlichen Textes — z. B. des Beichtformulars, das an jedem Vollmond und Neumond in den Versammlungen der Brüder vorgetragen werden mußte — abzureißen, so verfuhr man, wie es in einer alten buddhistischen Gemeindeordnung vorgeschrieben wird: „Von jenen Mönchen soll unverzüglich ein Mönch nach der benachbarten Gemeinde abgesandt werden. Zu dem soll man sprechen: Geh, Bruder, und wenn du die Beichtordnung auswendig gelernt hast, die volle oder die verkürzte, so kehre zu uns zurück[1]."

Daß unter solchen Umständen die gesammten Existenzbedingungen der Bücher und das Verhältniß zwischen Buch und Leser — wenn es gestattet ist, der Kürze wegen diese Ausdrücke beizubehalten — sehr andrer Natur sein mußten, als in einem schreibenden oder gar in einem druckenden Zeitalter, liegt auf der Hand. Existiren konnte ein Buch nur dann, wenn eine Körperschaft da war, in welcher jenes gelehrt, gelernt und von Generation zu Generation weiter gelehrt wurde. Kennen lernen konnte man ein Buch nur um den Preis, daß man es auswendig lernte oder Jemanden zu seiner Verfügung hatte, der dies gethan. Texte von einem Inhalt, der nur vorübergehende Aufmerksamkeit beanspruchte, konnte es überhaupt nicht geben: verhängnißvoll für Geschichtsschreibung und überhaupt für jede

---

[1] Mahāvagga II 17. In den unter der Leitung Max Müller's herausgegebenen »Sacred Books of the East« ist die betreffende Stelle Bd. 13 S. 268 in englischer Uebersetzung mitgetheilt.

Profanliteratur. Vor Allem aber waren die vorhandenen Texte den zahllosen Entstellungen ausgesetzt, welche Gedächtnißfehler, Leichtfertigkeit und Verbesserungssucht ihrer Ueberlieferer auf dem luftigen Wege von Mund zu Mund in sie hineintragen mußten.

Unter Bedingungen wie die eben beschriebenen sind die Poesien des Rigveda viele Jahrhunderte hindurch von Geschlecht zu Geschlecht fortgelehrt und fortgelernt worden. Getrenntes wurde zu Sammlungen vereinigt auf dem Wege der mündlichen Feststellung und Ueberlieferung. Die Sammlungen wurden zu wiederholten Malen überredigirt und mit Ergänzungen versehen, wieder nur auf dem Wege der mündlichen Feststellung und Ueberlieferung. Begreiflich genug, daß hierbei oft der ursprüngliche Bau, ja der Bestand selbst der einzelnen Lieder beschädigt, verwischt, vernichtet wurde; Umstellungen zerstörten ihre Gestalt; die Grenzen der neben einander stehenden Lieder wurden vielfach vergessen und Massen von ihnen zu scheinbaren Einheiten zusammengeschweißt; moderne, glatt verständliche Wendungen verdrängten die seltenen Worte und die alterthümlichen Wortformen — oft die werthvollsten Denkmäler für den Forscher, welchem sie die Geschichte der Sprache verstehen helfen, wie der Naturforscher aus fossilen Resten die Geschichte des organischen Lebens herausliest.

Vor Allem aber war es für die alte und wahre Gestalt der Vedalieder verhängnißvoll, daß man sie auf das Prokrustesbett grammatischer Betrachtungen spannte. Früher und stärker als bei irgend einem anderen Volke des Alterthums hat sich in Indien das Interesse und die Freude daran geregt, die Sprache wissenschaftlich zu zergliedern. Man bildete mit glänzender Schärfe und Feinheit die Beobachtung der einzelnen Sprachlaute und der Veränderungen, denen sie unterliegen, zu einem System aus, von welchem, als es in Europa bekannt wurde, die Wissenschaft unseres Jahrhunderts bewundernd zu lernen Ursache gefunden hat. Dem Scharfsinn und Tiefsinn freilich jener vedischen Sprachforscher hing wie ein Fluch der echt indische Zug der Spitzfindigkeit an, die Freude, aus welcher bisweilen etwas wie eine bizarre Schadenfreude hervorzublicken scheint, den Dingen ein künstliches Gewand anzuziehen und anzuzwingen, Labyrinthe von Subtilitäten zu erbauen, in deren gewundenen Gängen der beschlagene und verschlagene Kenner sich prätentiös zurecht zu finden wußte. So verband sich in dieser grammatischen Wissenschaft Erkennen und Verkennen des Richtigen in unauflöslicher Vermischung. Daß unter der Hand solcher Sprachtheoretiker das kostbare Gut der alten Vedalieder nicht unangetastet geblieben ist, versteht sich von selbst. Hier ward ein einzelner Punkt des aus der Vorzeit Ueberlieferten mit glücklichster Schärfe aufgefaßt, mit wundervoller Treue festgehalten; dort trug man kein Bedenken, ganze Gebiete alter und echter Erscheinungen, halbrichtigen Theorien zuliebe, zu verwischen, so daß auch der geduldigste Scharfsinn unsrer Wissenschaft das Verlorene immer nur zum Theil wird herstellen können. Schließlich allerdings nahm doch die Willkür, unter welcher die Lieder der alten Sänger hatten leiden müssen, ein Ende. Je mehr man sich gewöhnte, in jenen nicht schöne und wirksame Gebete allein, sondern eine geheiligte Offenbarung des Göttlichen zu sehen, um so höher mußte ihre überlieferte Form, auch wo sie noch so unregelmäßig war oder schien, in der Achtung der Theologen steigen, und um so sorgfältiger mußte man diese Form mit allen ihren Ungleichheiten zu beschreiben, zu erhalten bemüht sein. Wir besitzen ein merkwürdiges Werk — es ist wie viele indische Lehr- und Handbücher in Versen verfaßt —, in welchem ein Grammatiker Çaunaka — vermuthungsweise darf er ungefähr in die Zeit von 400 vor Chr. gesetzt werden — eine eingehende, ungemein scharfsinnig angelegte Uebersicht über die lautlichen Eigenthümlichkeiten des Rigveda-Textes gegeben hat. Das Studium von Çaunaka's Werk liefert uns den Beweis, daß von jener Zeit an die vedischen Lieder, geschützt durch die vereinte Sorgfalt grammatischen und religiösen Buchstabenglaubens, keine irgend nennenswerthen Verderbnisse mehr erlitten haben. Die wichtigsten Manuscripte des Rigveda, welche wir kennen, mögen zwei Jahrtausende jünger sein als jenes Handbuch des Çaunaka, aber sie halten, wenn wir sie mit ihm vergleichen, allen Proben in geradezu staunenswerther Weise Stand.

Wohl war der Rigveda, den jener indische Gelehrte vorfand, einer Ruine nicht ungleich. Und wohl vermochte man mit den Mitteln indischer Gelehrsamkeit nicht, ihn in besserem Zustande, als man ihn selbst überkommen, der Folgezeit zu hinterlassen. Aber das hat der gewissenhafte Fleiß der indischen Sprachmeister und Gottesgelehrten doch erreicht, daß die Gefahren ferneren Verfalles die letzten zweitausend Jahre hindurch von jenen ehrwürdigen Trümmern fern gehalten sind. Unangetastet liegen sie da, wie sie in Çaunaka's Zeiten dalagen. Und die Forschung unserer Tage, welche schon aus manchem Ruinenfelde die lebendigen Züge untergegangenen Daseins zu enträthseln gewußt hat, arbeitet daran, bald mit dem kühnen Zugreifen siegesgewisser Divination, bald in dem ruhigen Gleichmaß schrittweise vordringender Erwägung, herzustellen, was sich von der echten Form jener uralten priesterlichen Dichtungen herstellen läßt.

III.

Wir dürfen sagen, daß die am größten angelegten Unternehmungen auf diesem Arbeitsfelde sich überwiegend an die Namen deutscher Forscher knüpfen. Wenn wir hinzufügen, daß dies nicht

leicht anders sein konnte, so ist das keine Ueberhebung; wir
drücken damit nur den in der Entwicklung der Wissenschaft begründeten Sachverhalt aus. Es war natürlich gewesen, daß
die frühesten Anregungen der beginnenden indischen Forschung,
die ersten Versuche, den massenhaft zudringenden Stoff festzuhalten und vorläufige Formen für ihn zu finden, Engländern
verdankt wurden, Männern, welche den besten Theil ihres Lebens
in Indien zubrachten und dort in fortwährenden Berührungen
mit den einheimischen Kennern des Sanskrit standen. Aber
nicht minder natürlich war es, daß die Ehren weiteren Vor-
bringens, tieferen Eindringens zum großen Theil Deutschen zu-
gefallen sind. Die beiden Gebiete der Wissenschaft, von welchen
her vornehmlich den indischen Forschungen Leben und Kraft zuströmen mußte, waren und sind wesentlich deutsch: die vergleichende Sprachwissenschaft, von Bopp man kann sagen begründet, und jene vertiefte, starke Wissenschaft oder ebenso richtig
Kunst der Philologie, wie sie Gottfried Hermann und neben
ihm, von dem stolzen Geist Lessing's durchtränkt, Karl Lach-
mann geübt hat, voll scharfen zielbewußten Könnens, genau und
wahrhaftig im Kleinen wie im Großen. Mochten Vertreter dieser
Philologie, antipathisch berührt durch manchen Charakterzug des
indischen Geistes und nicht am wenigsten durch den Anspruch,
daß die griechische und lateinische Grammatik dies oder jenes
aus dem Sanskrit zu lernen habe, der jungen Wissenschaft von
Indien mit Zurückhaltung oder mit mehr als Zurückhaltung begegnen: dadurch konnte nichts an der Thatsache geändert werden,
daß die Behandlung indischer Texte, die Erforschung indischer
Literaturdenkmäler sich von keinen besseren Lehrern lernen ließ,
als von jenen Meistern, welche die klassischen Texte mit einer
nicht dagewesenen Treffsicherheit der Methode zu verbessern und
zu erklären wußten.

Ein Leipziger Zuhörer Hermann's und Haupt's war es, der 1845 in Paris, angeregt durch Burnouf, den Plan faßte, den Rigveda mit dem Commentar seines indischen Erklärers, des Abtes Sayana (im 14. Jahrhundert nach Chr.) herauszugeben: das große Werk Max Müller's, die erste unter den grundlegenden Unternehmungen, auf welchen die vedische Philologie beruht. Es war vor Allem nöthig zu wissen, wie die Brahminen selbst die im Rigveda aufbehaltenen Lieder ihrer Vorfahren aus der Vedasprache in gangbares Sanskrit übersetzen, wie sie die Probleme, welche die Grammatik des Veda bietet, mit den Mitteln ihres eigenen grammatischen Systems lösen. Hier lag die unentbehrliche Grundlage aller weiteren Forschungen: man mußte sich der indischen Tradition der Vedenerklärung in Ueberschätzung wie in Unterschätzung gegenübergestellt und die Consequenzen beider Fehler erprobt haben, um so endlich die Kunst ihrer wissenschaftlichen Verwerthung zu lernen. Hier leistete die durch ein Vierteljahrhundert (1849—1874) sich hinziehende Arbeit Max Müller's das Bedeutendste; leicht zu vollenden, war sie unendlich schwer gewesen zu beginnen, denn die meisten grammatischen und theologischen Texte, welche den Ausführungen Sayana's zu Grunde liegen, waren, als Max Müller ans Werk ging, noch Bücher mit sieben Siegeln.

Einige Jahre, nachdem der erste Band von Müller's Rigveda erschienen war, vereinigten sich zwei andere Gelehrte zu einem Werk noch größeren Maßstabes. Längst ist es allen Sanskritisten das unentbehrlichste Werkzeug ihres Arbeitens geworden: das im Auftrage der Petersburger Akademie von Roth und Böhtlingk verfaßte Sanskrit-Wörterbuch. Es galt, für eine Sprache, deren meiste und wichtigste Texte noch ungedruckt waren, ein Wörterbuch in ähnlich großem Stil zu schaffen, wie die Brüder Grimm es etwa zu derselben Zeit für die deutsche

Sprache begannen. Roth übernahm die vedische Literatur, die Grundlage des Ganzen, Böhtlingk die spätere Zeit; befreundete Forscher, Allen voran Weber, nutzten die ihnen vorzugsweise bekannten und zugänglichen Texte aus. Das Wichtigste war, daß der Veda lexikalisch bearbeitet wurde, hier — von wenigen Vorarbeiten abgesehen — zum ersten Mal. Die Erklärungen, welche die Inder selbst von den Worten der Vedasprache geben, wurden als ein wichtiges Hilfsmittel des Verständnisses berücksichtigt. Aber dabei blieb man nicht stehen. „Wir halten es nicht", sagten die beiden Verfasser in ihrer Vorrede, „für die nächste Aufgabe, dasjenige Verständniß des Veda zu erreichen, welches vor etlichen Jahrhunderten in Indien gangbar war, sondern suchen den Sinn, welchen die Dichter selbst in ihre Lieder und Sprüche gelegt haben." Sie unternahmen es, „den Texten selbst ihren Sinn abzugewinnen durch Zusammenhaltung aller nach Wort oder Inhalt verwandter Stellen." Auf diesem Wege hofften sie den Gehalt jedes Wortes nicht als farblosen Begriff, sondern in seiner Besonderheit und damit in seiner Kraft und Schönheit wiederzugeben. Der Veda werde so seinen schlagenden Sinn, den vollen Reichthum seines Ausdrucks zurückgewinnen; die Gedankenwelt des frühesten Alterthums werde uns in neuer, von Leben und Realität erfüllter Gestalt erscheinen.

Hinter dem groß gedachten Plan des Wörterbuchs blieb die Ausführung, mit eisernem Fleiß, mit glänzendem Gelingen durch vierundzwanzig Jahre durchgeführt (1852—1875), nicht zurück. Wir haben es leicht, zahllose Lücken, Irrthümer im Einzelnen, ja auch über das Einzelne hinaus in wichtigen grundsätzlichen Fragen zu entdecken; die beiden Herausgeber wußten wohl, daß sie ohne den Muth des Zugreifens, der sich auch vor dem unvermeidlichen Irren nicht fürchtet, besser gethan hätten, die Hand vom Werke zu lassen. Hinter dem überreichen Werthe aber dessen, was ihnen gelungen ist, treten alle Fehler weit zurück. Welcher Abstand trennt ihre Arbeit von derjenigen ihres Vorgängers Wilson[1]). Dort nicht viel mehr als die nackte Aufzählung der Bedeutungen, welche die indische Ueberlieferung den Worten beilegt; der Veda existirt für Wilson's Wörterbuch nicht oder kaum. Hier dagegen ist der unübersehbare, in orientalischer Fülle strotzende Reichthum der reichsten aller Sprachen zu Tage gefördert worden; die Geschichte jedes Wortes, gleichsam die Schicksale, welche in den verschiedenen Perioden der Literatur es betroffen und seine Geltung bestimmt haben, werden uns vor Augen gestellt. Deutlicher als in diesen beiden Wörterbüchern konnte sich der Gegensatz der zwei großen Perioden nicht verkörpern, in denen die Entwicklung der indischen Forschungen sich darstellt: hier die Anfänge, welche die unmittelbar auf den Schultern des indischen Panditthums stehende englische Wissenschaft gemacht hat; dort die Fortsetzung, mit den Mitteln strenger Philologie nach Weite und Tiefe unvergleichlich über jene Anfänge hinausdringend, an ihrer Spitze vorwiegend deutsche Forscher.

An Müller's große Rigveda-Ausgabe und an das Petersburger Wörterbuch schließen sich in reichlicher Fülle weitere Forschungen, welche die Grenzen des Unverstandenen im Veda mehr und mehr verengt haben. Längst hat sich neben die ersten Pfadfinder in diesen einst so unwegsamen Gebieten eine neue Generation von Arbeitern in Deutschland und Frankreich, in England und Amerika gestellt. Nur ein Name sei hier genannt, der Name Bergaigne's, verknüpft mit dem Gedächtniß an

---

[1]) Das Wörterbuch Wilson's ist 1819, in zweiter Auflage 1832 erschienen.

glänzende Erfolge und mit der tiefen Trauer um den früh Hingegangenen. Von diesen Forschern ist der Rigveda im Ganzen und in einzelnen seiner Theile zu wiederholten Malen übersetzt worden. Sein Bestand an Worten und Formen wird nach immer neuen Gesichtspunkten, mit neuen Fragestellungen durchgearbeitet; manchem farbigen Wort der Vedasprache wird sein volles Gewicht zurückgegeben. Die Grundsätze und Gewohnheiten, nach welchen die alten Sammler und Ueberarbeiter des Vedatextes verfahren sind, werden von uns erforscht, damit wir unterscheiden können, was Jene als überliefert vorgefunden, was sie selbst in die Ueberlieferung hineingetragen haben. Die Lesungen, mit welchen die Stellen des Rigveda in den anderen Veden citirt sind, werden gesammelt, um in ihnen den Ueberresten echter und alter Textgestaltung, mögen sie noch so spärlich sein, nachzugehen. Man stellt die Religion und Mythologie des Veda dar; man schildert das Volksleben der vedischen Stämme nach allen seinen Seiten: die Texte bieten hier die Züge zu einem Bilde, von dem mit Recht gesagt worden ist, daß es an Klarheit und Genauigkeit des Tacitus Bericht von dem Volksleben der Germanen übertrifft[1]). Endlich versucht man unter den Massen der vedischen Gebete und Opferlieder etwas zu entdecken, das der wissenschaftlichen Neugier ein besonders willkommener Fund sein muß: die Anfänge des indischen Epos[2]).

Daß in einer Zeit so reich an Dichterthum und Dichterehre, wie die Zeit des Rigveda war, auch die Lust am Fabuliren

---

[1]) H. Zimmer, Altindisches Leben, die Cultur der vedischen Arier (Berlin 1879), S. VII.

[2]) Das über die Anfänge des indischen Epos Bemerkte beruht auf Auffassungen, die ich in der Zeitschrift der Deutschen Morgenländ. Gesellsch. 1885, S. 52 ff. zu begründen versucht habe. Hier müssen auch die interessanten und scharfsinnigen Untersuchungen von Pischel und Geldner in ihren „Vedischen Studien" genannt werden.

ihre poetischen Blüthen getrieben haben muß, ließ sich von vornherein nicht bezweifeln. Kleine Erzählungen, kleine Lieder müssen dagewesen sein, in engen Rahmen eingeschlossen; so sind ja überall die Anfänge epischer Poesie gestaltet, ehe das dichterische Können sich steigert und sich daran wagt, in größerem Umfang und mit verwickelterem Aufbau von den Geschicken der Heroen und Menschen zu erzählen. Es schien, als wenn jene Anfänge der indischen Epik verloren wären. Und doch waren sie erhalten, freilich in eigenthümlich verwüsteter Gestalt. Im Rigveda finden sich vielfach Gemengsel von scheinbar zusammenhangslosen Versen, in welchen man aufgehäuften Kehricht der dichterischen Werkstätten vor sich zu haben meinte. In der That sind es die trümmerhaften Reste epischer Erzählungen, Verse, die einst in einen Prosarahmen eingefügt waren: die Erzählung in Prosa, die Reden und Gegenreden in Versen, etwa wie in den Grimm'schen Märchen oft, wo die arme Königstochter oder der mächtige Zwerg ein besonders gewichtiges oder rührendes Wort zu sprechen hat, ein Reim erscheint. Von den priesterlichen Märchenerzählern nun des alten Indien wurden allein die Verse in ihrer festen Form dem Gedächtniß eingeprägt; die Prosa gab jeder neue Erzähler mit neuen Worten wieder, und schließlich gerieth ihr Inhalt oft ganz in Vergessenheit, so daß nur die Verse übrig blieben, bald als eine Reihe von Wechselreden, lang und inhaltsvoll genug, um den Zusammenhang des Ganzen verstehen zu lassen, bald als unkenntliche Trümmer, zu welchen sich die Hergänge und Situationen, in die sie hineingehören, so wenig ergänzen lassen, wie man etwa, um bei dem obigen Vergleich zu bleiben, aus den paar Reimen in einem Grimm'schen Märchen das ganze Märchen herstellen könnte.

Es sei gestattet, zur Veranschaulichung des Gesagten hier

ein Stück aus einer jener alten Erzählungen mitzutheilen, deren Zusammenhang sich wenigstens im Ganzen vermuthungsweise reconstruiren läßt[1]). Sie spielt unter Göttern und Dämonen; ihr Gegenstand ist der große Göttersieg — nach der ursprünglichen Bedeutung des Mythus der Gewittersieg —, welcher für den Inder der Vedazeit das Vorbild seiner eigenen Siege ist: Vritra, der neidische Feind, hält die Wasser in seiner Gefangenschaft, daß sie sich nicht über das Land ergießen können, aber Gott Indra zerschmettert den Dämon mit seinem Donnerkeil und läßt die befreiten Wasser strömen.

Indra — das etwa muß in dem verlorenen Prosa-Eingang der Erzählung gesagt gewesen sein — fühlt sich, als es zum Kampfe geht, zu schwach für den furchtbaren Gegner. Die Götter ziehen sich verzagt von ihm zurück. Nur Einer bietet ihm seinen Beistand an, Vâyu (der Wind), der schnellste der Götter; aber er verlangt seinen Preis, einen Antheil am Opfertrank des Soma, den die Menschen dem Indra spenden. Vâyu spricht:

"Ich bin's; zu dir komm' ich, voran ich selber,
Und hinter mir schreiten die Götter alle.
Verleihst du mir, Indra, am Opfer Antheil,
Sollst Heldenthaten du mit mir vollbringen."

Indra nimmt den Bund an:

"Vom Honigtrank geb' ich den ersten Antheil;
Dein soll er sein; dir sei gepreßt der Soma.
Du sollst als Freund stehen zu meiner Rechten;
Dann wollen wir tödten der Feinde Schaaren."

Es tritt eine neue Person auf: ein menschlicher Sänger. Wir wissen nicht, ob an einen bestimmten unter den großen

---

[1]) Rigveda 8, 100. Ich lasse einige Verse dunkeln Inhalts fort und schweige von Schwierigkeiten, welche der Lösung näher zu bringen dies nicht der Ort ist.

Frommen der Vorzeit, den Ahnen der späteren Sängergeschlechter, gedacht war. Er möchte Indra preisen; aber kann Indra gepriesen werden? Der feindliche Dämon ist noch unbezwungen; Zweifel an Indra und seiner Macht befallen den Sänger. Er spricht zu den Seinen:

> „Ein Preislied bringt, die ihr verlangt nach Segen;
> Des Indra Lob singt — wenn die Wahrheit wahr ist.
> Es ist kein Indra, also redet Mancher.
> Wer sah ihn? Wer ist's, den wir preisen sollen?"

Aber Indra selbst giebt dem Verzagenden Antwort:

> „Hier steh' ich vor dir, blicke her, o Sänger,
> An hoher Kraft rag' ich ob allen Wesen,
> Es macht mich stark heiliger Ordnung Satzung,
> Die Welten zerschmett're ich, der Zerschmettrer."

Das Vertrauen des Frommen auf den Gott ist hergestellt; sein Preislied erschallt. Und nun geht Indra in den Kampf. Der Falke hat ihm den Soma gebracht, und im Rausch des Göttertranks schleudert der Siegreiche seinen Donnerkeil auf den Dämon. Wie ein Baum, den der Blitz trifft, fällt der Feind. Nun mögen die Wasser hervorstürzen aus ihrem Gefängniß:

> „Eilt nun hervor! Zerstreut euch frei!
> Er, der euch festhielt, ist nicht mehr.
> Geschleudert hat den Donnerkeil
> Indra in Vritras Weichen tief.
>
> Gedankenschnell flog er einher,
> Durchdrang die Burg, die eherne;
> Den Soma bracht' aus Himmelshöh
> Dem Donnrer der beschwingte Fall.
>
> Im Meere ruht der Donnerkeil,
> Von Wasserwogen rings umhüllt.
> Die strömenden, die stetigen,
> Die Wasser bringen Gaben ihm."

Ich übergehe den schwierigen Schluß des Gedichts: die auf den Vritrakampf folgende Schöpfung der Sprache durch Indra.

Ein Viertel aller Sprache, die es in der Welt gibt, hat Indra zu deutlicher, sinnvoller Rede gebildet: das ist die Sprache der Menschen. Die andern drei Theile aber sind undeutlich und unverständlich geblieben: die Sprache, welche die vierfüßigen Thiere reden, und welche die Vögel und alles Gewürm redet.

Dies ist eine jener ältesten Erzählungen der Inder von den Thaten ihrer Götter und Heroen. Es durfte hier nicht versucht werden, die verlorene Prosa, welche die Strophen verband, nachzubilden; um den modernen Leser über den Zusammenhang der Verse zu orientiren, mußte eine andere Ausdrucksweise gewählt werden, als sie dem Erzähler der vedischen Zeit eigen war. Wie es scheint, begnügte sich dieser, in kurzen, ja dürftigen Sätzen die Thatsachen, auf welche es ankam, zu berichten oder vielmehr seine Hörer an sie zu erinnern. Den in die Erzählung eingefügten Versen aber — dies wird das Gedicht von Indra's Kampf gezeigt haben — fehlt es nicht an dem Schwung dichterischer Beredsamkeit. Ohne die feineren Charakterzüge menschlichen Seelenlebens freilich, aber in ernster, einfacher Wucht, wie Berge oder alte Riesenbäume stehen die Gestalten jener Sagenwesen da; was unter ihnen geschieht, ist dem Geschehen in der Natur ähnlich, ja mehr als ähnlich. Denn wenigstens an manchen Stellen ist die alte Naturbedeutung jener Götter durch das menschenhafte Gewand, das sie tragen, noch nicht verhüllt und ragen in die Erzählung von ihren Thaten die großen Bilder des Naturlebens mit seinen Wundern und seinen Schrecken hinein. Die Pflicht, solche Trümmer der ältesten Epik zu sammeln und zu deuten, darf die vedische Forschung zu ihren lohnendsten, freilich nicht zu ihren leichtesten Aufgaben zählen.

IV.

Wir müssen nun dazu fortschreiten, die Frage aufzuwerfen: was wissen wir von der äußeren Geschichte Indiens in dem Zeitalter, welches diese Poesien hervorgebracht hat? Wo fängt hier die Möglichkeit an, die Ereignisse chronologisch zu bestimmen? Lassen sich in dem Theil des historischen Gebiets, welches dieser Bestimmbarkeit entbehrt, irgend welche feste Linien anderer Art ziehen?

Für eine Geschichte des alten Indien etwa in dem Sinne, wie wir von einer Geschichte Roms reden oder wie im Alten Testament die Geschichte des israelitischen Volkes verzeichnet ist, versagt uns der Veda sein Zeugniß. Ein Aufeinanderfolgen bedeutsam mit einander verknüpfter Ereignisse, das Wirken eingreifender Persönlichkeiten, die wir in ihrem Wollen und Vollbringen verstehen können, der Ernst der Kämpfe um die Gestaltung und Sicherung staatlicher Ordnung — dies sind Dinge, von denen wir nichts erfahren. Man kann hinzufügen, es sind Dinge, die es im alten Indien weniger als bei irgend einem andern Culturvolk gegeben zu haben scheint. Die Geschichte dieser Nation würde, je mehr wir von ihr wüßten, sich um so ähnlicher einem zusammenhanglosen Auf- und Abwogen zufälliger Ereignisse darstellen. Es fehlt diesen Ereignissen an dem festen Halt und an dem bedeutungsvollen Sinn, wie ihn die Macht eines wollenden und seinen Willen zu Thaten machenden Volksgeistes dem Geschehen verleiht. Nur in der Geschichte der Gedanken, vor Allem des religiösen Denkens der Inder treffen wir auf solchen festen Boden; von einer Geschichte in anderm Sinne kann hier kaum gesprochen werden. Und ein Volk, das keine Geschichte hat, hat natürlich noch viel weniger eine Geschichtsschreibung. In den Zeiten, in welchen unter einer gesund organisirten Nation das Interesse an der eigenen Vergangenheit und an deren Zusammenhang mit den Kämpfen und Leiden der Gegenwart erwacht, wo die Herodote und Fabius, die Erzähler von dem, was sich ereignet hat, zu erstehen pflegen, war die literarische Thätigkeit Indiens in theologische und philosophirende Speculation versunken. In allem Geschehen sah man allein dies, daß es vergänglich ist; und alles Vergängliche erkannte man, wir dürfen nicht einmal sagen als ein Gleichniß, sondern als ein absolut Werthloses, ein unglückliches Nichts, von dem der Wissende seine Gedanken zu lösen hat.

Es liegt von vornherein auf der Hand, wie tief wir unter solchen Umständen unsere Hoffnungen auf exacte Resultate herabstimmen müssen, wenn die Frage aufgeworfen wird, in welche Zeit das Wenige hineingehört, was wir von den äußeren Schicksalen der altindischen Stämme wissen, in welche Zeit vor Allem die großen Literaturdenkmäler des Veda und die Wandlungen, welche die indische Gedankenwelt durchgemacht hat. Was etwa die Grundlage für die Beantwortung dieser chronologischen Fragen abgeben könnte, Königslisten mit Angaben über die Dauer jeder Regierung, daran fehlt es für die vedische Periode ganz. Aus alter Zeit wenigstens sind solche Listen uns nicht überliefert; es sind auch keine Spuren da, daß welche vorhanden gewesen wären. Die späteren Verzeichnisse aber, welche in den Werkstätten der indischen Weltgeschichtsmacher geschmiedet sind, können heutzutage für die ernstliche Forschung nicht mehr in Betracht kommen, als etwa die Angaben der römischen Chronikenschreiber darüber, wie viele Jahre König Romulus und König Numa ihres Amtes gewaltet haben. Wie gänzlich es überhaupt in der vedischen Zeit den Indern fern gelegen hat, nach dem Wann der Ereignisse zu fragen, zeigt sich sehr deutlich darin, daß, soviel wir sehen können, es damals überhaupt keine Ausdrucksweise gegeben hat, um irgend ein Jahr als eben dies Jahr, im Unterschied von jedem andern Jahr zu benennen. Die Folge davon ist natürlich, daß jene langen Jahrhunderte für uns, und sicher für die Wissenschaft des alten Indien ganz ebenso, als eine im eigentlichen Wortsinn unermeßliche Zeit daliegen und dalagen; die Maßstäbe mit welchen wir gewohnt sind, die Abstände geschichtlicher Vergangenheit unserm Begreifen oder doch unsrer Phantasie näher zu rücken, versagen gegenüber dieser reich entwickelten Cultur so vollständig, wie sie etwa für die prähistorischen Gebiete der Steinzeit, das erste schwache Aufdämmern menschlichen Daseins versagen. In der That, wie die prähistorische Forschung die Dauer der Vorgänge, welche der Erdoberfläche ihre Gestalt gegeben haben, abzuschätzen sich bemüht, um auf das ungefähre Alter der in den Erdschichten eingebetteten menschlichen Ueberreste zu schließen, so hat die Erforschung des Veda ganz ähnlich dazu ihre Zuflucht zu nehmen versucht, aus den allmählichen, im Lauf der Jahrhunderte unmerklich fortschreitenden Wandlungen des großen Zeitmessers, des gestirnten Himmels, das Alter des Veda zu berechnen. Es fand sich in einem dem Veda zugezählten Werk eine astronomische Angabe, welche man zur Grundlage solcher Berechnungen gemacht hat; man kam zu dem Ergebniß, daß sie aus dem Jahre 1181 vor Chr. (nach einer andern Rechnung 1391 vor Chr.) herrühre. Neuerdings hat man gemeint, in den ältesten Kalenderordnungen des Veda den Hinweis auf eine noch um Jahrtausende weiter entfernte Vergangenheit finden zu dürfen. Der Glaube, daß auf solchen Wegen sichere Daten zu gewinnen seien, wird jetzt wohl nur noch von Wenigen getheilt; in der That sind jene Zeugnisse des Veda offenbar nicht hinreichend, um für astronomische Rechnungen eine irgend haltbare Basis zu bieten. So wird es dabei bleiben, daß es für die Zeiten des Veda kein chronologisches

Datum gibt, und Jedem, der weiß, von welchen Dingen die indischen Autoren zu reden pflegen und von welchen nicht, wird es nahezu gewiß sein, daß auch die reichlichsten und unerwartetsten Entdeckungen neuer Texte, mögen sie im Uebrigen unser Wissen noch so sehr erweitern, in dieser Beziehung alles beim Alten lassen werden.

Zwei große Ereignisse in der Geschichte Indiens sind es, mit welchen dies Dunkel sich zu lichten beginnt, das eine annähernd, das andre mit voller Sicherheit an einen angebbaren Zeitpunkt geknüpft: das Auftreten Buddha's und die Berührungen der Inder mit den Griechen unter Alexander dem Großen und seinen Nachfolgern.

Daß, so weit wir sehen können, es eben die alten Buddhistengemeinden waren, die in Indien zuerst mit dem zusammenhängenden Ueberliefern geschichtlicher Erinnerungen einen Anfang gemacht haben, entspricht durchaus dem verständlichen Gang der Dinge. Waren dem vedischen oder brahminischen Philosophen alle irdischen Dinge ein absolut Nichtiges gegenüber der allein bedeutsamen, von keinem Wandel berührten Stille des Ewigen, so gab es für den Buddhajünger einen Punkt, an welchem dies Ewige in die Welt des Zeitlichen hineinragte, und darum gab es auch für ihn ein Stück Geschichte, das seinen Platz neben oder geradezu innerhalb der religiösen Lehre behauptete: die Geschichte vom Erscheinen Buddha's und dem Leben der von ihm gestifteten Gemeinde. Man hielt die Erinnerung an die Versammlungen fest, auf welchen die geehrtesten und gelehrtesten Häupter der Gemeinde und große Scharen weit und breit zusammengewanderter Mönche wichtige Punkte der Lehre und der Ordensregel festgestellt hatten; man machte die Könige namhaft, unter welchen diese Concilien gehalten sind, und ließ es sich angelegen sein, die Vorgänger dieser Könige zu wissen bis zurück zu dem frommen König Bimbisara, dem Zeitgenossen und eifrigen Beschützer Buddha's. Aus der Königsreihe, welche auf diese Weise von den Chronisten des buddhistischen Ordens festgestellt worden ist, heben sich zwei Gestalten hervor: Candragupta (d. h. der Schützling des Mondes) und sein Enkel Açoka (der Schmerzlose). Candragupta ist eine den griechischen und römischen Historikern wohlbekannte Persönlichkeit: sie nennen ihn Sandrokyptos und erzählen, daß er nach dem Tode Alexander's des Großen (im Jahre 323) die Macht der in Indien eingedrungenen Griechen erfolgreich bekämpft und sich aus niederer Stellung zum Beherrscher eines weiten Reichs emporgeschwungen habe. Açoka andererseits wird zwar von den Griechen nicht erwähnt, aber in einer seiner Inschriften — von ihm rühren umfangreiche Inschriften her, nahezu die ältesten Indiens, die sich auf Felswänden und Pfeilern in den verschiedensten Theilen der Halbinsel gefunden haben — nennt er selbst Antijoka, den König der Jona (Jonier, d. h. Griechen), Antikina, Alikasandara und andere griechische Monarchen.[1]

Hier ist endlich die Stelle erreicht, an welcher der geschichtliche Erforscher Indiens Boden findet; Ereignisse, gleichsam auf einem andern Planeten sich zutragend, dessen Jahre und Jahrhunderte denen der Erde nicht commensurabel sind, treffen an diesem Punkt mit Gebieten des Geschehens zusammen, welche wir kennen und deren Entfernungen wir zu messen wissen.

---

[1] Antijoka ist Antiochos Theos, Antikina Antigonos Gonatas, Alikasandara natürlich nicht Alexander der Große, von dessen Namen und Thaten sich in Indien — abgesehen von einigen Münzen, die sein Bild und seinen Namen tragen — keine Spur erhalten hat, sondern der epirotische Alexander, Sohn des Pyrrhos, des Feindes der Römer. Alle diese Fürsten regierten um die Mitte des dritten Jahrhunderts vor Chr.

Rechnen wir von den festen Daten des Candragupta und
Asoka zurück bis zu Buddha — wir haben keinen Grund, die
betreffenden Zeitangaben der buddhistischen Chroniken nicht für
wenigstens ungefähr richtig anzusehen — so erhalten wir als
das Todesjahr des großen Lehrers ca. 480 vor Chr.; sein
Wirken fällt also in die Zeit, in welcher die Griechen ihre
Freiheitsschlachten gegen die Perser schlugen und in Rom die
Grundlinien der republikanischen Verfassung gezogen worden sind.
Buddha's Leben aber bezeichnet den äußersten Grenzpunkt, bis
zu welchem wir mit wenigstens ungefähren Datirungen vor=
bringen können. Darüber hinaus, durch die langen Jahr=
hunderte hin, die vom Anfang der Rigveda=Zeit bis auf Buddha
verflossen sein müssen, läßt sich immer nur fragen: welches war
die Reihenfolge der Ereignisse — der wenigen Ereignisse, von
denen wir überhaupt reden dürfen —, welches die Ordnung, in der
die großen Schichten der literarischen Denkmäler entstanden sind?
Wir beobachten das Bezugnehmen der einen Texte auf andre, die als
vorliegend vorausgesetzt werden; wir verfolgen die allmählichen
Wandlungen, welche die Sprache erlitten hat, das Verschwinden
der alten Worte und Formen, das Erscheinen der jüngeren; wir
zählen die langen und kurzen Silben der Verse, um den un=
merklichen, aber streng folgerichtigen Gang kennen zu lernen,
in welchem ihre Rhythmen sich von alten Bildungsgesetzen be=
freit und neuen Normen unterworfen haben; wir beobachten, mit
jenen sprachlichen und metrischen Wandlungen in paralleler
Richtung sich bewegend, Wandlungen des religiösen Vorstellungs=
kreises, des Gehalts wie der äußeren Formen des geistigen
und geistlichen Lebens. So lernen wir in dem Chaos dieser
Literatur immer sicherer das Alte vom Jüngeren unterscheiden
und den Gang der Entwicklung, welche durch beides hindurch=
geht, verstehen. Mancher Weg freilich, auf welchem die For=

schung vorwärts zu bringen hoffte, erwies sich als ins Leere führend; Fragestellungen haben aufgegeben oder umgestaltet und immer wieder umgestaltet werden müssen. Aber schließlich ist die Arbeit doch keine vergebliche gewesen; die Grundrichtungen fangen an, erkennbar zu werden, nach welchen im Veda, im Alterthum Indiens der Zug des geschichtlichen Werdens sich verfolgen lassen muß.

Dem zweiten Jahrhundert indischer Forschungen können kaum noch ähnliche Entdeckungen vorbehalten sein wie das erste sie gebracht hat, ein solches plötzliches Auftauchen ungeahnter, weiter, inhaltsvoller Gebiete der historischen Erkenntniß. Aber wohl dürfen wir hoffen, daß die Zukunft unserer Wissenschaft Erfolge anderer Art um so reichlicher bringen wird: die Erklärung von unerklärlich Scheinendem, die Verwandlung von halb Erkanntem in ganz Erkanntes.

II.
Die Religion des Veda und der Buddhismus.

Das Wichtigste, was der Erforscher des indischen Alterthums unter den schuttbedeckten Trümmern jener Vergangenheit dem Beschauer zugänglich zu machen versuchen darf, sind die großen Religionen des alten Indien. An ihrer Spitze jener Glaube, der in der Literatur des Veda niedergelegt ist, den alten Religionen der vornehmsten europäischen Nationen nahe verwandt, aber deutlicher als jene die Spuren ferner geschichtlicher Vorstadien bewahrend, die Spuren mächtiger Gährungsprocesse, in welchen das religiöse Denken und Fühlen aus der rohen Verworrenheit uralter Zeiten ebleren Formen langsam entgegengestrebt hat. Den Glauben des Veda löst die Lehre des Buddha ab, den derb realistischen Glauben erobernder Hirtenhäuptlinge und ihrer Priester die weltabgewandte Lehre erlösungsuchender Mönche. Bedeutsame Analogien verbinden die Ideale, um deren willen die Anhänger des Sakyasohnes von ihren Häusern in die Heimathlosigkeit hinausgingen, mit Gedanken, die in der westlichen Welt, insonderheit in Griechenland, gedacht worden sind. Es erscheint als möglich, diese Entwicklung religiösen Wesens, die sich in paralleler Richtung unter so weit von einander entfernten Völkern vollzogen hat, auf eine allgemeine Formel zurückzuführen, welche die Uebereinstimmung der hüben wie drüben wirkenden mächtigen Motive zum Ausdruck bringt.

Darf ein Mitarbeiter an der Erforschung dieser Gebiete es unternehmen, die Versuche zu beschreiben und zu würdigen, welche die Wissenschaft gemacht hat und noch macht, diese alten Denkmäler menschlichen Begehrens, Sehnens, Hoffens zu deuten und ihnen ihre Stelle in der Geschichte anzuweisen? Vor Allem aber darf er sie selbst heraufzubeschwören wagen, der Vorwelt silberne Gestalten, die seltenen, und neben ihnen die größeren Scharen von Gestalten, welche aus roherem Metall gebildet sind: wird es ihm gelingen, sie wenn auch nur in schwankenden Umrissen festzuhalten?

I.

Die Götter- und Mythenwelt des ältesten Indien wurde der Forschung zugänglich, indem ihr die Kenntniß des Rigveda, des ersten der vier Veden, erschlossen wurde, jener Sammlung von mehr als tausend Hymnen, der großen Mehrzahl nach Opferhymnen. Wie man um die Mitte unseres Jahrhunderts den Rigveda kennen lernte und bald in rasch fortschreitender philologischer Arbeit immer sicherer seine Dunkelheiten bewältigte, habe ich in anderm Zusammenhang[1]) berichtet. Mit einem Gefühl von Ehrfurcht las man vornehmlich in Deutschland jene Poesien, deren Sprache sich von dem alten Sanskrit des Manugesetzbuchs oder der großen indischen Epen als noch viel alterthümlicher abhob. Man hatte die Empfindung, als würde man der fernsten Vergangenheit des eigenen Volkes näher geführt, als spüre man etwas von dessen Herzschlag in ältester Frühzeit, wie man jene Götter einer stammverwandten Nation

---

[1]) Siehe oben S. 14 ff.

vor sich erstehen sah: Agni, das Feuer, den freundlichen Gast der menschlichen Wohnungen, Indra, den gewitternden Drachentödter, der mit seiner unermeßlichen Kraft die Wasser aus ihrem Gefängniß befreit, Varuna, in welchem man den allumfassenden Himmel zu erkennen meinte, den Durchschauer und Rächer auch der verborgensten Sünden, Uſhas, die liebliche Morgenröthe, die ihrer Schwester Nacht das Reich entreißt und von ihrer Herde röthlicher Kühe gefolgt segenspendend am Firmament einherfährt.

Der Gang der Wissenschaft brachte es mit sich, daß die ersten Blicke, welche diese plötzlich wie aus verschüttetem Boden aufsteigenden Göttergestalten empfingen, die Blicke von Sprachvergleichern waren: derselben Gelehrten, welche eben damals, von Erfolg zu Erfolg schreitend, sich bemühten, die dunkeln Bildungen der griechischen, lateinischen, germanischen Declination und Conjugation mit dem Licht, das vom Sanskrit kam, aufzuhellen. Was konnte natürlicher sein, als daß jene Forscher dieselbe vergleichende Betrachtungsweise, welche unter ihren Händen in der Grammatik so überreiche Früchte trug, auch auf die Mythologie anwandten? Daß man zwischen den Gottheiten des Veda und denen des europäischen Alterthums dieselbe Verwandtschaft, dieselbe ursprüngliche Identität festzustellen suchte, wie etwa zwischen indischen und griechischen Verbalformen, zwischen dem indischen dadâmi und dem griechischen didômi?[1]). So entwickelte sich, man kann sagen als ein Zweig der vergleichenden Sprachwissenschaft, eine vergleichende Mythologie, welche durchaus die sprachlichen Gesichtspunkte in den Vordergrund stellte: sie hielt sich vor Allem an die Namen der Gottheiten oder Dämonen, verglich die indischen Namen mit

---

[1]) Beide Worte bedeuten: „ich gebe".

den griechischen oder germanischen und suchte vornehmlich vermittelst der etymologischen Deutung dieser Namen das ursprüngliche Wesen der betreffenden Gottheiten festzustellen. Dabei fiel naturgemäß dem Veda gegenüber den europäischen Traditionen die leitende Rolle zu. Ihm kam der unbegrenzte Credit zu Gute, dessen sich damals auf sprachlichem Gebiet das Sanskrit als vornehmster Zeuge für die älteste Gestalt und die ursprüngliche Bedeutung der Worte erfreute. Weshalb die Tochter griechisch thygatèr und deutsch Tochter heißt, konnte weder das Griechische noch das Deutsche lehren. Das Sanskrit schien es lehren zu können. Dem Sanskritwort für Tochter, duhitar, schien seine Entstehungsgeschichte an der Stirn geschrieben zu stehen: indem dies Wort sich zur Wurzel duh „melken" stellte, schien es zu zeigen, daß die Tochter ursprünglich als die „Melkerin" benannt worden ist: ein Familienidyll aus fernster Urzeit. So meinte man an der Hand der vom Sanskrit beherrschten Etymologie, um einen Ausdruck Max Müller's zu wiederholen, in jene Regionen zurück zu gelangen, wo wir die Stimmen der erdgebornen Söhne Manu's zu hören glauben. Es konnte nicht fehlen, daß diese mit solch hoffnungsfreudiger Zuversicht ihr Werk treibende wissenschaftliche Kunst in sich den Beruf und die Kraft fühlte, aus dem Verzeichniß der Sanskritwurzeln auch die Urbedeutung der bis dahin räthselhaftesten Gottheiten Homer's, des alten Italien, der Edda herauszulesen. Einige wenige solche Vergleichungen und Deutungen von Götternamen drängten sich in der That mit zwingender Kraft auf und sind heute so überzeugend geblieben wie sie es im Anfang waren. Sobald man aber über diesen sehr knappen Bestand hinaus weiter vorzubringen suchte, näherte man sich immer mehr einem Verfahren, dessen subjectiver Charakter die Sicherheit der gewonnenen Ergebnisse ernstlich gefährdete. Der Spürsinn der Forscher förderte aus dem endlosen Reichthum mythologischer Namen, von welchen der Veda voll ist, diesen und jenen ans Tageslicht, der vielleicht nur in einer dunkeln und entlegenen Gegend der vedischen Ueberlieferung gelegentlich einmal vorkam und etwa an einen griechischen Namen anzuklingen schien: oder wenn es nicht ein eigentlicher Name eines vedischen Gottes war, konnte es auch ein bloßes Beiwort sein; es konnte auch statt eines wirklich überlieferten Wortes ein solches sein, das man auf eigene Verantwortung als Gegenstück zu einem griechischen Götternamen bildete. In einem ganz dunklen Verse des Rigveda erscheint eine Göttin oder Dämonin Saranjus, von deren Wesen der Veda so gut wie nichts enthüllt: da glaubte man die Urform der griechischen Erinys vor sich zu haben[1]). Der Name Saranjus scheint, seiner Ableitung von einer Wurzel sar „eilen" entsprechend, „die Eilende" zu bedeuten: so las man aus diesem Namen heraus, daß sie die Personification der stürmischen Wetterwolke ist. Und wenn die Erinys der Griechen „im Nebel wandelnd" heißt, wenn sie Fackeln in den Händen schwingt, so sah man darin deutliche Bestätigungen dafür, daß auch die Erinyen aus der Vorstellung der Gewitterwolke hervor-

---

[1]) Die Urform nicht in dem Sinne, daß man die griechische Göttin aus der indischen abgeleitet hätte; wohl aber in dem Sinne, daß man das der griechischen wie der indischen Gestalt gemeinsam zu Grunde liegende indoeuropäische Prototyp als von dem indischen Exemplare im Wesentlichen getreu repräsentirt ansah. — Um übrigens die Gleichsetzung der Namen Saranjus und Erinys, ebenso wie die weiterhin zu erwähnende Gleichung Sarameias-Hermeias (Hermes), richtig zu würdigen, muß man berücksichtigen, daß das anlautende s indoeuropäischer Worte, das sich im Sanskrit (wie im Lateinischen und Germanischen) erhalten hat, im Griechischen vor einem folgenden Vocal bald zum bloßen Hauch geworden, bald ganz geschwunden ist: wie unser „sieben" (lateinisch septem) im Griechischen hepta heißt.

gegangen sind; die Fackeln sind die den Frevler treffenden Blitze. — Der Rigveda kennt eine Götterhündin Sarama, welche die den Göttern geraubten rothen Kühe in ihrem Felsenversteck aufspürt; ihre gleichfalls hundsgestaltigen Söhne — sie schienen die Rolle von Genien des Schlafes und Todes zu spielen — heißen nach ihrer Mutter Saramejas. Hier glaubte man den griechischen Hermes oder Hermeias zu entdecken, den Führer der Seelen ins Todtenreich, den träumesendenden Gott des Schlafes. Und wieder schien jene selbe Wurzel sar „eilen" auch hier wie im Fall der Erinys die mythologische Deutung in das Reich der bewegten Lüfte zu führen. Sarama „die Eilende" erklärte man als den Wind; der Schnelligkeit des Windes sollte in der Natursymbolik des Mythus die Hundegestalt der Göttin und ihrer Kinder entsprechen. Aber der Wind ist nicht das einzige Wesen in der Natur, das sich eilend bewegt. So ließen sich dieser Deutung andere gegenüber stellen. Sarama, welche den im Dunkeln verborgenen Reichthum der röthlichen Kühe wiederfindet; soll sie nicht die Morgenröthe bedeuten? Und scheint sich ihr Name nicht dem Namen der Helena zu vergleichen? Dann wäre die Erzählung der Ilias in einem der ständigen Themen der Vedahymnen wieder entdeckt; die Belagerung Trojas wäre nur eine Wiederholung der täglichen Belagerung der Nachtfestung, in welcher die Schätze des Lichts verschlossen sind, durch die Streitkräfte der Sonne. Neben Helena aber schien es noch eine Reihe anderer griechischer Repräsentantinnen der Morgenröthe zu geben, unter denen die vornehmste durch die vedische Benennung der Morgenröthe als Ahana enthüllt wird: hier meinte man den Keim zu haben, aus dem sich in Griechenland Athene entwickelte, die Tochter des Zeus, wie im Veda die Morgenröthe Tochter des Djaus, des Himmels, heißt. — Als letzte unter diesen indisch=griechischen Zusammen=

stellungen sei hier diejenige aufgeführt, die einst von ihnen allen wohl das meiste Glück gemacht hat. Ein Bestandtheil des altindischen Feuerzeugs, der Rührstab, welchen man dreht, um durch seine Reibung das Holz in Brand zu setzen, heißt pramantha: hier schien die Titanengestalt des Prometheus ihr Wesen zu enthüllen; der Freund der Menschen, welcher Zeus zum Trotz ihnen das Feuer, die Quelle aller Kunst gebracht hat, schien sich seiner ursprünglichen Natur nach als ein himmlischer Feuerreiber herauszustellen, welcher dann die von ihm erzeugte Flamme im Blitz zur Erde herniederträgt.

Man sieht, daß nahezu bei allen diesen Combinationen ein stehender Zug wiederkehrt: die göttlichen Wesen, auch diejenigen, welche noch so entschieden ethische oder Culturmächte zu repräsentiren scheinen, werden ihrem Ursprung nach auf Naturgewalten zurückgeführt. Die Erinys war die dunkle Sturmwolke, ehe sie das Amt übernahm, die Missethaten der Menschen zu rächen. In dem großen Reich der Natur aber waren es zwei Gebiete, auf welchen sich diese Erklärungen von Göttern und Mythen mit besonderer Vorliebe bewegten: die Vorgänge von Sturm und Gewitter und andrerseits der Wechsel von Licht und Dunkel. Die Neigungen der Forscher theilten sich; man stritt darüber, was die tiefsten und nachhaltigsten Eindrücke auf den Geist der jugendlichen Menschheit hervorgebracht haben müsse, jene außerordentlichen, gleichsam krampfhaften Erschütterungen, welche das Luftreich bewegen, oder die ruhige Hoheit der täglich in gleichem Glanz wiedererscheinenden himmlischen Lichtmächte. Adalbert Kuhn nahm die erste Stelle unter den Forschern ein, für welche das mythologische Gesichtsfeld von Sturmgöttern, Wolkenfrauen, Blitzdämonen erfüllt war. Er glaubte die Sprache vieler Mythen in Beschreibungen meteorologischer Vorgänge übersetzen zu können, deren Details, die

Bewegungen der aufsteigenden, abziehenden, sich auflösenden dunkeln Wolken und helleren Wölkchen oft durch ganze Reihen von Phasen mit peinlicher Genauigkeit festgehalten zu sein schienen. Für Max Müller auf der andern Seite drückte sich das Hauptthema der indogermanischen Mythen in den Worten Morgenröthe und Sonne aus. Seiner poetisch gestimmten Phantasie schwebten die alten Dichter und Denker vor, wie sie in dem, was wir Sonnenaufgang nennen, täglich das Räthsel aller Räthsel erblickten. Die Morgenröthe war ihnen das unbekannte Land, aus dessen unergründlichen Fernen immer neues Leben aufblitzt. Sie öffnet der Sonne ihre goldnen Thore, und während diese Thore offen stehen, streben Augen und Herzen über die Grenzen dieser endlichen Welt hinwegzuschauen; der Gedanke des Unendlichen, Unsterblichen, Göttlichen wird im menschlichen Geist wach. Aber ob Gewitter, ob Sonnenaufgang, darin waren Alle einig, daß man im Beda den Führer besaß, der bis zur Theogonie der indoeuropäischen Völker zurückführte', daß hier ein höchst ursprüngliches, durchsichtiges Religionssystem vorlag, dessen Gestaltungen sichtbar in den primitiven Anschauungen und Ausdrücken über die Naturmächte und Naturvorgänge wurzeln. Hier verräth, wie Max Müller sich ausdrückte, die mythologische Sphinx ihr Geheimniß; hier können wir gerade noch einen Blick hinter die Coulissen werfen auf die Kräfte, deren Spiel auf griechischem Boden jene prächtige Bühnenwirkung des olympischen Götterdramas zu Stande gebracht hat. Ein neues Stück Wissenschaft schien sich erschlossen zu haben, das auf ungeahnten Wegen zur fernsten Vergangenheit menschlichen Geisteslebens zurückführte. Die Eröffner dieser Bahnen hätten in der That bis zur Unnatur von Kälte und Mißtrauen beherrscht gewesen sein müssen, wenn nicht bei dieser Fülle der Gesichte etwas von einem Rausch über sie

gekommen wäre, von dem Gefühl im Veda mit einem kühnen
Griff den Ursprung von Mythus und Religion überhaupt er=
greifen zu können, zu „schauen alle Wirkenskraft und Samen".
Ist, was man so gewonnen zu haben meinte, vor dem Geschick
des Zerrinnens bewahrt geblieben?

II.

Der Angriff auf die Lehren der vergleichenden Mythologie,
auf den Glauben an den primitiven Charakter der vedischen
Götter= und Sagenwelt bereitete sich langsam vor. Auf der
einen Seite war es der Fortschritt sprachlicher Forschungen, der
einer vermeintlichen Gewißheit nach der andern ihre blendende
Kraft nahm; auf der andern Seite standen sachliche Betrach=
tungen, Erwägungen und Entdeckungen, welche der mit Macht
neu aufblühenden Wissenschaft der Ethnologie angehörten.

Wir verfolgen zuerst, wie sich die Kunst der Handhabung
jener sprachlichen Probleme verschärfte und vertiefte, an denen
in der vergleichenden Mythologie nahezu Alles hing.

In der Vergleichung der indischen Worte mit griechischen
oder germanischen wurde man aus guten Gründen immer stren=
ger, mißtrauischer, zögernder. Man wurde umsichtiger darin,
was man früher oft versäumt hatte, das einzelne Wort, ehe man
es mit Worten eines fremden Sprachgebietes zu parallelisiren
unternahm, zunächst auf dem Boden der Sprache selbst, welcher
es angehörte, in seinem vollen, natürlichen Zusammenhang, im
ganzen Umkreis der ihm verwandten Worte zu betrachten. Und
wenn man dann die Grenzen der großen Sprachgebiete über=
schritt, die fernen Weiten des indischen und europäischen Wort=
schatzes mit seinen Vergleichungen zu überbrücken wagte, machte
man sich jetzt mit einer Strenge, an der es die ältere Zeit allzu
oft hatte fehlen lassen, die allergenaueste Berücksichtigung der

einzelnen Laute und ihrer erst jetzt immer sicherer ermittelten gesetzlichen Entsprechungen innerhalb der verschiedenen Sprachen zum Gesetz. Nicht die äußerliche Aehnlichkeit der Worte durfte in Betracht kommen, nicht oberflächliche Anklänge, über die sich allein vermöge des subjectiven Gefühls entscheiden ließ, sondern allein die unwandelbar festen Verhältnisse, nach welchen sich die Sprachlaute von der gemeinsamen indoeuropäischen Muttersprache aus hier nach dem Sanskrit hin, dort nach dem Griechischen, nach dem Germanischen hin entwickelt haben. Unter den mythologischen Namenvergleichungen, von welchen wir gesprochen haben, vertrugen die wenigsten die Beurtheilung nach diesem strengen, aber sehr nothwendigen Canon. Prometheus kann nun einmal nicht dasselbe Wort sein wie das indische pramantha; Helena kann nicht gleich Sarama sein, weil das griechische n, das indische m einander nicht entsprechen.

Und wie mit solchen Wortvergleichungen, so machte man auch mit der früher so zuversichtlich betriebenen Zurückführung der Worte auf die Wurzeln, welche man den weiten Vorrathsräumen des Sanskrit-Wurzelverzeichnisses entnahm, je länger je mehr bedenkliche Erfahrungen. Man überzeugte sich, daß gegenüber der bestechenden Versuchung in ein Paar Consonanten die ganze Vorgeschichte eines Wortes und einer Vorstellung lesen zu wollen, die strengste Zurückhaltung am Platze ist; daß man in tausend Fällen sich resigniren, ein Wort als eine gegebene Größe, als den Eigennamen der und der mythologischen Persönlichkeit hinnehmen muß, ohne jene gefährliche Kunst daran zu üben, welche nur zu leicht überall Morgenröthen oder Sturmwolken zu entdecken weiß. Mit einem Wort: man sah immer mehr ein, daß man zu schnell, zu viel aus den Worten hatte lernen wollen, und daß es nöthig ist, statt der Worte die Welt der Sachen, die weite concrete Welt der religiösen und mytho-

logischen Vorstellungen geduldiger, vorurtheilsloser zu durch=
forschen, statt in sie auf schwankende Etymologien hin einen
Sinn zu legen, der doch schließlich der Stubenluft des Studier=
zimmers entstammte.

Man wolle, was hier gesagt ist, nicht mißverstehen. Es ist
schlechterdings nicht meine Absicht zu bestreiten, daß es an
sich ein durchaus berechtigter Versuch der Forschung ist, aus der
Vergleichung etwa der indischen, griechischen, germanischen Götter
und Mythen zu ermitteln, was hier gemeinsames Erbtheil aus
der indoeuropäischen Vorzeit ist, und so, wenn möglich, die
Vorstellungen der verschiedenen Völker gegenseitig ihren Ur=
sprung und ihre Bedeutung aufhellen zu lassen. Wie viel auf
diesem Wege zu erreichen ist, kann nur der Erfolg lehren:
dieser aber ist, wie ich meine, zwar keineswegs ein rein negativer
gewesen, hat aber doch, wenn man die vorschnellen Vergleichungen
der älteren Zeit wie den Prometheus = pramantha streicht,
bis jetzt nur bescheidene Hoffnungen gerechtfertigt. Es ist der
Forschung hier eben ganz anders ergangen als auf dem rein
sprachlichen Gebiet. Dort hat man mit immer größerer Sicher=
heit, mit jenem wachsenden Erfolg, der das beste Kennzeichen
des eingeschlagenen richtigen Weges ist, aus der Vergleichung
der indischen, griechischen, lateinischen, germanischen, slavischen
Declination und Conjugation den Hauptsachen nach die Para=
digmen der indoeuropäischen Sprache hergestellt und die Vor=
gänge ermittelt, in welchen diese sich in die Paradigmen jener
einzelnen Tochtersprachen gewandelt haben. Die Veränderungen
der grammatischen Formensysteme im Lauf der Geschichte sind
eben das Produkt verhältnißmäßig einfacher Factoren, die sich
zum größten Theil in Formeln von fast mathematischer Be=
stimmtheit ausdrücken lassen. In der Geschichte der Mythen
dagegen wirkt fortwährend die complicirteste, nie auch nur an=

nähernd zu überblickende Mannigfaltigkeit von Einflüssen zusammen. Bald verblassen die einzelnen Vorstellungsgruppen; bald verdichten sie sich zu festerer Concretheit. Weit getrennte Elemente gerathen an einander und gehen Verbindungen ein, die dann ihrerseits, um sich abzurunden oder im Gleichgewicht zu erhalten, neue Gebilde aus sich hervortreiben. Geistige Vorgänge, welche sich in der Sphäre des Unbewußten vollziehen, kreuzen sich mit der bewußten Thätigkeit primitiven Dichtens oder Speculirens, dessen Motive oft für die heutigen Denkgewohnheiten in schwer zugänglicher Ferne liegen. Schließlich spielen äußere Interessen mit, Rivalitäten aller Art, Kampf um Besitz oder Einfluß, Eitelkeit und wie viel Mächte gleicher Art. Nur spärlich wird dies chaotische Gewirr an einzelnen Punkten von dem oft so trüben Licht der Ueberlieferung, mit welcher die Wissenschaft zu arbeiten hat, erleuchtet; zwischen solchen Punkten liegen unabsehbare Strecken in tiefster Finsterniß; wo da der Faden einmal der Hand des Forschers entschlüpft, ist die Gefahr groß, daß er rettungslos verloren ist. Danach ist es begreiflich, daß der Versuch, die weite Entfernung zwischen Indien und Griechenland oder der germanischen Welt durch Vergleichungen zu überbrücken, da wo es sich um Götter und Mythen handelt, völlig andere, unendlich viel ungünstigere Chancen hat, als wo etwa die sanskritischen und griechischen Verbalflexionen in Frage kommen. Wir erwähnten schon, daß es immerhin nicht ganz an Fällen fehlt, in welchen die Vergleichung indischer und europäischer Gottheiten allen Schwierigkeiten zum Trotz doch gelingt. Das Zwillingspaar der Asvin, wörtlich der Rosseherren, jener lichten Götterjünglinge, welche in der Morgenfrühe auf ihrem schnellen Wagen über das Himmelsgewölbe fahren und den Bedrängten als Retter aus aller Noth erscheinen, entspricht in der That nach meiner festen Ueberzeugung den griechischen Dioskuren und zeigt den Weg zum Verständniß der Dioskuren. Indra, der stärkste der vedischen Götter, der mit seiner geschleuderten Waffe den Drachen tödtet und die gefangenen Wasser befreit, ist in der That derselbe Gott wie in der Edda Thor, der Drachenkämpfer, der Schwinger des Hammers[1]); in der That hat sich in Indien wie im germanischen Norden der Gewittergott der Indoeuropäer in deutlich erkennbarer Uebereinstimmung erhalten. Aber der bis jetzt gewonnene Bestand solcher wirklich haltbarer Vergleichungen ist ein ganz bescheidener, und schwerlich haben wir Grund, uns auf zukünftige Erfolge dieser Art Hoffnungen in sehr viel größerem Maßstabe zu machen.

III.

Mit noch entscheidenderem Gewicht als die eben beschriebenen wissenschaftlichen Vorgänge wirkten Forschungen, welche von den Sphären der Sprachvergleichung und Sanskritphilologie weit ablagen, dahin, den Glauben an den Veda als einen Repräsentanten sehr primitiver Religion und Mythologie zu erschüttern. Immer umfassender und planmäßiger lernte man beobachten, was zu beobachten nicht leicht war: die Formen, in welchen sich das religiöse Empfinden, der Cultus, die mythenschaffende

---

[1]) Man bemerke, daß in der Gleichung Indra-Thor wie in derjenigen der Asvin-Dioskuren beidemal die Uebereinstimmung der Namen versagt. Die Namenvergleichung hatte sich bemüht, den Hermes der Griechen mit dem indischen Götterhunde Saramejas zu parallelisiren; in der That gehört Hermes, wie ich glaube, vielmehr mit dem vedischen Gott Puschan zusammen, welcher wie Hermes über Wegen und Reisenden schützend waltet, wie Hermes Götterbote ist, wie Hermes als Psychopomp (Geleiter der Seelen ins Jenseits) auftritt, wie Hermes Schützer der Herden, wie Hermes Verleiher glücklicher Funde ist. So führt die Vergleichung des sachlichen Vorstellungsinhalts zu Ergebnissen, die von der etymologischen Namenvergleichung schlechterdings unabhängig sind.

Phantasie der gegenwärtig lebenden Völker auf den niedrigen und niedrigsten Culturstufen bewegt. Hier machte man nun eine Entdeckung von höchster Bedeutung, deren Ehren vornehmlich englischen Forschern wie Tylor und Lang gehören, neben ihnen auch einem ausgezeichneten deutschen Gelehrten, Wilh. Mannhardt. Man erkannte, daß ganz ähnlich wie die primitiven Waffen und Geräthe, so auch das religiöse Wesen bei den tiefststehenden Völkern der ganzen Erde in den wesentlichsten Grundzügen überall dasselbe ist; eine wie auch immer zu erklärende Nothwendigkeit muß es mit sich bringen, daß für diese niedrige Stufe der Entwicklung gerade dieser Typus von Vorstellungen und Gebräuchen der normale, mit vollkommener Sicherheit zu erwartende ist. Wir werden diesen Typus eines sehr wenig idealistischen, von durchaus praktischen, derben Gesichtspunkten regierten Glaubens und Cultus weiterhin näher beschreiben; für jetzt müssen wir nur die naheliegende Folgerung hervorheben, welche sich aus dem eben Gesagten ergiebt: daß nämlich die Vorfahren auch der Völker, die wir in den geschichtlichen Zeiten als die Besitzer reichster Cultur antreffen, doch in einer wenn auch noch so entfernten Vorzeit das Stadium eben jener selben Wildenreligion, jenes Wildencultus durchgemacht haben müssen. Somit eröffnete sich für den, der es nicht verschmähte von Indianern, Negern, Australiern zu lernen, eine Quelle der wesentlichsten Aufschlüsse aus dem Munde heutiger lebendiger Zeugen über ein weit hinter der Ueberlieferung des Veda oder Homer zurückliegendes Stadium der Vorgeschichte, welche zur vedischen und homerischen Religion geführt hat. Sollte aber jener Schluß von den Vorstellungen der heutigen Wilden auf die Vorstellungswelt, welche dem Wildheitsstadium in der fernsten Vorgeschichte der später civilisirten Nationen eigen gewesen sein muß, als allzukühn erscheinen, so gab es eine sichere Controle. Es ist eine bekannte Erfahrung, daß beim Uebergang niederer Culturstufen in höhere jedesmal viele Elemente des alten Zustandes übrig bleiben, welche sich vom Geist der neuen Zeit nicht beseitigen und auch nicht assimiliren lassen. Sie erhalten sich als Ueberlebsel inmitten ihrer anders gewordenen Umgebung, unverständlich für den, der nur die Richtungen dieser modernen Welt kennt: begreiflich sind sie allein aus der Zeit heraus, aus welcher sie stammen, in der sie lebendig waren, deren Spur sie so zu sagen in versteinertem Zustande aufbewahren. Solche Ueberlebsel müssen sich, wenn die hier in Rede stehende Betrachtungsweise das Richtige trifft, in einer Mythologie und einem Cultus wie dem des Veda — wir könnten natürlich ebensogut sagen des Homer — auf Schritt und Tritt vorfinden. Sie müssen der eigentliche Sitz des Irrationalen, Bizarren, jedem Erklärungsversuch zunächst Widerstrebenden sein: was aber dem Denken des heutigen Menschen unbegreiflich scheint, muß verständlich werden, sobald man die Kunst gelernt hat, es von den Gesichtspunkten des Wilden aus mit Hülfe seiner Logik zu betrachten, die von unseren Gesichtspunkten, von unserer Logik oft himmelweit verschieden sind. Wie man nun den Bestand der altindischen und der verwandten europäischen Culturen auf solche etwa erhaltene Ueberreste aus der Zeit fernster Vorcultur durchsuchte, erhob sich alsbald mit immer überzeugenderer Kraft das Gefühl, daß man auf ein richtiges Geleise gerathen war. Räthsel, die man sich bis dahin kaum aufzugeben gewagt hatte, lösten sich; die frappantesten Uebereinstimmungen stellten sich heraus zwischen den heute über die Erde hin bei Wilden und Halbwilden verbreiteten Typen von Mythus und Cultus und den Typen von Mythus und Cultus, die etwa im Veda als unverständliche, jeder Erklärung aus dem Denkhabitus der vedischen Welt widerstrebende Facta dalagen. So schloß sich die Kette des Beweises zusammen. Es war gelungen oder wenigstens es gelang immer mehr und mehr, nicht durch grammatische Speculationen oder die Betrachtung von Sanskritwurzeln, sondern durch Forschungen, die in ihrer vollen Breite auf dem Boden der lebendigsten Realität fußten, ein sämmtlichen Culturen zu Grunde liegendes Stadium der Anfänge, gleichsam ein dem Tag der Geschichte fern vorangehendes Morgengrauen zu enthüllen: eine Entdeckung, welche, so allmählich und unscheinbar sie hervortrat, in Wirklichkeit für die Erforschung des Alterthums vielleicht einen noch tiefer eingreifenden Erfolg bedeutet, als jene glänzenden Thaten vollendeter Philologenkunst, welche den Zugang zu den Fernen der ägyptischen und babylonischen Cultur erschlossen haben.

Durch diese Entdeckung aber war der Religion und der Mythenwelt des Veda ein Platz angewiesen worden sehr weit von demjenigen entfernt, an welchen sie der Enthusiasmus der älteren Vedaforscher hatte stellen wollen. Die Annahme, daß hier das Geheimniß der ersten Werdeprocesse von Glauben und Cultus sich offenbare, zeigte sich jetzt als ebenso verfehlt, wie wenn man etwa in der complicirten Grammatik des Sanskrit, die auf eine endlose Vorgeschichte zurückdeutet, eine Urgrammatik menschlicher Sprache hätte finden wollen. Es ist eben nicht so, wie man gemeint hatte, daß im Veda wie in einer Uhr mit Glasgehäuse das ganze Räderwerk, in dem die mythenbildende Phantasie ihr Wesen treibt, uns sichtbar vor Augen steht. Die vedischen Götter, das vedische Opfer sind nicht junge, klare Schöpfungen der religiösen Schaffenskraft, sondern sie erweisen sich, wenn man nur genau hinsieht, größtentheils als alte, dunkle, complicirte Bildungen. Versuchen wir zu beschreiben, wie sich für die Betrachtungsweise, deren Principien wir hier besprochen haben, die Vorgeschichte der vedischen Religion und diese selbst den Hauptzügen nach darstellt[1]).

IV.

Die letzte, entfernteste Grundlage der altindischen Religion, welche aus tiefster Vergangenheit in trümmerhaften Resten bis an die sichtbare Oberfläche der vedischen Zeit hinaufreicht, ist, wie wir eben gesehen haben, der Glaube der Wilden. Alles Dasein erscheint hier als von Geistern beseelt, deren wirre Massen sich zusammen mit den gespenstischen Seelen der Verstorbenen wimmelnd, schwirrend, schwebend durch einander drängen und in allem Geschehen ihr Wesen treiben. Erkrankt ein Mensch, so ist ein Geist in ihn gefahren, der ihm sein Leiden zufügt; man heilt den Kranken, indem man den Geist durch Zauber aus ihm herauslockt. Im fliegenden Pfeil wohnt ein Geist; wer den Pfeil abschießt, verrichtet eine Zauberhandlung, welche den Geist in Bewegung setzt. Bald haben die Geister menschliche, bald thierische Gestalt; das Eine hat für die Phantasie keine höhere oder tiefere Bedeutung als das Andere, denn eine Kluft zwischen menschlicher und thierischer Wesenheit wird jetzt noch nicht gefühlt, wie denn auch die Menschen meist als von Thieren abstammend gedacht, die menschlichen Stämme als Bären, Wölfe, Schlangen benannt und die einzelnen Exemplare der betreffenden Thiergattung als Blutsverwandte behandelt werden. Die sich hin und her bewegenden Geister können in einem sichtbaren Gegenstand ihren bleibenden oder vorübergehenden Wohnsitz aufschlagen: bald ist eine Feder, ein Knochen, ein Stein der fetischhafte Träger des Geistes; bald wohnt er in einer Pflanze, einem Baum oder in einem Thier; bald fährt er in einen

---

[1]) Eine eingehendere Behandlung dieses Gegenstandes habe ich in meinem Buche „Die Religion des Beda" (1894) gegeben.

Menschen, den er krank macht oder den er in Convulsionen stürzt, in welchen ihm übernatürliche Gesichte erscheinen und in wirren Lauten der Geist aus ihm redet. Wie der Mensch noch ganz im Augenblicke lebt, widerstandslos hin- und hergeworfen von allen wechselnden Einflüssen, so natürlich auch die Geister: die Geister der Wilden sind selbst Wilde, gierig, leichtgläubig, leicht erregt; der Erfahrene, der Zauberer, der jetzt noch an der Stelle steht, welche später der Priester einnehmen wird, kennt die Kunst — die fernen Vorahnungen des Cultus — sie zu locken, ihnen zu schmeicheln, ihnen den Weg zu versperren, sie zu erschrecken, zu täuschen, zu zwingen, auf seinen Feind zu hetzen; man schwemmt sie mit Wasser weg; man verbrennt sie mit Feuer; auch die befreundeten Geister behandelt man, wo sie sich widerspenstig zeigen, äußerst unehrerbietig. Man sieht, dieser Glaube kennt nichts, das in ferner Hoheit das menschliche Dasein überragte. Noch haben sich die Schätzungen der Größenverhältnisse, der Abstände nicht gebildet; Thiere, Menschen, Geister drängen sich durch einander, alle mehr oder minder gleich groß und gleich berechtigt.

Allmählich aber beginnt das Chaos dieser Vorstellungen sich zu lichten, beginnt Großes und Kleines, Hohes und Niederes sich zu sondern. Ruhigere Uebersicht gewinnt in der Weltbetrachtung Raum. Aus dem Gewirr der geisterhaft wirkenden Mächte heben sich immer bestimmter die großen Naturgewalten als die vornehmsten hervor. Ihr Wirken, das durch die weitesten Fernen übermächtig hindurchreicht, heute wie gestern, morgen wie heute, menschlichem Widerstand unzugänglich, wird immer lebhafter als ausschlaggebend für die Geschicke empfunden, um so mehr als die sich verfeinernden Interessen des menschlichen Erwerbslebens, die Interessen der Viehzucht, des Ackerbaus, die Empfindlichkeit für die günstigen oder ungünstigen

Naturvorgänge immer schärfer werden lassen. So ist es für weite Strecken der geschichtlichen Entwicklung der charakteristische Normalzustand, daß die großen Naturmächte wie Himmel, Sonne, Mond, Sturm, Gewitter, von den irdischen in der Regel vor Allen die Erde selbst und das Feuer, als höchste Spender der Gaben und Lenker des Geschehens erscheinen. Sie stehen in göttlicher Entferntheit über den Menschen. In ihrer Verkörperung zu lebendiger Persönlichkeit gewinnt immer entschiedener die reinere menschliche Gestalt den Vorrang vor der thierischen. Thierische Dumpfheit vergöttlichen konnte man doch nur, so lange man sich selbst nicht von ihr verschieden fühlte. Freilich verschwindet die Thiergestalt natürlich nicht mit einem Schlage und spurlos aus der Götterwelt. Untergeordnetere Gottheiten, die im Hintergrunde stehend von der aufwärts gehenden Strömung nicht berührt wurden, mochten ihre alte Thiergestalt behalten. Oder das Thier, welches einst selbst Gott gewesen war, mochte, wie der Gott zu menschlicher Gestalt erhoben wurde, ihm als sein specielles Attribut, als eine Art überirdisches Hausthier verbleiben, so daß etwa roßgestaltige Dämonen, welche zu menschenähnlichen Göttern wurden, nun als Reiter himmlischer Rosse erschienen. Oder an der menschlichen Gestalt des Gottes mochte ein thierischer Körpertheil oder ein äußerlich angefügtes thierisches Emblem die Spur der überwundenen Vorstellungsweise bewahren. Wo eine in festen Formen entwickelte plastische Kunst, wie in Aegypten oder Mexico, conservativ am Althergebrachten festhält, werden die Götterthiere, aus Stein geformt, Aussicht haben, sich länger zu erhalten, als da, wo sie, wie im vedischen Indien, allein in der luftigen Welt der Phantasie leben. Wie die Thiergestalt der Götter, so muß jetzt auch ihre fetischhafte Verkörperung in Stein und Holz, in Knochen und Feder, wenn auch nicht spurlos verschwinden, so doch in den Hintergrund zurücksinken. Der Zauberspuk der durch körperliche Behausungen aller Art herumschlüpfenden Geister verliert an Terrain; die Göttergestalten stehen jetzt sicherer in ihren eigenen Umrissen, in ihrer menschlich-überirdischen Hoheit fest; helleres Licht liegt über ihnen als über der Geisterwelt der alten Zeit. Wenn sie auch jenem Ideal der Heiligkeit noch sehr unähnlich sind, zu dem ein späteres Zeitalter sich erheben wird, wenn auch Eigensucht, Leidenschaften, Launen aller Art sie noch erfüllen, fängt daneben doch schon feste Beständigkeit, ein weit hinaus gesponnenes Wollen immer mehr an, in ihrem Thun Raum zu gewinnen. Vielfach entwickelt sich die Tendenz, diesen Göttern überwiegend die Rolle gütiger Segenspender zu übertragen, während die Thätigkeit des Schadenstiftens, des Erregens von Krankheit und Unheil aller Art niederen Dämonen, Kobolden, Spukgeistern zufällt, die im Wesentlichen auf dem Niveau der früheren Zauberreligion verharren und gegen welche die alten Künste der Bannungen und Beschwörungen ihre Wirkung behalten — Künste, die gegenüber der höheren Macht der neuen großen Götter versagen. Der Verkehr des Menschen mit diesen stimmt sich auf eine andere Tonart. Man bemüht sich, die Unsterblichen, Gewaltigen, gern zur Gnade Geneigten durch Gaben zu erfreuen. Man ladet sie zu Speise und Trank ein, und sie folgen dem Ruf: nicht mit dem polternden Lärm der vom Zauberer beschworenen Geister, sondern in ruhiger Größe nahen die Unsichtbaren ihren Verehrern. Die Signatur des Cultus heißt jetzt und bleibt für weite Zeiträume Opfer und Gebet.

Hier wird uns nun die Stelle sichtbar, an welcher der Götterglaube des Veda steht. Nicht alle vedischen Götter, aber alle größten, maßgebenden unter ihnen beruhen auf der Personification von Naturmächten in übermenschlicher Größe.

Die Heimath der Meisten ist der Luftraum oder Himmel. Das Wort devas „der Gott", welches die Inder aus indoeuropäischer Vergangenheit überkommen haben und welches sich bei vielen der verwandten Völker wiederfindet[1]), heißt ursprünglich „der Himmlische"; schon von ferner Vergangenheit her steht also jener Glaube fest, welcher die Götter über das Treiben der Menschen zu himmlischer Höhe emporhebt. Aus Allem sehen wir auf den ersten Blick, daß wir es hier mit einem Entwicklungsstadium zu thun haben, dem eine lange Vorgeschichte vorangegangen sein muß. Und wir finden dafür die Bestätigung, welche, wie wir oben ausgeführt haben, in einem Fall dieser Art erwartet werden darf: die charakteristischen Götter- oder besser Geistertypen der primitiveren Stufen werden überall, bald in Spuren und Resten, bald in voller Breite inmitten der vedischen Götterwelt sichtbar. Den Göttern, wie sie dem religiösen Denken der vedischen Zeit entsprechen, jenen zu colossaler Größe gesteigerten himmlischen Menschen, haften zahlreiche, nicht völlig verwischte Spuren uralter Thiergestalt an. Thierförmige Dämonen, wie die „Schlange vom Grunde", der „einfüßige Ziegenbock", umgeben die Welt der menschenähnlichen Götter und bilden ihren Hintergrund. Und die Götter selbst werden — wenn auch, wie begreiflich, nur ausnahmsweise — bei gewissen Riten als fetischhaft verkörpert in Thieren, gelegentlich auch in leblosen Objecten vorgestellt; ein Roß repräsentirt Agni, den raschen Gott des Feuers, ein Stier den stiergleich starken Indra. So scheinen hier auch von jenem für die Weltanschauung der Wilden so charakteristischen Glauben an die

---

[1]) So im Lateinischen als divus, deus, in der Sprache der alten Gallier als devo-, divo-, lithauisch als dëvas, altpreußisch als deiwas. Aus dem Altnordischen, welches der Lautverschiebung entsprechend t statt d zeigen muß, gehört hierher tívar „die Götter."

Blutsverwandtschaft zwischen bestimmten menschlichen Familien und bestimmten Thierarten deutliche Reste vorzuliegen. Weiter treten in Indien wie anderwärts neben den überwiegend gütigen und heilbringenden großen Göttern, welche durch den Fortschritt des Denkens zu reinerer Gestalt erhoben sind, jene Geister, von denen der Wilde sich umringt weiß, ganz in ihrer uralten Gestalt zu Tage. Es sind die man möchte sagen der Steinzeit des religiösen Wesens entstammenden, für die geschichtliche Entwicklung unberührbaren, in allen Zeitaltern und bei allen Völkern sich gleichbleibenden Kobolde, Unholde, Krankheitsgeister, die in menschlichen oder thierischen Gestalten und Mißgestalten bei Tage und besonders bei Nacht, überall, mit Vorliebe aber an Kreuzwegen, an Leichenstätten und ähnlichen unheimlichen Orten herumstreichen, in den Menschen hineinschlüpfen, ihn betrügen, seinen Geist verwirren, an seinem Fleisch zehren, sein Blut aussaugen, seinen Frauen nachstellen, seinen Kühen die Milch wegtrinken. Und endlich erscheinen im Glauben des Veda neben diesen Geistern und wie sie den ältesten Vorstellungsformen angehörig, die Seelen der Verstorbenen, die der Vorfahren gütig über ihren Kindern wachend, und tückische, feindliche Seelen: ein Gebiet, auf welchem der Veda besonders reichlich, von der Bedeckung der darüber gelagerten modernen Anschauungen kaum verhüllt, die Reste wilden, rohesten Religionswesens bewahrt hat.

Wenden wir uns nun aber von diesen Ueberlebseln ferner Vergangenheit zu den großen Göttern, welche die charakteristischen Hauptfiguren der vedischen Religion selbst sind, so zeigt sich, daß das eigentliche Stadium jener oben von uns beschriebenen Vergötterung der Luft- und Himmelsmächte hier schon um ein merkliches Stück Weges überschritten ist. Die aus den Anschauungen des Naturlebens erwachsenen Wurzeln dieser Göttergestalten sind meist schon vertrocknet oder im Vertrocknen begriffen; die alte Naturbedeutung ist vergessen oder mißverstanden. Der Mächtigste der vedischen Götter, Indra, war einst der Gewitterer, der mit der Blitzwaffe den Wolkenfelsen öffnet und die Regenströme frei läßt: in den Hymnen des Veda ist er fast ganz verblaßt zu einem stärksten göttlichen Helden und Siegverleiher, einem Vollbringer aller gewaltigsten Thaten und Spender unerschöpflicher Schätze. Wohl erzählen auch die vedischen Dichter von Indra jene Geschichte, welche einst die Geschichte vom Gewitter war, von der Tödtung der Schlange und der Eröffnung des Felsens: jetzt aber ist Alles darin verschoben. Der Felsen, den Indra's Waffe spaltet, ist nicht mehr die Wolke, sondern ein irdischer Felsen; die Ströme, die der Gott befreit, sind irdische Ströme. So ist die Vorstellung des Gewitters aus der vedischen Gestalt des Indramythus verschwunden, und übrig geblieben ist nur die Erzählung, daß der Stärkste der Götter mit seiner wunderbaren Waffe einen Felsen gespalten hat; aus dem sind die Flüsse hervorgeströmt.

Ganz derselbe Vorgang des Verblassens hat eine Reihe anderer unter jenen großen Naturgöttern betroffen. Die beiden Asvin, die Dioskuren der Griechen, haben ihre Naturbedeutung als Morgenstern und Abendstern verloren; für den vedischen Glauben liegt ihr Wesen darin, daß sie die Erretter von Bedrängten aus allerlei Nöthen sind. Varuna, seiner ursprünglichen Natur nach ein Mondgott, hat sich in einen himmlischen König, den Durchschauer und Bestrafer aller Sünden, verwandelt, und nur einzelne Züge, wie daß er als göttlicher Beherrscher der Nacht gilt, zeigen die undeutlich gewordene Spur seines längst vergessenen eigentlichen Wesens.

So haben sich die vergöttlichten Naturmächte in unsterbliche Herren und Schutzpatrone der verschiedenen menschlichen Lebenslagen und Interessen verwandelt. Der Vorgang ist leicht begreiflich. Das Gefühl, jenen Naturmächten alles Beste zu verdanken, den rohen älteren Anschauungen gegenüber kein geringer Fortschritt, muß doch mit der Zeit selbst verblassen. Die immer fester werdende Ordnung der Gesellschaft, der größere Zusammenhang aller kriegerischen und friedlichen Unternehmungen läßt andere Vorstellungssphären in den Vordergrund treten. Die Macht des Königs, des Kriegshelden drängt sich als die entscheidende auf, und so tritt in jenen Göttern, in denen Naturwesenheiten die Gestalt von Uebermenschen angenommen hatten, der Naturfactor immer mehr hinter dem menschengleichen Element zurück; der Gedanke an den Morgenstern oder Mond verblaßt vor dem Bewußtsein, im gnädigen Schutz oder unter der richtenden Gewalt heldenhafter und königlicher himmlischer Herren zu stehen.

Diese himmlischen Herren, wie sie der Veda schildert, haben alle unter einander eine starke Familienähnlichkeit. Sie sind alle sehr mächtig, sehr glänzend, sehr weise, sehr hülfreich; in unförmlicher Riesengröße stehen sie da, der Eine wie der Andere, arm an jener Schönheit ohne Gleichen, in welcher der Grieche seine Götter vor Augen sah. Zeus winkt mit den schwärzlichen Brauen; die ambrosischen Locken wallen ihm vorwärts und die Höhen des Olympos erbeben; der vedische Barbarengott „wetzt seine Hörner und schüttelt sie mit Macht wie ein Stier": derselbe Ton, in dem ein altchaldäischer Hymnus, welcher etwa dem entsprechenden Stadium der Entwicklung angehört, von dem Gott sagt, „daß er seine Hörner erhebt wie ein wilder Stier". Noch hat das religiöse Denken und Empfinden nicht den Schritt gethan von der Größe des Gottes zu seiner Unendlichkeit, von der Macht zur Allmacht, vor Allem nicht den Schritt von der Vielheit zur Einheit. Einen Gott schafft eine Geschichte wie die alttestamentliche, die im Sturm der großen nationalen Schicksale, in Sieg und in Unglück, das Volk mit dem Gott, der über seinen Geschicken waltet, zusammenkettet, so daß alle anderen Götter neben ihm verschwinden. Oder einen Gott schafft das Denken, das über den Höhen und Tiefen des Daseins einen höchsten Höhepunkt, eine tiefste Wurzel aller Dinge sucht — dort der Gott der Helden, der Patrioten, hier der stille Gott des einsamen Betrachters. Aber die Sänger des Veda waren weder Patrioten noch Philosophen. Die Ruhe und das Wohlergehen des alten Indien, die Gleichmüthigkeit der indischen Volksseele, welcher die volle Tiefe und Intensität des Haftens an dem eigenen nationalen Dasein immer fremd gewesen ist, wurde von jenen Leiden und Leidenschaften, von denen die Geschichte Israels voll ist, nur spärlich berührt[1]). Und jener

---

[1]) Wer den Abstand in der ganzen Stimmung des vedischen und des alttestamentlichen historischen und religiösen Empfindens ermessen will, vergleiche zwei Lieder, die in beiden Literaturen in gewisser Weise entsprechende Stellung einnehmen, das Lied auf den Sieg des Königs Sudas (Rigveda 7, 18) und das Siegeslied der Debora (Buch der Richter 5). Beide gehören zu den ältesten poetischen Denkmälern — oder sind die ältesten — der Nation, von welcher sie stammen. Beide verherrlichen einen schwer errungenen Sieg; die Details der zwei Schlachten, so viel wir über sie aus den hin und her wogenden Ergüssen der beiden Siegeslieder erfahren, haben große Aehnlichkeit; beidemal hat ein geschwollener Fluß den Feinden Verderben gebracht. Wie anders klingt nun das Lied der heldenmüthigen israelitischen Patriotin und das des brahmanischen Hofpriesters und Hofpoeten! Dort jedes Wort glühend von Leidenschaft, von trunkenem Siegesglück. Alle Kraft war angespannt zum Kampf; das Volk wagte seine Seele in den Tod. Jehova zog aus und die ganze Natur kämpfte mit; die Wolken troffen von Wasser; die Gestirne aus ihren Bahnen stritten wider Sisera. Wir sehen den feindlichen Führer zusammenbrechen vor der Hirtenfrau, die ihm Milch gab, da er Wasser forderte, und ihn mit dem Hammer niederschlug. Wir sehen seine Mutter nach ihm ausblicken und durchs Gitter heulen: „Warum verziehet sein Wagen?" Wie anders die Luft, die in der indischen Dichtung weht! Im Vordergrunde steht der Priester, der geschäftig und erfolgreich seines Amtes waltet:

Drang des philosophischen Denkens nach Einheit in der Fülle der Erscheinungen ist dem Zeitalter, dessen Glauben wir hier schildern, noch fremd; er beginnt sich erst in einigen der jüngsten Dichtungen des Rigveda anzukündigen, um dann in der Folgezeit zu unwiderstehlicher Macht anzuschwellen. So herrscht im Veda noch die alte Vielheit der Götter, nicht das glatte Product einer planmäßigen Vertheilung so zu sagen der Aemter in der Verwaltung des Weltlaufs auf göttliche Beamte, sondern das complicirte Ergebniß mannigfacher historischer Processe, gewissermaßen eines Kampfes ums Dasein zwischen Vorstellungen, deren Bedeutung für das religiöse Bewußtsein erblaßt, die oft mehr oder minder nur durch ihr bloßes Beharrungsvermögen sich behaupten, und solchen, die durch den Fortschritt des geistigen und materiellen Lebens begünstigt dem Vordergrund zudrängen.

Als letzter, sehr wesentlicher Zug an dem Bilde dieser Götter muß hier noch verzeichnet werden, daß die Phantasie ihrer Gläubigen sie keineswegs wie zu höchster Macht und höchstem Glanz so auch zu höchster sittlicher Hoheit erhoben hat. Der für die Entwicklung alles religiösen Wesens so unvergleichlich bedeutsame Vorgang der Vereinigung der Vorstellungen von Gott und Gut steht hier — das unfehlbarste Kennzeichen eines Barbarenglaubens — noch ganz in den Anfängen. Auf dieser

---

        „Dich, Indra, melkend wie auf fetter Weide
        Die Kuh, ergoß sein Zauberlied Vasischtha.
        Der Herden Herr bist du, so sagen Alle.
        Zu unserm schönsten Preis sollst her dich wenden."

Die Feinde sind wie Kühe von der Weide hirtenlos entflohen; Indra hat sie zu Boden geworfen, wie man die Opferstreu am Opfersitz hinwirft; alle Speise hat er dem Sudas zu genießen gegeben. Was hören wir hier von der Spannung und Entladung der ungeheuren Leidenschaften eines Volkes, das um sein Dasein kämpft?

Stufe ist es für das Bedürfniß der Frommen das Wesentliche, daß der Gott ein starker, gütiger, in seinen Stimmungen leicht zu beeinflussender Herrscher ist. Aber wie sollte etwa der große Gewitterer der vorvedischen Zeit, der mächtige Krieger und Segenspender Indra des vedischen Glaubens dazu kommen, aus anderem ethischen Material geformt zu sein als die, deren Gegenbild er war, die irdischen Grandseigneurs? Die wilden Kämpfe, die sein Leben erfüllen, wechseln ab mit nicht weniger wilden Liebes- und Trinkabenteuern. Nach Sünde und Gerechtigkeit der Menschen fragt er wenig; desto mehr danach, wer ihm Stiere schlachtet und sein Lieblingsgetränk bereitet, den berauschenden Soma, dessen Güsse „in ihn hineinstürzen wie die Ströme in das Meer", ihm „den Bauch, Kopf und Arme erfüllen": wo er dann, in bester Stimmung vom Opferfest nach Hause gehend, sich der Wünsche seiner Verehrer nicht immer allzu deutlich erinnert: „So will ich's machen — nein so: ich will ihm eine Kuh schenken! — oder ein Pferd? Habe ich denn vom Soma getrunken?"

Und doch würde, wer nur diese Seite am Bilde der vedischen Götter sähe, die mannigfaltige Complicirtheit der hier sich kreuzenden Strömungen nicht richtig würdigen. Die von dem Götterglauben ursprünglich unabhängigen Vorstellungen von Recht und Unrecht, die Sympathie für den gerade Handelnden, die Verwerfung krummer Hinterlist, die Angst vor den Fesseln der Schuld, wissentlicher und unwissentlicher, ist doch, wie sich von selbst versteht, auch der vedischen Welt eigen und spricht sich in den Dichtungen der vedischen Poeten lebendig genug aus: wie sollte dieses Gebiet menschlicher Interessen und Ordnungen nicht ebensogut wie Krieg oder Handwerk oder häusliches Leben seine Lenker und Vertreter im Kreise der Himmlischen finden? Wenn also auch die Götter im Ganzen und als solche keinen irgendwie ausgeprägten Charakter höherer Heiligkeit und Gerechtigkeit an sich tragen, übernimmt doch ein Einzelner unter ihnen, Varuna — seinem ursprünglichen Wesen nach, wie schon erwähnt, wahrscheinlich ein Mondgott — zusammen mit einem Kreise minder hervortretender Genossen — ursprünglich wohl der Sonne und den Planeten — als sein specielles göttliches Amt die Obhut über die sittliche Weltordnung. Diese Ordnung gilt als von Varuna begründet und von ihm mit seinem starken Arm und seiner Zaubermacht beschützt. Varuna durchschaut auch die verborgenste Sünde; seine Schlingen sind für den Betrüger geöffnet; er sendet seine Rachegeister aus; er verhängt Unglück, Krankheit, Tod über den Schuldigen. Aber gegen den Reuigen, der ihn zu versöhnen sucht, läßt er Gnade und Erbarmen walten. In einem Lied des Rigveda sagt der Schuldbeladene, von Unheil Verfolgte: „Mit mir selbst rede ich also: wann werde ich Varuna wieder nahe sein? Welches Opfer wird er ohne Zorn annehmen? Wann werde ich guten Muthes sein Erbarmen schauen? Wie ein Knecht will ich dem Gnädigen genug thun, dem eifrigen Gott, daß ich schuldlos sei. Den Unbedachten hat Bedacht gegeben der Gott der Arier; den Klugen fördert der Weisere zum Reichthum." Der arische Gott heißt hier Varuna: ich halte es für wahrscheinlich, daß der Historiker hier dem Sänger nicht Recht zu geben hat, daß er in der scheinbar arischen Gestalt dieses Gottes die Spuren unarischer Herkunft entdecken wird. So viel ist zunächst gewiß, daß der Glaube an diesen höchsten Beschützer des Rechts bis in die Epoche zurückreicht, in welcher die Vorfahren der Inder zusammen mit denen der Iranier, noch vor den Schwellen der indischen Halbinsel sitzend, ein Volk bildeten: dieser Gott der Indoiranier erscheint dann bei den Indern als Varuna, bei den Iraniern, im Glauben des Zarathustra, als der höchste

Herr alles Guten Ahuramazda (Ormazd)¹). Aber über das Zeitalter der Indoiranier hinaus in die indoeuropäische Vergangenheit können wir Varuna nicht verfolgen. Bei den verwandten Nationen wie den Griechen²) oder Germanen finden wir seine Spur nicht. Vielmehr scheint mir Vieles dafür zu sprechen, daß die Indoiranier diesen Gott von außen, aus den Sphären der babylonischen Cultur überkommen haben. Treffe ich damit das Rechte, können wir es dann für einen Zufall halten, daß eben da, wo jene uralte semitische und vorsemitische Civilisation den Glauben der Arier befruchtet hat, die Stelle liegt, an welcher sich von der derben Urwüchsigkeit solcher göttlicher Dreinschläger und Trinker wie Indra die Gestalt des sündenstrafenden und sündenvergebenden Varuna abhebt, bezeichnet mit den erhabenen Zügen göttlicher Heiligkeit und göttlichen Erbarmens?

Daß der Cultus, der diesen Göttern gewidmet wird, auf der Entwicklungsstufe des Veda sich vornehmlich in der Form des Opfers darstellt und darstellen muß, haben wir bereits bemerkt. Die Götter sind schon so mächtig über die menschlichen Dimensionen hinausgewachsen, daß Zauberkünste, welche sie nach dem Willen des Menschen zwingen sollen, nicht mehr als das rechte Mittel erscheinen können, auf sie zu wirken. Und sie sind auf der andern Seite doch von reiner Geistigkeit noch zu entfernt, als daß eine rein geistige Verehrung hier denkbar wäre. Mit den greifbarsten Mitteln, geschäftig, laut, ja aufdringlich darf und muß man sich ihnen angenehm machen. Menschengleich, wie sie sind, essen und trinken sie wie die Menschen: so

---

¹) Vergleiche über das Verhältniß von Varuna und Ahuramazda die näheren Ausführungen im Aufsatz VI.
²) Die alte Zusammenstellung des Varuna mit dem griechischen Ouranos (Himmel) ist verfehlt.

muß man ihnen Speise und berauschenden Trank vorsetzen, sie zu stärken und zu mächtigen Thaten zu erregen. Man muß ihnen schmeicheln, indem man ihnen in kunstvoll gefälliger Form, in den höchsten Ausdrücken, die sich ersinnen lassen, von ihrer Größe und ihrem Glanze spricht: das ist dann der rechte Augenblick für die Verehrer, die beim Opfertrank sitzen „wie die Fliegen beim Honig", den Göttern ihre Wünsche vorzutragen: Wünsche, die sich durchaus, wie das der Sinnesart dieses Zeitalters entspricht, auf die greifbaren Güter des irdischen Diesseits richten, auf langes Leben, Nachkommenschaft, Besitz an Rossen und Rindern, günstige Witterung, Sieg über alle Feinde. Die Kunst, dies Opfer und Gebet richtig zu handhaben, ist der Mittelpunkt, um den sich das ganze geistige Leben der Rigvedadichter bewegt; für sie ist das Opfer der Inbegriff aller Geheimnisse, das Symbol aller größten und tiefsten Vorgänge des Weltdaseins.

Die Aeußerlichkeiten des vedischen Opfers sind insofern einfach, als noch alle Elemente fehlen, welche das städtische Leben und vor Allem die Entwickelung der bildenden Kunst mit sich bringt. Es giebt keine Tempel, keine Götterbilder. Dem Cultus dieser Hirtenstämme, deren Wanderleben noch nicht völlig zur Ruhe gekommen ist, genügt die überall gleich leicht herzustellende Opferstätte, die ebene, gereinigte Fläche, auf welcher sich bei den flammenden heiligen Feuern die weiche Grasstreu als Sitz für die unsichtbar durch das Luftreich herbeifahrenden Götter ausbreitet. Aber es fehlt dem vedischen Opfer doch nicht an künstlicher, ja in orientalischer Weise überkünstelter Ausschmückung anderer Art. Das Lob- und Gebetslied, das beim Opfer vorgetragen wird, ist nach den Regeln einer immer complicirter werdenden Kunst gefertigt. Es ist mit dunkeln Anspielungen überladen, in denen theologische Geheimnißthuerei ihre Vertrautheit mit den versteckten Abgründen, den Ecken und Winkeln des göttlichen Wesens zur Schau trägt. Solches Gebet zu sprechen und solches Opfer zu bringen ist berufen und befähigt nur der geschulte Priester, der Angehörige gewisser Familien, die seit unvordenklichen Zeiten eine abgeschlossene geistliche Kaste bilden — der Priester, der allein der heilig gefährlichen Pflicht für gewachsen gilt, von der Opferspeise zu essen, den berauschenden Göttertrank des Soma zu trinken. Solche Priester treten bei größeren Opfern scharenweise auf, singend, recitirend, die ungeheure Masse der vorgeschriebenen Handgriffe mit jener peinlichen, rein äußerlichen Genauigkeit verrichtend, welche auf dieser geschichtlichen Stufe allem Cultus eigen und deren Verdrängung durch innerlicheres Wesen überall erst das Product langer späterer Entwickelungen gewesen ist. Unendlich weit ist diese Religionsübung in der That davon entfernt, zur Gewissenssache des Gläubigen, zu einer sein Innenleben erhebenden und läuternden Kraft geworden zu sein; sie ist eben nur, im Großen und auf das Ganze aller Interessen gerichtet, das, was der Zaubercultus der alten Zeit im Kleinen und mit der Richtung auf das einzelne Bedürfniß auch gewesen war: ein Verfahren, welches, wer die Kosten tragen kann, von dem technisch geübten Kundigen für sich anstellen läßt, um sich zu bereichern, sein Leben zu verlängern, Krankheit und alles Uebel von sich abzuwehren.

Hier aber wiederholt sich auf dem Gebiet des Cultus dasselbe Verhältniß, das uns in anderem Zusammenhang schon früher entgegengetreten ist: neben und zwischen den Bildungen, welche den eigenen Stempel der vedischen Cultur tragen, finden sich überall, oft in sehr compacten Massen, die Reste älterer und ältester geschichtlicher Bildungen. Wir bemerkten eben, daß dem vedischen Opfercultus überwiegend die Beziehung auf das Ganze der menschlichen Lebensinteressen eigen ist: immer aber mußte es doch auch dabei bleiben, daß für die einzelne, bestimmte Situation, für Bedürfniß oder Noth des einzelnen Moments die übernatürlichen Mächte in Bewegung gesetzt wurden. Hier behielt das alte Zauberwesen auch in vedischer Zeit seine vorwaltende Geltung. Wer böse Geister, eine anhaftende Krankheitssubstanz oder auch eine dieser ähnlich vorgestellte Schuldsubstanz entfernen wollte, bediente sich nach wie vor des Feuers, das die feindliche Wesenheit verbrennt, oder des Wassers, das sie wegschwemmt, oder er verjagte die Geister durch Getöse, durch Schläge, durch Bogenschüsse. Wer Regen herbeiführen wollte, machte es ganz wie es der Regenzauberer der Wilden noch heute macht: er legte schwarze Gewänder an und tödtete ein schwarzes Opferthier, um die schwarzen Wolken, die den Himmel bedecken sollten, herbeizuziehen, oder er warf Kräuter ins Wasser, um zu bewirken, daß der Graswuchs seiner Weiden von den himmlischen Wassern benetzt werde. Wer sich zu besonders heiligen Riten vorbereiten wollte, verfuhr wie noch heute der Wilde verfährt, wenn er sich in den gehobenen Zustand versetzen will, in welchem der Mensch des Verkehrs mit den Geistern theilhaftig wird. Der Vollzieher des Somaopfers rüstete sich zu seinem heiligen Werk, indem er längere Zeit, in dunkle Thierfelle gehüllt, stammelnde Sprache redend, fastend, bis „nichts mehr in ihm ist, Haut und Knochen an einander hängen, das Schwarze in seinen Augen verschwindet", sich neben dem dämonenverscheuchenden Zauberfeuer aufhielt und den Zustand innerer Erhitzung (Tapas) in sich hervorbrachte: ein Verfahren, welches inmitten des vedischen Rituals als ein unverständlicher Rest aus ferner Vorzeit dasteht, das aber der heutige Indianer oder Zulu, dem ganz ähnliche Gebräuche geläufig sind, sofort begreifen würde.

So weist der Götterglaube und der Cultus des Veda auf der einen Seite in die Vergangenheit der Wildenreligion zurück. Auf der andern Seite weist er vorwärts. Wir sahen, wie die meisten der vedischen Götter ihre Bedeutung längst verloren haben. Indra ist nicht mehr der Gewitterer, Varuna nicht mehr das nächterleuchtende Gestirn. Eine Zeit lang fristen diese verblaßten Bilder der Mächte, die einst für den menschlichen Glauben wirksam gewesen sind, ihr Dasein durch ihr bloßes Beharrungsvermögen. Aber das gleicht dem Abrollen einer Bewegung, die nicht mehr neuen Anstoß empfängt. Der Punkt wird erreicht werden, an dem diese Bewegung ihr Ende findet. Das vorwärts strebende Denken erkennt andere Mächte als wirkend; neu erwachende Bedürfnisse der Seele verlangen andere Befriedigung als die, welche die Gnade Indra's oder Agni's verleihen kann.

V.

Suchten unsere bisherigen Erörterungen die Stelle zu bezeichnen, welche die älteste Gestalt der indischen Religion im Zusammenhang des großen Werdeprocesses des religiösen Wesens einnimmt, so liegt es jetzt nahe, eine ähnliche geschichtliche Ortsbestimmung noch für ein zweites Stadium derselben Entwickelung zu versuchen, für den alten Buddhismus: eine jener religionsgeschichtlichen Bildungen, welche als vollendete Ausprägung eines tiefsten Gehaltes wohl den classischen Typen menschlichen Glaubens und Heilstrebens zugerechnet werden dürfen. Wir werden sehen, daß die beherrschenden Stimmungen und mehr noch die begriffsmäßigen Formulirungen, in welchen das Denken und Leben der buddhistischen Bettelmönche sich bewegt hat, auf griechischem Boden ihr etwa gleichzeitiges Gegenbild finden: die Schöpfungen des Westens und die des Ostens nach manchen

Seiten hin in einer Gleichartigkeit einander entsprechend, die wohl unser Staunen erregen mag, in Hauptsachen wie in Nebendingen, bis zur Ausprägung der Schlagworte, an die das religiöse Bewußtsein sich zu halten liebt, oder der Vergleiche, welche die großen Ordnungen des Geschehens der Phantasie nahe bringen sollen und die, scheinbar nebensächlich, in der That doch oft zu den mächtigsten Factoren dieser Vorstellungswelt gehören. Es ist offenbar kein Zufall, daß sich eben an dem Punkt der Entwicklung, von welchem wir hier sprechen, die Uebereinstimmungen zwischen den Ideen zweier äußerlich wie innerlich weit von einander getrennter Völker in mancher Hinsicht stärker accentuiren, als in der voranliegenden Periode. Die mythenbildende Phantasie, die in jener Zeit das Scepter führt, geht ihre Wege planlos und ziellos; der Zufall treibt sie; er verknüpft nach seinen Launen das weit Entlegene; er schüttet spielend immer neue Gestalten, sinnreiche oder barocke, aus seinem Füllhorn hervor. Sobald aber ein Sinnen, das sich schnell in forschendes Denken verwandeln wird, immer zielbewußter die Probleme der Welt und des Menschendaseins ergreift, verengert sich der Spielraum der Möglichkeiten. Was dem aufmerksamen, wenn auch in der Kunst des Sehens noch wenig erfahrenen Auge jener Zeiten nahezu unvermeidlich als Wirklichkeit erscheinen muß, bannt den Strom der Vorstellungen in ein fest gewiesenes Bett und prägt dadurch den analogen Gedankengängen, wie sie griechische und wie sie indische Geister beschäftigt haben, die mannigfaltigsten Züge frappirender Aehnlichkeit auf.

Bei unserer gänzlichen Unkenntniß der Zeitdimensionen des vedischen Alterthums können kaum Schätzungen darüber versucht werden, wie viele Jahrhunderte zwischen der Entstehung der alten Rigvedahymnen und dem Auftreten des Buddha, der Begründung des buddhistischen Mönchsordens verflossen sein mögen. Aber wir haben hinreichenden Grund, das letztere Ereigniß in die zweite Hälfte des sechsten vorchristlichen Jahrhunderts zu setzen; die geistigen Bewegungen, welche es vorbereiteten und schon vor dem Erscheinen des Buddha eine buddhistisch angehauchte Atmosphäre schufen, müssen einen Zeitraum erfüllt haben, der ohne Zweifel nach Jahrhunderten zu bemessen ist. So viel steht fest, daß sich in Indien zwischen der Zeit der vedischen Opfersänger und derjenigen der mönchischen Denker des Buddhismus tiefe geschichtliche Wandlungen vollzogen haben. Die Stämme, welche in der alten Zeit als Hirtenstämme in der nordwestlichen Ecke der Halbinsel sitzen, noch nahe den Eingängen, durch welche sie wie es scheint in nicht sehr ferner Vergangenheit in Indien eingedrungen waren, sind inzwischen weiter vorgerückt. Nachdem sie das Land weit hinab am Ganges in Besitz genommen, ist die Zeit der Wanderung, der Eroberungskämpfe gegen die dunkeln Urbewohner längst abgeschlossen. Längst haben sich neben den Dörfern, in welchen die Herdenbesitzer der alten Zeit wohnten, Städte erhoben, zum Theil Großstädte; Sitze des ganzen Treibens glänzender orientalischer Despotenhöfe, von Handel und hochentwickelter Industrie, von üppig raffinirtem Lebensgenuß und scharfer sozialer Differenzirung zwischen Reich und Arm, Herren und Sklaven. Der Boden ist geschaffen, auf welchem an Stelle des unbefangenen Hinlebens in den Tag hinein der älter und nachdenklicher gewordene Geist der neuen Zeit seine Reflexionen über Bedeutung, Ziel, Werth des menschlichen Daseins spinnen kann.

So erhebt sich in Indien ganz ähnlich wie etwa um dieselbe Zeit in Griechenland eine Welt geistiger Bildungen, die hoch über alles Alte hinausstrebt. Man kann sie in der That bis in Einzelheiten hinein beschreiben, ohne daß man nationale, sei es indische, sei es griechische Züge beizumischen brauchte; so sehr ist der ganze Typus hier wie dort der gleiche.

Dem Frommen der alten Zeit, der im Opfer und Gebet mit dem Gott verkehrt, erscheint sein Wissen von diesem Gott und von der Kunst, durch welche des Gottes Gnade erlangt werden kann, nicht als ein selbsterrungenes oder selbstgeschaffenes, überhaupt nicht als ein von irgend Jemandem erschaffenes: es ist vielmehr eine einfach vorhandene Erkenntniß, deren Besitz sich für die eigene Person wie für jeden Wissenden von selbst versteht. Das wird jetzt anders. Das Denken, indem es Mühen und Glück des eigenen Suchens immer voller durchkostet, lernt das Hochgefühl des Findens kennen, den Stolz der selbsterlangten, unter schweren Erschütterungen der Wirklichkeit abgerungenen Erkenntniß. Man genießt den Triumph des eigenen geschärften Blickes, der durch die Oberfläche der Dinge hindurchsieht, anders als die großen Massen, die Alltagsmenschen, welche unbefangen an dieser Oberfläche haften bleiben. Man fühlt sich in der Mitte Jener als Sehende unter den Blinden. Natürlich können diese Sehenden immer nur enge Kreise der ernster Denkenden, der feiner und schärfer Empfindenden, sorgfältiger ihr Innenleben Pflegenden ausmachen. Im Centrum solcher Kreise aber können oder müssen, das geistige Besitzthum derselben in höchster Vollendung verkörpernd, Einzelne dastehen, die beherrschenden Individualitäten, welche doch das, was sie sind, nur dadurch sein können, daß sich in ihnen mit höchster Energie ausspricht, was auch in den sie umgebenden Genossen lebt und wirkt. So bildet sich, in besonders scharfem Gegensatz zum großen Haufen der Nichterleuchteten, der Typus halb religiöser, halb philosophischer Heroen oder Virtuosen. In einer Zeit wie der vedischen oder homerischen wäre ein solcher Begriff kaum denkbar. Wohl mochte damals, wer sich als kunstvoller Sänger, als geschickter Opferer oder erfolgreicher Zauberpriester auszeichnete, seine besonderen Ehren genießen. Aber er war doch immer ein Exemplar einer Gattung, der hervorragende Handhaber des allgemein anerkannten geistlichen Handwerkszeuges. Die Männer, die jetzt in den Vordergrund traten, waren etwas Anderes. Sie waren, oder sie erschienen doch als Personen, die durchaus mit ihrem eigenen Stempel geprägt waren, als große, über alle Vergleichbarkeit mit Anderen erhabene Pfadfinder, durchtränkt mit den Kräften einer eigenartig mystischen Vollendung. Es gehört zum Wesen solcher Männer, für den Glauben der Ihrigen nur in der Einzahl denkbar zu sein. Nach dem Namen eines solchen Einzelnen hat man ein Bedürfniß, um an ihm ein Schlagwort zu besitzen, unter dem sich die gemeinsam Strebenden zusammenfassen; wo das wirkliche Leben ihn nicht von selbst liefert, mag man in mythische Fernen zurückgreifen, um an einen der unbestimmt grandiosen Namen jener Nebelwelt den eigenen Sonderbesitz anzuknüpfen, in welchem man sich so glücklich oder oft so schmerzlich glücklich fühlt.

Während auf solche Weise die persönliche Stellung des Gläubigen zu seinem Glauben eine andere wird, nimmt selbstverständlich zu gleicher Zeit vor Allem auch der Inhalt dieses Glaubens ein neues Aussehen an. Jene überirdischen Riesenmenschen, die Götter der alten Zeit, hören jetzt auf, das Weltleben nach ihren menschlichen Launen zu verwalten. Die Herrschaft geht auf Mächte anderer Art über, die zwar in primitiver Gestalt schon früher dem Denken geläufig waren, die aber jetzt aus der Sphäre kleinlich verworrenen Aberglaubens in die Höhen weiter blickenden Denkens emporrücken: Kräfte oder Substanzen, die durch den Mechanismus einer unpersönlichen Nothwendigkeit bewegt werden und in deren Bewegung der

Weltlauf sich abspielt. Diese Kräfte und Substanzen sind natürlich noch weit genug verschieden von denen, welche das Wissen der modernen Zeit als die tief unter der Oberfläche verborgenen Grundfactoren des Seins und Geschehens erkennt. Jene stellen vielmehr als die Producte einer Analyse, welche es noch vor sich hat, tiefer einschneiden zu lernen, direct so zu sagen die großen augenfälligen Licht- und Schattenmassen des Universums dar, die in ihm der Wahrnehmung am meisten sich aufdrängenden Ordnungen und Bewegungsrichtungen. So die körperlichen Elemente wie Wasser und Feuer, die Zahlen mit ihrer das jugendliche Denken so mächtig auf sich ziehenden Wesenheit, die großen Triebkräfte von Liebe und Haß, der Fluß des Werdens und das Sein mit seiner unwandelbaren Ruhe: Substanzen und Kräfte, unter welchen für die Einen diese, für die Andern jene im Vordergrunde stehen, die aber im Ganzen doch überall ähnliches Aussehen zeigen und wesentlich dem gleichen Stil des Nachdenkens über Welt und Weltlauf zugehören. Vor allen andern Objecten aber ist es das eigene Seelenwesen, auf welches dies Nachdenken sich immer mehr und mehr richtet. Auf jene unbefangen ganz in der Außenwelt lebenden Zeiten der geistigen Kindheit ist ein in sich gekehrtes Jünglingsalter gefolgt mit seinem ganzen Ernst und seiner ganzen Ehrlichkeit, die Brust von der Sehnsucht nach unbegrenzten Idealen geschwellt. Man durchforscht das eigene Ich, ob sich in ihm das Geheimniß des Emporbringens zu jenen Idealen entdecken läßt. Das Verlangen, sich in dem Mechanismus der seelischen Vorgänge zurecht zu finden, wird immer dringender. Man versucht sich daran, die Theile oder Kräfte des Seelenlebens aus einander zu legen; man beschäftigt sich mit ihren Einwirkungen auf einander, mit dem Eintreten und Aufhören der verschiedenen seelischen Functionen. Eine besonders gewichtige Bedeutung kommt in solchen Gedankengängen der Vorstellung der Seelenwanderung zu. Zwar tritt diese nicht jetzt erst neu aus dem Nichts hervor. Anfänge des Seelenwanderungsglaubens scheinen überall in die roheste Frühzeit religiösen Wesens zurückzureichen: daß die Seele des Verstorbenen, sei es vorübergehend, sei es dauernd in Thieren, in Pflanzen, in anderen Wesen aller Art ihren Wohnsitz aufschlagen kann, ist ein unter den tiefststehenden Völkern der ganzen Erde verbreiteter Glaube. Der Grübelei der Zeitalter aber, von denen wir hier reden, ist es vorbehalten, dem Gedanken der Seelenwanderung mit allem Nachdruck die Vorstellung der endlosen Zukunftweiten, das Grauen ewiger Vergeblichkeit, unerschöpflichen Leidens aufzuprägen. Das Diesseits, das für die Alten nahezu allein alles Hoffen und Wünschen umschlossen hatte, erscheint jetzt als klein und bedeutungslos den ungeheuren Fernen des Jenseits gegenüber; es wird zu einer bloßen Stätte der Vorbereitung. Was sich in ihm zuträgt, das Gute, das man hienieden gethan, die Sünde, die man begangen hat, wird drüben, vielleicht ins Unermeßliche vergrößert, auf den Thäter als Lohn oder Strafe zurückfallen. In der Literatur des an diesen Gedanken arbeitenden Zeitalters spielt der Typus der Unterwelts- oder Höllenfahrten eine Rolle: nicht, wie in der alten Zeit die Unterweltsfahrt der Odyssee, Producte freier Erzählerlust, sondern der Tendenz, die Furchtbarkeit und die Unausbleiblichkeit der jenseitigen Bestrafung auch geringer Vergehen zu veranschaulichen. Ueberall herrscht das ernstliche und ängstliche Verlangen, bis ins Kleinste hinein sein Ich vor aller Unreinheit zu bewahren, einer Vollendung theilhaft zu werden, die für die dunkeln Wege des Jenseits Zuversicht und Hoffnung verleihen kann. Das höchste Gut aber, das jener Vollendung zugehört, das letzte Ziel, zu welchem jene Wege führen, ist die Lösung von der Seelenwanderung, das

Sicherheben über allen endlichen Lohn und endliche Strafen, das Eingehen der Seele in eine Welt des Ewigen. Es gehört zum Charakter der Zeiten, von denen wir hier sprechen, zu diesem Charakter, welchen wir als den eines geistigen Jünglings= alters bezeichnet haben, daß als Ziel hier nur ein unbedingt höchstes, die absolute Vollendung in sich schließendes anerkannt werden kann. Wenn sich das Denken in den Gegensatz des Vergänglichen und des Ewigen, des Werdens und des Seins zu vertiefen liebt, so kann es nicht ausbleiben, daß die Geschicke des Unvollendeten als fortgerissen in dem Fluß des unauf= hörlichen Werdens und Vergehens erscheinen; im Dasein des Vollendeten aber muß alle Bewegung, welcher die Vorstellung des noch nicht erreichten Ziels und Gipfels nothwendig anhaftet, ein Ende gefunden haben; seine Heimath muß in einer Sphäre liegen, welche alle jene Friedlosigkeit in ewiger Ruhe über= wölbt. Wer aber ist es, der dies höchste Ziel erreichen mag? Man konnte antworten und hat geantwortet: der durch beson= dere Weihen, durch die Beobachtung besonderer geheimnißvoller Ordnungen, wir können sagen besonderer Zaubervorschriften Ge= reinigte. Aber Alles mußte darauf hindrängen, daß der Glaube hier noch eine andere Wendung nahm. Wir sahen, wie in jenen engen Kreisen, welche diese Gedanken pflegten, der eigene Denker= stolz und Denkerernst in einem immer mehr erstarkenden Sonder= bewußtsein gegenüber den Draußenstehenden, den Gedankenlosen, Blinden seine Ueberlegenheit fühlte. Nur dem Denker ist jene Welt des Ewigen faßbar. So ist es der Denker allein, der ihrer theilhaftig werden wird. Wohl verliert das aus viel älterer Zeit stammende Motiv, dem Guten — auch dem ein= fach guten Alltagsmenschen — die Hoffnung auf jenseitigen Lohn zu gewähren, auch jetzt nicht seine Wirksamkeit. Aber es ordnet sich dem mächtigeren Motiv unter, daß das allerhöchste, unver=

gleichliche Heil in einer Welt, von der nur Wenige wissen, nicht den Armen im Geist, sondern allein eben jenen Wenigen gehören kann, den Denkern, deren ganzes Leben darauf gerichtet ist, in der Loslösung von der Welt Bürgerrecht im Reich des Ewigen zu erringen.

Unserm Bilde dieser Weltanschauung mußte nothwendig viel von der Farbigkeit, der vollen Concretheit des lebendig Wirklichen fehlen. Denn es handelte sich allein darum, für eine bestimmte, in Griechenland wie in Indien gleichermaßen vertretene Stufe der religiösen Entwicklung das allgemeine Schema aufzuzeichnen. Gestalt angenommen haben diese Möglichkeiten in Indien vor Allem im Buddhismus und den ihm verwandten Bildungen, in Griechenland in einer Bewegung, welche zuerst in der alterthümlichen Umhüllung dunkeln Mysterienwesens erscheint, bald nach der Klarheit des von allen Schleiern sich befreienden Gedankens ringend doch immer wieder in mystisches Dämmerlicht zurücksinkt: in allen ihren mannigfachen Formen aber athmet derselbe Geist, dasselbe Sichhinaussehnen aus der Vergänglichkeit in die Welt des Ewigen[1]). Zuvörderst sind es die orphischen Mysterien, welche uns hier begegnen: die Geheimlehre und der Geheimcult jener an den Namen des sagenberühmten thrakischen Sängers geknüpften Secten, die, wie es scheint, vom sechsten vorchristlichen Jahrhundert an in Athen und an anderen Orten, vor Allem auch im griechischen Unteritalien, ihre Gläubigen durch Weihehandlungen, heilige Lehre und die heiligen Ordnungen des „orphischen Lebens" als die „Reinen" zu jenseitiger Herrlichkeit zu bereiten suchten. Unsere Kenntniß der

---

[1]) Die Hauptzüge dieser Bewegung sind mit ebenso eindringendem Scharfsinn wie feiner Nachempfindung von E. Rohde, Psyche (1893), S. 395 ff. dargestellt worden, an dessen Auffassungen sich das Folgende, so weit es sich auf griechische Ideen bezieht, vielfach anlehnt.

orphischen Gedankenwelt ist spärlich. Wer aber an das Wenige, das uns erhalten ist, mit der Erinnerung an die Dogmen und Poesien jener indischen Bettelmönche herantritt, mag oft überrascht hier mitten in der Griechenwelt ein Stück Buddhismus vor Augen zu sehen glauben. — Neben den orphischen Secten steht, ihnen eng verwandt, der Bund der Pythagoreer, von einem Manne begründet und nach ihm benannt, dessen mächtige, von tiefstem Ernst erfüllte Persönlichkeit durch die Legendennebel der dürftigen Ueberlieferung hell hindurchleuchtet. Wenn das bekannteste Charakteristicum der pythagoreischen Speculationen der phantastische Versuch ist, in der Zahl das geheimste Wesen aller Dinge aufzuweisen, so muß sich doch unsere Aufmerksamkeit vor Allem auf das Streben dieser eng verbundenen Genossen lenken, durch die reinigende Kraft des „pythagoreischen Lebens" die Seele aus der Haft, als welche man das leibliche Dasein empfand, aus den Banden der Seelenwanderung zu befreien. — Wir dürfen nicht versuchen, die Strömung dieser religiös-philosophischen Speculationen im Griechenland des sechsten und fünften Jahrhunderts durch alle ihre Verzweigungen zu verfolgen. Nur dies muß hier noch hervorgehoben werden, daß der Einfluß der orphischen und pythagoreischen Ideen deutlich erkennbar bis zum Höhepunkt alles griechischen Denkens reicht, bis zu Platon. Platon's Auffassungen von den letzten Zielen des menschlichen Daseins berühren sich auf das Engste mit denen seiner mystischen Vorgänger. Wohl versucht sein Denken mit einer Kraft, von welcher Jene noch weit entfernt sind, die Hüllen des Glaubens und der Phantasie zu sprengen, der vollen wissenschaftlichen Gewißheit sich zu bemächtigen. Aber doch schnell genug und am schnellsten eben bei den Fragen nach der Menschenseele und ihrem jenseitigen Loose, sieht er sich an die Grenze jener Regionen gelangt, zu welchen dem Wissen und Beweisen des Philosophen der Zugang verwehrt ist. Es ist seine Weise, hier nicht Halt zu machen. Wo der Dialektiker schweigen muß, darf der Dichter reden, und so breitet die Poesie Platon's in tiefsinniger Schönheit ihre Bilder vom Jenseits aus, von den unterirdischen Schattenreichen und von der Lichtwelt der ewigen Ideen. Er pflegt sich dann wohl auf das zu berufen, was er „von Männern und Frauen, die in den göttlichen Dingen weise sind", gehört hat, was „Pindaros und viele andere unter den Poeten, so viele ihrer göttlich sind", geredet haben: besonders aber sind es eben die Orphiker, aus deren dunkler Weisheit er an solchen Stellen zu schöpfen liebt, Halbverhülltes und Halboffenbares, Gebilde aus jenem selben Zwischenreich zwischen Denken und Dichten, in dessen Dämmerung die Schöpfungen auch des Buddhismus ihr Dasein haben.

Ueberblicken wir nun die Hauptzüge der griechischen und der buddhistischen Gedankenreihen, in welchen wir eine Verwirklichung des oben beschriebenen religionsgeschichtlichen Typus erkennen möchten; durchweg wird sich uns die nahe Verwandtschaft der beiden Ideenkreise bestätigen.

VI.

In Griechenland wie in Indien schließen sich Vereine von Gläubigen zusammen; sie benennen sich mit einem Namen, der auf den wirklichen oder vermeintlichen Stifter hinweist, nach Orpheus und Pythagoras ähnlich wie sich die „Mönchsjünger des Sakyasohnes" benannt haben. In enger Gemeinsamkeit, geschieden von der großen Masse der Draußenstehenden, strebt man dem höchsten Heil zu, das man auf Grund einer Sonderlehre durch eine eigene Technik des geistigen und geistlichen Lebens zu erlangen hofft. Freilich ist, wie schon der neueste Geschichtsschreiber dieser griechischen Bewegungen bemerkt hat, entsprechend den Unterschieden des nationalen Wesens die Absonderung dieser Sectirer von der Welt in Griechenland eine viel mildere als in Indien. Bei den Buddhisten erfaßt die religiöse Idee das ganze Leben der Gläubigen mit unbegrenzter Macht und Härte. Sie zerstört ihr irdisch-weltliches Dasein mit so rücksichtsloser Consequenz, wie nur je eine Idee weltliches Dasein zerstört hat. In der heiligen Legende flieht der Königssohn, der bald zum Buddha werden wird, dem geistlichen Leben nachtrachtend, Nachts aus seinem Palast, in welchem auf blumenbestreutem Lager sein Weib, die junge Mutter mit dem eben geborenen ersten Sohn ruht, den sein Vater noch nicht gesehen hat. Der Legende kommt, wenn vielleicht nicht geschichtliche Glaubwürdigkeit im gewöhnlichen Sinn, so doch volle innere Wahrheit zu. Der Buddhist, auf das Tiefste bewegt von dem Verlangen nach dem ewigen Heil, trennt sich von Haus und Besitz, Weib und Kind: das sind Fesseln, die ihn an das Erdenleben ketten würden. Er zieht als heimathloser Bettler umher. In Griechenland herrscht ein läßlicheres Wesen. Wohl sehen auch hier jene Gemeinden von Erlösungsuchenden in der Welt des Diesseits eine Stätte der Unreinheit, der Gefangenschaft; aber vollen Ernst damit, dieser Gefangenschaft zu entfliehen, macht man nicht. Man verharrt äußerlich in den Pflichten wie in den Genüssen des Alltagslebens und läßt sich daran genügen, durch die geheime Macht der mystischen Lehre und des mystischen Cultus sich von den Beschränkungen jenes Lebens innerlich zu befreien.

Aus den Gedankenkreisen nun, in welchen sich diese Vereine von Frommen bewegen, hebt sich ein gemeinsamer Grundzug hervor: ihnen allen erscheint diese Welt als ein düsteres Reich des Unfriedens und Leidens. Die symbolische Dichtung der Orphiker läßt Dionysos den Gott von den Titanen zerrissen werden, die selige Einheit alles Seins dem Unheil der Zerstückelung verfallen. Eine andere griechische Fassung aus dem sechsten Jahrhundert erkennt in dem Dasein der Dinge eine Schuld: alle Himmel und alle Welten, aus dem Einen, Unendlichen hervorgegangen, müssen für ihr Unrecht Strafe und Buße zahlen und sich in das, woraus sie geworden sind, auflösen. Ein besonderer Zug wird in die Schätzung dieses Daseins durch Betrachtungen hineingetragen, welche vornehmlich auf Herakleitos, den großen dunkeln Ephesier, zurückgehen. „Alles fließt" — alles Sein ist beständiges Sichwandeln. „In denselben Fluß steigen wir hinein und steigen nicht hinein; wir sind und sind nicht." Dieser rastlose Strom des Werdens und Vergehens durchströmt auch die menschliche Seele, die ihrem Wesen nach eins ist mit dem beweglichsten der Elemente, dem Feuer. Wie das Dasein der Flamme ein beständiges Sterben und Wiedergeborenwerden ist, so lebt die Seele in unaufhörlichem Entstehen und Vergehen, Zuströmen und Abströmen ihrer Elemente; ihre scheinbar ruhige Sichselbstgleichheit ist Täuschung. Der lebens- und bewegungsfrohe Sinn des Herakleitos selbst zwar verlieh diesem Gedanken des ewigen Fließens keineswegs die trübe Farbe der Klage über ein Geschick leidenvoller Ziellosigkeit. Für Denker aber, welche geneigt waren, allein an der Beständigkeit eines höchsten, ewigen Seins Genüge zu finden, mußte jene Auffassung des Erdenlebens mit einem Verzagen an dessen hoffnungsloser Leerheit gleichbedeutend sein. So ist dem Platon diese Welt ein Reich des wesenlosen Scheins; Wahrheit und volles Genügen giebt es allein droben, in der jenseitigen Höhe der ewigen Ideen; zu ihnen sehnt sich die aus ihrer lichten Heimath herabgestürzte Seele in heißem Heimweh zurück.

Neben diese griechischen Gedanken nun halte man ihr indisches Gegenbild. Das Denken der Zeiten, in welchen der Buddhismus sich vorbereitete, bewegt sich ganz wie das des

Platon in dem Gegensatz des Seienden und des Vergänglichen. Auf der einen Seite die Weltseele, das große Eine, von allem Leiden unberührt; auf der andern Seite die Welt der Erscheinungen, das Reich von Hunger und Durst, von Kummer und Wirrsal, von Alter und Tod. Und der Buddhismus sieht in dieser Welt, wie Herakleitos, ein beständiges Strömen des Werdens und Vergehens, ein ruheloses Sichaneinanderketten der Ursachen und Wirkungen, die selbst zu Ursachen werden und ins Unabsehbare neue Wirkungen erzeugen; Frieden giebt es allein im Reich „des Ungeborenen, Ungewordenen, des nicht Gemachten, nicht Gestalteten", im Reich des Nirvana. Ein altbuddhistischer Dialog vergleicht das Dasein mit einem Baum, dessen Wurzel vergänglich und wandelbar ist, und sein Stamm und seine Aeste und Blätter sind vergänglich und wandelbar: wer möchte da meinen, daß eines solchen Baumes Schatten beständig und dem Wandel entnommen sein könne? „Was aber unbeständig ist", fragt der Buddha seine Jünger, „ist das Leiden oder Freude?" Und sie antworten: „Leiden, Herr." Oder mit den Worten eines zu zahllosen Malen wiederholten Verses:

„Alle Gestaltung ist voll Unbestand,
Dem Werden und Vergehen unterthan.
Sie ist geworden und sie schwindet hin.
Selig des Werdens und Vergehens Ruh!"

Insonderheit finden wir hier auch genau dieselbe Anwendung dieser Grundanschauungen, wie bei Herakleitos, auf die Seele und das Seelenleben. „Was man, ihr Jünger", sagt der Buddha, „Seele nennt oder Geist oder Verstand, das wird bei Nacht wie bei Tage entstehend und vergehend immer ein Anderes." Ausführlicher beschäftigt sich mit diesen Gedanken ein geschichtlich sehr merkwürdiger jüngerer Dialog, welcher durchaus altbuddhistische Auffassungen reproducirt, das Gespräch eines Heiligen mit dem König Milinda, dem aus Münzen wohlbekannten Griechenfürsten Menandros, welcher, wie es scheint, gegen 100 vor Chr. den Nordwesten Indiens beherrschte. Dieser Dialog vergleicht, ganz an Herakleitos anklingend, das Leben der Persönlichkeit mit einer Flamme. „Wie wenn ein Mann, o großer König, eine Leuchte anzündete, würde sie nicht die Nacht hindurch brennen?" — „Ja, Herr, sie würde die Nacht hindurch brennen." — „Wie nun, o großer König, ist die Flamme in der ersten Nachtwache identisch mit der Flamme in der zweiten Nachtwache?" — „Nein, Herr . . . aber an demselben Stoff haftend hat die Leuchte die ganze Nacht gebrannt". — „So schließt sich auch, o großer König, die Kette der Wesenselemente zusammen. Das Eine entsteht, das Andre vergeht. Ohne Anfang, ohne Ende schließt sich die Kette zusammen."

Die Uebereinstimmung der griechischen und der indischen Vorstellungen vom Wesen und von den Geschicken der menschlichen Seele geht aber noch weiter. Wie wirkt auf sie das allbeherrschende leidenbringende Gesetz des unabsehbaren Werdens und Vergehens? Jene griechischen Denker wie die Buddhisten beantworten diese Frage mit der Lehre von der Seelenwanderung. Auf das Sterben folgt Wiedergeborenwerden — nicht nothwendig in menschlicher Gestalt, sondern auch in göttlicher oder in thierischer —; auf die Wiedergeburt folgt neues Sterben und neue Geburt; das einzelne Dasein ist nur ein verschwindendes Glied einer großen Daseinskette, in welche gefesselt zu sein tiefes Leiden ist. Die Orphiker stellen die Seelenwanderung unter dem Bilde eines Kreises oder Rades vor. Sie sprechen von dem Rad des Geschickes und der Geburt; als letztes Ziel des Strebens erscheint es ihnen,

„Sich von dem Kreise zu lösen und aufzuathmen vom Elend."

Auf der Inschrift eines Goldplättchens aus einem Grabe nahe dem alten Sybaris sagt die Seele des Bestatteten, eines Orphikers, für welchen man Erlöstsein von der Seelenwanderung in Anspruch nahm:

„Bin entflogen dem Kreise voll Leid, dem mühebeladnen."

Man denke sich den Tonfall solcher Hexameter in die hin und her wogende Bewegung des indischen Slokamaßes verwandelt, und man wird sich mitten in der Welt der buddhistischen Dichtung fühlen. Ein buddhistischer Spruch sagt:

„Lang ist dem Wachenden die Nacht,
Dem müden Wandrer lang der Weg,
Lang der Wiedergeburten Qual
Dem, der nicht schaut der Wahrheit Licht."

Und ein andrer Spruch, welchen der Buddha gesprochen haben soll, als er nach schweren Kämpfen die erlösende Erkenntniß errungen hatte: er triumphirt darüber, daß er den bösen Feind, die immer von Neuem das Haus des Leibes wieder bauenden Mächte irdischen Wesens durchschaut und von sich abgethan hat:

„Den Wiedergeburtsweg endlos
Habe vergeblich ich durchirrt,
Des Daseins Baumeister suchend;
Leidvoll ist der Geburten Loos.

Hauserbauer! Entdeckt bist du!
Nicht wirst du wieder bau'n das Haus.
Zerbrochen sind die Balken dein,
Des Hauses Zinnen sind zerstört,
Das Herz, dem Irdischen entfloh'n,
Hat alles Wollens End' erreicht."

Und ganz wie die Orphiker die Daseinsverkettung der Seelenwanderung mit einem Kreise oder Rade vergleichen, reden auch die Buddhisten von dem „Rade der Existenzen". Buddhistische Malereien zeigen dies Rad des von der Seelenwanderung beherrschten Daseins in der Weise, daß immer zwischen zwei Speichen eine Stufe der Existenz wie Menschenwelt, Thierwelt, Himmel, Hölle bildlich dargestellt ist; neben dem Rade sieht man die Gestalt des Buddha, der als der Erlöste außerhalb des Rollens der Existenzen steht. In dem oben erwähnten Dialog verlangt König Milinda ein Gleichniß für die unabsehbar anfangslose Seelenwanderung: da zeichnet der Heilige einen Kreis auf den Boden und fragt: „Hat dieser Kreis ein Ende, großer König?" — „Das hat er nicht, o Herr." — „So bewegt sich auch," belehrt ihn der Heilige, „der Kreislauf der Geburten." — „Giebt es also ein Ende dieser Verkettung?" — „Das giebt es nicht, o Herr." — Wie aber der orphische Glaube den Erlösten „dem Kreise entflogen" sein läßt, sagt ein altbuddhistischer Spruch:

> „Der Schwan durchzieht der Sonne Aetherpfade;
> Der Lüfte Reich durchfliegen Zauberkund'ge:
> Der Weisheitsreiche eilt aus dieser Welt,
> Den Todesfürsten und sein Heer bezwingend."

Nur ein kurzer Blick möge hier noch auf einige der speciellen Züge geworfen werden, welche diesem Seelenwanderungsglauben in Indien wie in Griechenland eigen sind. Man wird dabei sehen, wie die gleiche Grundnatur der Vorstellungsweise sich in der übereinstimmenden Gestaltung auch von Details hüben und drüben als wirksam erweist.

Ein auf beiden Seite sehr hervortretender Zug ist die so begreifliche Verknüpfung des Seelenwanderungsglaubens mit der Idee der moralischen Wiedervergeltung. Das Gute oder Böse, das der Mensch in diesem Leben gethan, wird in einem anderen Leben ihm wieder gethan oder ihm durch die Seligkeit von

Himmelswelten, die Pein von Höllenreichen vergolten werden. Hier traten nun natürlich die Kräfte der populären, von der Blässe des abstrakten Denkens weit entfernten Phantasie in Thätigkeit. Dichtungen veranschaulichten in mancherlei Bildern die Schrecken der Unterwelt; ein Poem „die Niederfahrt zum Hades" gab es bei den Orphikern und ein gleichnamiges bei den Pythagoreern; in der buddhistischen Literatur aber wuchern geradezu solche massenhaft auftretende, mit moralisirenden Pointen angefüllte Schilderungen des Hinabsteigens heiliger Männer in die Höllenreiche und der dort von ihnen geschauten Furchtbarkeiten[1]). Diesen Schrecken gegenüber stehen die himmlischen Wonnen: und hier erscheint nun ein charakteristischer Zug, der bei den Buddhisten stark betont wird, genau übereinstimmend aber wenigstens gelegentlich auch in Griechenland auftritt. Empedokles spricht den Göttern die Unsterblichkeit ab; sie sind langlebig, aber nicht ewig. Ganz so haben auch die Götter des Veda für die Buddhisten aufgehört unsterblich zu sein; die Ueberzeugung von der Vergänglichkeit aller Existenz kann auch den Göttern kein ewiges Dasein zugestehen. In ihrer Lebensdauer die menschlichen Maßstäbe unvergleichlich überragend, sind sie doch in die Verkettung der Seelenwanderung verflochten; der Mensch, der tadellos gelebt hat, darf hoffen, in einer neuen Existenz als ein Gott wiedergeboren zu werden. Es kann in der Religionsgeschichte kein anschaulicheres Beispiel als dies Schicksal der alten Götter dafür geben, wie eine Vorstellung im Lauf der Zeiten ihre ursprüngliche Bedeutung, das ihr eigene Leben verloren hat, aber als Ueberlebsel in ein neues Zeitalter

---

[1]) Wir dürfen hier auf die schöne Darstellung verweisen, welche L. Scherman (Materialien zur Geschichte der indischen Visionsliteratur, 1892) von diesen Phantasien gegeben hat.

hinein sich erhält und von diesem, der veränderten Weltanschauung entsprechend, mit neuem Inhalt erfüllt wird.

Als ein anderer gemeinsamer griechisch-indischer Zug des Seelenwanderungsglaubens sei erwähnt, daß bei beiden Völkern besonders erleuchtete Männer in dem Ruf standen, sich der von ihnen selbst und von Anderen durchgemachten früheren Verkörperungen zu erinnern. Pythagoras, von dem es hieß:

„Wenn er mit Macht anspannte die vollen Kräfte des Geistes,
Konnt' er leicht überschau'n die Geschicke jeglichen Daseins
Durch zehn, ja durch zwanzig der menschlichen Lebensalter —"

soll Erlebnisse aus seinen eigenen vergangenen Existenzen erzählt haben. Empedokles sagte:

„Und so bin ich dereinst ein Knabe gewesen, ein Mädchen,
Und ein Strauch und ein Adler, ein stummer Fisch in der Salzfluth."

Ganz so, nur aus dem Wunderbaren ins Maßlos-Wunderbarste gesteigert, läßt der buddhistische Glaube dem Buddha in jener heiligen Nacht, in welcher er die erlösende Erkenntniß erschaut, visionsartig das Bild seiner vergangenen Existenzen durch Hunderttausende von Geburten vor die Seele treten. Geschichten, welche die buntesten Erlebnisse aus diesen vergangenen Existenzen des Buddha selbst, seiner Jünger und Gegner mit Nutzanwendungen aller Art berichteten, gehörten zu den beliebtesten Elementen der populären buddhistischen Literatur. Man erzählte von vielen hundert Wiedergeburten des Buddha, bald als König, bald als frommer Einsiedler, oder als Hofmann oder als Gott oder als Löwe oder Affe oder Fisch: es ist bekannt, von welch' unschätzbarem Werth diese Erzählungen und Fabeln mit ihren oft über die ganze Erde hin wiederkehrenden Motiven für die Folklore-Forschung unserer Zeit sind.

VII.

Dem Reich der Seelenwanderung mit ihren Leiden steht, für die griechischen Denker nicht anders als für die buddhistischen, eine Welt der Freiheit, des Aufhörens aller Leiden gegenüber. Wenn der jugendliche Sinn der alten Zeit das höchste Glück des Daseins in Macht und Sieg, in Reichthum und langem Leben erblickt hatte, heißt das Ziel jetzt Erlösung von dem Elend des Werdens und Vergehens, Ruhe in der stillen Lichtwelt der Ewigkeit. Unter den Griechen sprechen, wie wir schon oben gesehen haben, die Orphiker davon, "sich von dem Kreise zu lösen", "dem Kreise zu entfliegen". Platon läßt die Seele, den Wanderungen entnommen, in "die Gemeinschaft des Göttlichen, Reinen, sich selbst Gleichen" eingehen. Bald tritt mehr die negative Seele des Ideals hervor, das Befreitsein vom Daseinsleid, bald die positive höchster, unwandelbarer Seligkeit. Gegenüber der Versuchung, den Zustand der Vollendung in allzu farbiger Concretheit zu schildern, hat man sich im Ganzen, wie es scheint, mit einer gewissen Scheu zurückgehalten: diese schönsten Wohnungen der Seele sind nicht leicht zu beschreiben, sagt Platon. Ueberall aber befindet man sich hier in der nächsten Nähe buddhistischer Vorstellungen. Der Buddha sagt zu den Seinen: "Wie das große Meer, ihr Jünger, nur von einem Geschmack durchdrungen ist, vom Geschmack des Salzes, also ist auch, ihr Jünger, diese Lehre und diese Ordnung nur von einem Geschmack durchdrungen, vom Geschmack der Erlösung." "Es gibt, ihr Jünger, eine Stätte, wo nicht Erde noch Wasser ist, nicht Licht noch Luft... nicht diese Welt noch jene Welt, weder Sonne noch Mond. Das heiße ich, ihr Jünger, weder Kommen noch Gehen noch Stehen, weder Sterben noch Geburt. Ohne Grundlage, ohne Fortgang, ohne Halt ist es: das ist des Leidens Ende." Bald klingen die Wendungen der buddhistischen Texte, in welchen von diesem letzten Ziel, dem Nirvana, die Rede ist, als handle es sich um ein Aufhören alles Seins, um das Nichts; bald scheint mehr auf eine höchste Vollendung gedeutet zu werden, die alles Begreifen und jeden Ausdruck unendlich übersteigt. Im Ganzen ist die Färbung dieser Gedanken doch eine merklich negativere als in Griechenland, und mit größerer Entschiedenheit wird die Beantwortung aller zu weit gehenden Fragen abgelehnt. „Der Erlöste," heißt es, „ist frei davon, daß sein Wesen mit den Zahlen der Körperwelt zählbar wäre; er ist tief, unermeßlich, unergründlich wie der große Ocean." Und ein anderes Mal sagt der Buddha zu einem Jünger, der sich mit seinen Fragen über das Dasein des Erlösten nicht zum Schweigen bringen lassen will: „Was von mir nicht offenbart ist, das laß unoffenbart bleiben."

Die Vorstellungen über den Weg, welcher zu dem letzten, höchsten Ziel führt, haben sich in Griechenland in rascher Entwickelung verinnerlicht und vertieft. Die älteren Zeiten stehen hier noch wesentlich unter dem Einfluß von religiösen Gebilden, die den Stil fernster Vergangenheit an sich tragen. Man weiß, welches im Cultus der Naturvölker die geläufige Praxis für den ist, der sich übernatürliche Zaubermacht aneignen, schädliche Geister, todbringende Zaubersubstanzen u. dgl. von sich fern halten will. Er fastet und zieht sich in die Einsamkeit zurück; er vermeidet Alles, was zum Tode oder ähnlichen Gefahren in Beziehung steht, z. B. Speisen, die aus irgend einem Grunde für verwandt mit dem Todtenreich gelten; er ruft durch Mittel verschiedener Art ekstatische Zustände in sich hervor. Diese Technik uralter Zauberkunst, neuen Zwecken angepaßt, erhält sich in Griechenland wie anderwärts mit unverwüstlicher Zähigkeit lebendig. Man hat mit Recht bemerkt, daß eine Gestalt wie die des Epimenides — eines durch ganz Griechenland berühmten Meisters geheimer Weisheit um 600 v. Chr. — eine Reihe von Zügen trägt, welche durchaus dem Typus des wilden Medicinmanns zugehören: Fasten und Einsamkeit, geheimnißvoller Verkehr mit Geistern, lange Ekstasen, in denen er seine „enthusiastische Weisheit" erwirbt. Speiseverbote und, wenn dieser ethnologische Ausdruck gestattet ist, die Beobachtung von Tabus verschiedener Art, bei welchen besonders die Scheu vor allen irgendwie zum Todtenreiche in Beziehung stehenden Dingen hervortritt, sind dann ein Hauptvehikel geistlichen Strebens bei Orphikern und Pythagoreern. Aber immer mehr und mehr bringt hier bald der Geist einer neuen Zeit ein. Die wahre Enthaltung und Reinheit, so lehrt Platon, ist die Reinigung der Seele von der Sinnenwelt, die Befreiung von den Leidenschaften und Begierden, welche die Seele „wie mit einem Nagel an den Leib annageln" und sie zwingen, in immer neuen Verkörperungen wiedergeboren zu werden. Die Löserin aber von diesen Fesseln ist die Philosophie, die rechte Bereiterin zum Sterben. Sie führt aus der Welt des Werdens in die des Seins, in das Reich der ewigen Ideen. Der selige Moment einer plötzlichen Vision: vor den Augen des Denkers zerreißt der Vorhang und der Anblick der Wahrheit strahlt ihm entgegen, in deren Lichtglanz sich tauchend die Seele aus der Welt der Vergänglichkeit frei wird. In dieses Anschauens Glück fühlt der Philosoph sich schon hienieden auf den Inseln der Seligen. Der Tod aber entnimmt die Seele dessen, der „durch Philosophie sich völlig gereinigt hat", für immer der Leiblichkeit; sie geht ein „in das ihr Verwandte, das Unsichtbare, Göttliche, Unsterbliche, Weise".

Hier hat die Vorstellungsreihe, welche wir betrachten, ihr

Ende erreicht. Bis zu diesem Ende aber läuft die indische Parallellinie in immer gleichbleibender Nähe neben der griechischen her. Auch in Indien versucht man im Zeitalter des Buddha mit denselben Mitteln des alten Zaubercultus, welche wir in Griechenland antreffen, die neuen Ziele geistlichen Trachtens zu erreichen. Man zieht sich in die Einsamkeit zurück; man erschöpft sich in hartem Fasten; man entwickelt eine förmliche Technik ekstatischer Zustände. Der Buddhismus seinerseits verwirft das Fasten, wie er alle Selbstquälerei verwirft; großes Gewicht aber legt er auf die Pflege jener ekstatischen Versenkungen, in deren gehobener Stille man fern von der Gestaltenfülle der Sinnenwelt eine Vorahnung des Aufhörens alles Vergänglichen zu genießen meinte. Bei einem der alten Mönchspoeten heißt es:

> „Wenn die Donnerwolke die Trommel rührt,
> Auf der Vögel Pfaden der Regen rauscht,
> Und in stiller Bergesgrotte der Mönch
> Der Versenkung pflegt: kein Glück wie dies!
>
> Wenn am Ufer von Strömen blumenumblüht,
> Die der Wälder bunte Krone kränzt,
> Er in seliger Ruh' der Versenkung pflegt,
> Kein Glück mag ihm werden, das diesem gleicht."

Vor Allem aber ist das, was vom Weltleid erlöst, das Ueberwinden alles Begehrens, des „Durstes, der von Wiedergeburt zu Wiedergeburt führt", und die Erlangung der reinen, höchsten Erkenntniß. „Wer ihn bezwingt, den Durst, den verächtlichen, dem schwer zu entrinnen ist in der Welt, von dem fällt das Leid ab wie der Wassertropfen von der Lotosblume." Bezwungen aber wird' der Daseinsdurst durch die Erkenntniß — jene Erkenntniß, welche das Leiden des Werdens und Vergehens und das Aufhören des Leidens in der Loslösung von dieser Welt enthüllt. Es gilt von dem indischen Glauben nicht anders als vom griechischen: wie Werth oder Unwerth des Daseins ganz auf dem verhängnißvollen Spiel großer kosmischer Mächte beruht, so richtet sich das Streben des Frommen, Weisen nicht mehr darauf, durch die Freundschaft gnädiger Götter der Lebensgüter theilhaftig zu werden, sondern darauf, den unermeßlichen Weltproceß zu durchschauen, um als Kundiger sich die Stätte zu bereiten, wo gut sein ist. Der Glaube der Buddhisten läßt, platonischen Gedanken ähnlich, diese erlösende Erkenntniß nach einem durch zahllose Wiedergeburten hindurchreichenden unablässigen Streben in der Erleuchtung eines unvergleichlichen Augenblicks dem Suchenden zu Theil werden. Für wen dieser Augenblick gekommen ist, der hat „die Erlösung erlangt und von Angesicht zu Angesicht erblickt". Er lebt auf Erden weiter, der buddhistische Erkennende ähnlich wie der Philosoph Platons, als ein Vollendeter, der seinem tiefsten Wesen nach nicht mehr Bürger der Erdenwelt ist. „Der Mönch, der Lust und Begier von sich abgethan hat, der weisheitsreiche, er hat hienieden die Erlösung vom Tode erreicht, die Ruhe, das Nirvana, die ewige Stätte." Und wenn das Ende dieses Daseins gekommen ist, verschwindet er in jener räthselhaften Tiefe, nach welcher Buddha den Seinen zu fragen verboten hat, ob sie ein höchstes Sein bedeutet oder das Nichts. —

Der Naturforscher, der sich mit einem Zellgewebe beschäftigt, erhält sehr verschiedene Bilder desselben Objects je nach der Richtung, in welcher er seine Durchschnitte legt. Die Richtung, in der wir den Buddhismus betrachtet haben, ließ uns in den Grundgedanken seiner Weltanschauung die engste Verwandtschaft mit Lehren der Orphiker, der Pythagoreer, des Platon erkennen. Aber wir dürfen nicht unterlassen, zum Schluß, wenn auch nur mit wenigen Worten, darauf hinzudeuten, daß andere Richtungen der Betrachtung uns ganz andere Gebilde vor Augen führen und andere Vergleichungen herausfordern würden. Sehen wir auf die Person des großen indischen Verkündigers jener Ideen, so finden wir den Buddha in der ganzen Erscheinung seines Daseins, in der Art seines Lehrens und Wirkens von den griechischen Denkern so tief verschieden, wie eben orientalisches Wesen von hellenischem verschieden ist. Ein Nimbus sein Leben begleitender und verherrlichender Wunder, der Ausdruck seiner das Universum überragenden Hoheit, krönt sein Bild, wie er das irdisch-menschliche Bild des Pythagoras und Platon nicht krönen konnte. Hier sind es nicht mehr die Regionen der griechischen Philosophie, hier sind es die Evangelien, in deren Nähe uns die buddhistische Tradition zu führen scheint. In der That ist man hier — meines Erachtens mit Unrecht — so weit gegangen, aus den in die Augen fallenden Aehnlichkeiten geradezu auf Uebertragung von Indien nach dem Westen zu schließen. Wie man vermuthet hat, daß Pythagoras aus indischen, dem Buddhismus verwandten Quellen seine Lehren geschöpft habe, so hat auch, entsprechend den verschiedenen Seiten, von welchen man den Buddhismus betrachtete, die Annahme ihre Vertreter gefunden, daß buddhistische Vorbilder großen Partieen der Evangelien zu Grunde liegen; etwa in Alexandria oder in Antiochia soll der Verkehr christlicher Schriftsteller mit buddhistischen Sendboten lange Reihen von Erzählungen, Sprüchen, Gleichnissen aus der indischen Literatur in die des Neuen Testaments hinübergeführt haben. Man könnte weiter fortfahren: faßt man nach der Person des Buddha und nach seiner Lehre auch das dritte Glied der alten buddhistischen Trinität, die Gemeinde, ins Auge, so werden die bis in die ältesten Zeiten zurückgehenden Regeln dieses Bettelmönchordens mit seiner tiefen Weltabgewandtheit, mit dem Ernst seiner Gebote von Armuth und Keuschheit, mit der langen Reihe seiner Vorschriften

7*

über die Würde und Zurückhaltung, die sich in Gang und Blick, in der Weise des Essens und Trinkens, in jeder Bewegung auszuprägen hat, lebendig genug im Großen wie im Kleinen und Kleinsten an christliches Mönchsthum erinnern. Ich meine, daß in allen diesen Beziehungen die Gleichartigkeit der geschichtlichen Ursachen, welche hüben und drüben gewirkt haben, uns genügen darf und muß, um diese Aehnlichkeiten zu erklären — um es zu erklären, daß in den uns näheren Culturgebieten einzeln und zerstreut uns Gebilde entgegentreten so eng verwandt denen, welche sich auf dem Höhepunkt der Geschichte Indiens, beseelt von indischem Lebensathem, im Buddhismus zu einem festgefügten und bedeutenden Ganzen zusammengeschlossen haben.

III.
Der Satan des Buddhismus.

Mara und Buddha. Von Ernst Windisch. Aus den Abhandlungen der Königlich Sächsischen Gesellschaft der Wissenschaften. Leipzig. S. Hirzel. 1895.

Die Gestalt des Mara, mit der sich Windisch in diesem schönen Buche beschäftigt, nimmt in den Legenden des Buddhismus den Platz ein, an welchem für den christlichen Glauben Satan steht: gegenüber dem Buddha, dem höchsten Heilbringer, ist Mara der übermenschlich gewaltige Feind des Heils, der Zerstörer und Verderber.

Die religiösen Urkundenmassen des alten Indien lassen mit der ihnen eigenen Vollständigkeit und Durchsichtigkeit erkennen, wie eine solche Verkörperung des Gegensatzes von Gut und Böse den ältesten Glaubensformen fremd ist und fremd sein muss, wie sie sich dann im Laufe einer langsamen Entwicklung immer schärfer ausprägt. Der Glaube des Rigveda, wenn er auch in jene uralte Periode der religiösen Entwicklung, welche man die vorethische nennen kann, nicht mehr direct hinein reicht, steht ihr doch noch nahe. Ueberwiegend gnädig und gut, sind die vedischen Götter doch weit entfernt davon, über Bosheit und Tücke erhaben zu sein. So ist Rudra auf der einen Seite der gnadenreiche Erbarmer und Spender von Heilung, auf der andern zugleich der furchtbar wilde Verderber, „des Himmels rother Eber", der Sender von Seuche und Tod. Die Vertiefung des inneren Lebens, die fortschreitende Ethisirung der Religion muß immer mächtiger auf die Aufhebung dieser alten Unentschiedenheit, auf die Sonderung der positiven und der negativen unter den großen Daseinsmächten hinwirken. Und wie aus den Mächten des Guten, des Heils sich schließlich — in Indien wie anderwärts — eine Wesenheit — sei sie persönlich oder unpersönlich — immer beherrschender heraushebt, die als erste oder als einzige das höchste Heil, ja alles Heil in sich verkörpert, so kann es kaum anders sein, als daß früher oder später auch auf der Gegenseite ein in seiner Art höchstes Wesen erscheint, dem größten Guten gegenüber ein größter Böser oder ein größtes Böses. Dieses Wesen wird in seiner näheren Ausgestaltung natürlich ganz von jenem Guten, dessen negatives Gegenbild es ist, abhängig sein. Für den Buddhismus liegt der beherrschende Mittelpunkt auf der positiven Seite in der Person des Buddha, welcher das allem Dasein anhaftende Verhängniß des Leidens und Todes durchschaut und überwindet, den Ausweg aus diesem Dasein für sich und für seine Jünger findet. So wird hier auf der negativen Seite die persönliche Verkörperung eben jenes Verhängnisses erscheinen müssen, die in die Gestalt eines dämonischen Wesens gekleidete Macht des Todes, oder auch die Macht jenes Daseinsdurstes, welcher den Menschen in die dem Tode anheim gegebene Welt kettet, ihn als ein Glied dieser Welt dem Leiden und Tode unterwirft. Nach der „Erlösung vom Tode" suchte in dem Zeitalter, von dem uns die altbuddhistischen Texte ein Bild geben, der geistlich strebende Asket. Als Buddha den ersten Jüngern die von ihm erschaute Lehre verkündet, hebt seine Predigt an: „Thut euer Ohr auf, ihr Mönche, die Erlösung vom Tode ist gefunden." So begreift es sich, daß der Name des bösen Feindes, welcher diese Erlösung bekämpft, eben „Tod" ist; dies die Wortbedeutung des Namens Mara. Das abstracte Weltgesetz oder Weltverhängniß schafft sich hier seine körperliche Gestalt, mit welcher bekleidet es den Schauplatz des Daseins Buddha's und seiner Gemeinde beschreitet und dem Streben jener geistlichen Männer auf Schritt und Tritt Hindernisse oder Versuchungen entgegenstellt. Wenn hiermit — in wesentlicher Uebereinstimmung mit den lichtvollen Ausführungen Windisch's —. der entscheidende Grundzug der Conception des Mara aus= gedrückt ist, so darf natürlich nicht übersehen werden, daß an diesen Grundzug sich weiter hinzukommende Züge der mannig= faltigsten Herkunft, den verschiedensten Gegenden von Mythus oder Folklore entstammend, unvermeidlich ansetzen mußten. So mußte der Antagonismus von Buddha und Mara mythische Züge heranführen, die dem uralten Mythus von dem gewaltigen Götterkampf des Gewitters, dem Siege des Gewitterers über den das Wolkennaß gefangen haltenden Dämon entstammten. Die Tücken, welche Mara gegen Buddha und dessen fromme Jünger verübt, mußten sich dem Treiben der Kobolde und Unholde des Volksaberglaubens anähnlichen, die unsichtbar oder in Miß= gestalten aller Art die Leute mit ihrer Bosheit verfolgen. Und so nimmt die Figur Mara's ein eigenthümliches Doppelgesicht an: das eine trägt Züge, aus welchen tiefsinnige, durch Welt= weiten reichende Gedanken herausblicken; dem andern ist der Stempel platter, thörichter, possenhafter und durchaus in das Kindische verfallender Phantasterei aufgeprägt: das Eine be= ständig mit dem Andern wechselnd und in das Andere über= gehend — eine Vereinigung, die typisch genannt werden darf, und ohne deren Verständniß recht viel vom Wesen des indischen und insonderheit des buddhistischen Geistes unverstanden bleibt.

In größter Reichhaltigkeit sammelt, bearbeitet, übersetzt

Windisch die wichtigeren der Texte, welche von Mara und seinen Angriffen auf Buddha und die Heiligen erzählen. Unter ihnen steht voran eines jener alten Gedichte, wie sie von den Mönchsbrüdern in ihrem andächtigen Beisammensein Nachts oder in der Morgenfrühe vor dem täglichen Almosengang zur Erbauung und auch zur Unterhaltung vorgetragen zu werden pflegten — man kann sagen eines jener wenig umfangreichen geistlichen Heldenlieder, wie deren eine Anzahl der Entstehung der längeren, zusammenhängenden Erzählung von Buddha's Leben, des großen Buddha=Epos, vorangegangen ist. Das Gedicht erzählt, wie Buddha — oder genauer der Asket, welcher bald als Erringer der erlösenden Erkenntniß zum Buddha werden soll — am Ufer des Flusses Neranjara sitzt, in Sinnen versunken, dem höchsten Heil nachtrachtend. An ihn tritt Mara heran, freundliche Worte sprechend: „Mager bist du; schlecht ist dein Aussehen; der Tod ist dir nahe. Tausend Theile von dir gehören dem Tode; nur in einem Theil ist Leben. Für den Lebenden ist Leben das Beste; so lange du lebst, wirst du Gutes thun. Wenn du heiligen Wandel führst, wenn du im Feuer Opfer bringst, sammelst du dir viel gute Werke; was soll all' dein Ringen?" So sucht er den Kämpfer, dessen Sehnen über alles Dasein hinausdringt, in irdischem Leben und Wesen, in den niederen Regionen des Trachtens nach guten Werken festzuhalten. Aber Jener bleibt unbewegt: „Pfui über das Leben hienieden! Besser ist mir im Kampfe der Tod, als wenn ich besiegt weiter lebte. Dein Heer, das alle Welten sammt den Göttern nicht bezwingen, werde ich durch Weisheit zerstören, wie man ein ungebranntes Irdengefäß mit einem Stein zerschlägt ... Von Reich zu Reich werde ich ziehen, viele Jünger unterweisend. Die werden unentwegt um die Vollendung ringend, die Thäter meines Wortes, dir zum Trotz dorthin gehen, wo alles Leiden ein Ende hat." Da sieht Mara, daß seine Versuchungen vergeblich sind. „Wie eine Krähe, die gegen einen Felsen angeflogen ist, lassen wir von Gautama¹) ab." „Schmerz überwältigte ihn (Mara); aus dem Arm sank ihm die Laute. Da verschwand der Dämon betrübt von selbiger Stätte." Dies die einfache alte Form der Legende. Man möchte sie die classische nennen im Vergleich mit derjenigen, welche die wüste Phantasie späterer Zeitalter geschaffen hat: der Geschichte von dem Kampf Buddha's gegen Mara und die zahllosen Heerscharen der Teufel, mit Blitz und Donner, mit Stürmen, welche die Berggipfel spalten, Regengüssen von Steinen und heißer Asche, dazu Versuchungen durch die Töchter Mara's, die sich in Hunderte von berückend schönen Mädchen und Frauen verwandeln und mit Tanz und Gesang sich verhüllend und enthüllend alle Verlockungskunst gegen ihn üben. Aber wir dürfen bei den verschiedenen Gestalten dieser Erzählung hier nicht länger verweilen und müssen nur, auch hierin Windisch folgend, auf die augenfällige Analogie hinweisen, in welcher die buddhistische Erzählung mit der neutestamentlichen Versuchungsgeschichte²) steht. Hier wie dort zieht sich der Welterlöser, ehe er sein großes Werk beginnt, in die Einsamkeit zurück. Buddha sitzt abgemagert und dem Erschöpfungstode nahe am Ufer der Neranjara; Jesus fastet in der Wüste. Jenen versucht Mara, diesen der Satan, um ihn von der Erlöserlaufbahn abtrünnig zu machen. Hier wie dort werden alle Versuchungen schmählich zu nichte. Die offenbare Vergleichbarkeit der beiden Geschichten ist geltend gemacht worden³), um die Abhängigkeit der Evangelien von der

---

¹) Dies ist der weltliche Name des künftigen Buddha.
²) Es darf hier auch an die Versuchung des Zarathustra erinnert werden, unten Nr. VI.
³) Namentlich von R. Seydel, Das Evangelium von Jesu in seinen

buddhistischen Legendenliteratur wahrscheinlich zu machen. Ich glaube, daß Windisch durchaus das Richtige trifft, wenn er derartige Folgerungen ablehnt. Dieselben würden die Annahme verlangen, daß die Buddhalegende bereits im ersten Jahrhundert nach Christus bis Syrien und Palästina gekommen wäre. Davon wissen wir nichts, und wir haben Anlaß, es für ganz unwahrscheinlich zu halten. Die nicht wegzuleugnende Aehnlichkeit der christlichen und buddhistischen Erzählung ist anders aufzufassen. „Wir haben oben gesehen," sagt Windisch (S. 219), „welchen tiefen Sinn die Maralegende hat und wie sie aus der Lehre Buddha's heraus erwachsen ist. Ebenso hängt die Versuchungsgeschichte in den Evangelien eng mit Christi Auftreten und mit seiner Erlösungslehre zusammen; sie bedarf für ihr Verständniß nicht der Annahme, daß sie nach einem indischen Vorbilde entstanden sei. Die Versuchungsgeschichte in den Evangelien und die Maralegende dürfen nur als parallele Erscheinungen aufgefaßt werden. So angesehen, sind sie für die vergleichende Religionsgeschichte, für die Geschichte der Formen, die der religiöse Gedanke annimmt, von großer Wichtigkeit."

Unter den sonstigen sehr zahlreichen Marageschichten, die durch die buddhistischen Texte verstreut sind, begnüge ich mich hier nur noch eine von Windisch (S. 161 ff.) sorgfältig behandelte zu erwähnen, in welcher wir übrigens, wie es scheint, vielmehr das Product der besonders glaubenseifrigen Erzählerlust irgend eines einzelnen geistlichen Bruders als einen Bestandtheil des allgemein angenommenen Glaubens zu sehen haben. Man kam nämlich auf den erbaulichen Einfall, zur größeren Verherrlichung der Lehre Buddha's schließlich den Teufel selbst bekehrt werden zu lassen. Freilich schrieb man — wohl aus

Verhältnissen zu Buddha-Sage und Buddha-Lehre (1882), S. 156 ff. Vgl. das oben S. 99 Gesagte.

Achtung vor der Tradition, die von dergleichen nichts wußte — diesen Erfolg nicht Buddha selbst, sondern dem Upagupta zu, einem Heiligen, den man hundert Jahre nach dem Tode des Meisters auftreten ließ. Nach mancherlei theilweise wenig geschmackvollen Mirakeln, in denen der Heilige seine Macht und Herrlichkeit bewies, wurde Mara bekehrt und verkündete in eigener Person unter Glockenklang: „Wer von euch nach Himmelswonne und nach der Erlösung verlangt, der soll von Upagupta dem Aeltesten die Heilslehre hören!" Kein Wunder, daß einem solchen Ruf die ganze Stadt folgte. —

Darf ich schließlich auf einen Punkt hindeuten, an welchem mir in den so reichhaltigen Ausführungen Windisch's eine Lücke geblieben zu sein scheint — eine Lücke allerdings, welche insonderheit dem in Deutschland Arbeitenden leichter aufzuweisen als auszufüllen ist — so möchte ich die Berücksichtigung der Rolle vermissen, welche Mara in der buddhistischen Sculptur und Malerei spielt. Vor Allem die große Versuchungsscene hat die bildende Kunst vielfach beschäftigt, aber auch das den Buddha angreifende Heer Mara's und überhaupt Mara als der das ganze Leben des Erlösers begleitende Feind, welcher beständig auf eine Gelegenheit zum Schadenthun lauert. Insonderheit für das kunstgeschichtlich so merkwürdige Gebiet der auf griechischen Einflüssen beruhenden alten Sculpturen des Gandharalandes (im Nordwesten der indischen Halbinsel, am Kabulfluß) erlaubt jetzt die schöne Darstellung Grünwedel's[1]) den Einblick wenigstens in einen Theil der Materialien: gewiß nur ein Anfang dessen, was die Forschung hier zu erstreben haben wird, aber ein Anfang, an dem auch der Religionshistoriker nicht vorübergehen sollte.

---

[1]) Siehe unten S. 108.

IV.

Buddhistische Kunst in Indien.

Es ist ein überaus merkwürdiges Stück Kunstgeschichte, welches ein von Alb. Grünwedel bearbeiteter Band der „Handbücher der Königlichen Museen zu Berlin" (Buddhistische Kunst in Indien. Berlin 1893) darstellt. Auf indischem Boden begegnen uns neben asiatischen Kunstformen Ausläufer griechischer Kunst. Es entwickelt sich eine reiche, von charakteristischem Leben erfüllte Produktion, welche religiösen Zwecken dient, religiöse Stoffe darstellt: die Religion aber, deren Ideen und Legenden sich in das Gewand dieser Kunst kleiden, ist die buddhistische.

Das Buch Grünwedel's stellt den ersten wirklich in Betracht kommenden Versuch dar, die Geschichte der buddhistischen Kunst Indiens in vollem Zusammenhang zu schreiben[1]). Er selbst bezeichnet seine Darstellung nur als ein Programm, welches lange andauernde weitere Arbeit, insonderheit in den Museen von

---

[1]) Die ältere hier einschlagende Literatur ist von Grünwedel verzeichnet. Aus neuester Zeit muß als eine werthvolle Ergänzung zu seinem Buch der ausführliche Aufsatz von A. Foucher »L'art bouddhique dans l'Inde« (Revue de l'histoire des religions 1895) erwähnt werden. Auch die Thätigkeit von J. Burgess ist diesen Forschungen in erfreulicher Weise zu Gute gekommen; ich hebe seinen Aufsatz »The Gandhara Sculptures« (Journal of Indian Art, Apr. July 1898) hervor.

Lahore und Peschawer verlangt. Aber auch wer an mancher
Stelle von den Auffassungen Grünwedels abweichen mag, wird
doch anerkennen, daß es der Sorgfalt, dem scharfen und feinen
Blick des verdienten Forschers schon jetzt im Wesentlichen ge=
lungen ist, die hauptsächlichsten Entwickelungslinien klar zu
legen, die charakteristischen Eigenthümlichkeiten der einheimisch
indischen wie der gräcoindischen religiösen Kunst lebendig zu
erfassen.

Die bildende Kunst tritt in der Geschichte Indiens be=
merkenswerth spät hervor. Eine überaus umfängliche und reich=
haltige, lange Jahrhunderte vor dem Auftreten des Buddha
entstandene Literatur — Hymnen an die Götter, Vorschriften
für die Opferpriester, philosophische Speculationen — zeugt von
alter, nach vielen Seiten hin hochentwickelter Cultur. Reiche,
freilich schon früh zu spitzfindigen Künsteleien neigende Ausbil=
dung poetischer Formen, feine Empfindung für poetische Schön=
heit war dem vorbuddhistischen Indien wie dem Indien der alt=
buddhistischen Zeit eigen. Von bildender Kunst aber kann es
damals nur dürftige, im Ganzen des öffentlichen und des
Privatlebens tief in den Hintergrund tretende Anfänge gegeben
haben. Der Cultus, wie ihn die Hymnen des Veda und die
Abhandlungen der alten Priesterschulen uns kennen lehren, be=
durfte keiner Unterstützung von Seiten der bildenden Kunst. Die
Götter des Veda wohnten nicht in Tempeln. Unsichtbar kamen
sie zum Opfer, gezogen von ihren himmlischen Rossen, herbeigerufen
und geführt von dem vergöttlichten Opferfeuer, dem Boten und
Mittler zwischen Unsterblichen und Sterblichen; unsichtbar ließen
sie sich auf dem Opferplatz, auf dem bei den heiligen Feuern für sie
ausgestreuten Grasteppich nieder, um den ihnen gesungenen Preis
zu hören, den Opferkuchen zu essen und sich an dem Opfertrank
des Soma einen Rausch zu trinken. Fühlte man im Verlauf

der Culthandlungen doch das Bedürfniß nach sichtbarer Verkörperung des angerufenen Gottes, so befriedigte man dieses nicht durch Schaffung eines Götterbildes, sondern man hielt sich in den uralten Formen fetischartiger Darstellung der Gottheit durch ein von ihrem Wesen erfülltes irdisches Object, z. B. ein Thier[1]). Der stiergleiche, in seinem mächtigen Ungestüm zu unzähligen Malen von den geistlichen Dichtern mit einem Stier verglichene Gewittergott wurde durch einen Stier dargestellt: brüllt dieser Stier, so hat damit der Gott das Zeichen gegeben, ihm zu opfern. Der schnelle Gott des Feuers wurde durch ein Roß repräsentirt; entzündet man durch Reiben von Holzstücken das heilige Opferfeuer, so steht ein Roß daneben und blickt auf den Vorgang der Reibung hin: der Gott kennzeichnet durch seinen thierischen Vertreter seine Anwesenheit bei der ihm geheiligten Handlung. Man sieht, daß ein Cultus, der sich in solchen Formen bewegte, kaum dazu angethan war, die bildende Kunst zum Schaffen anzuregen.

Anders gestalteten sich die Verhältnisse, als die Zersetzung des alten Glaubens, die Verinnerlichung des religösen Lebens, ein wachsendes Gefühl der Nichtigkeit und des Leidens, welches man als allem Dasein anhaftend empfand, zu jenen großen Neubildungen geführt hatte, unter welchen der Buddhismus die hervortretendste war. Um Lehrer, die sich als Besitzer der erlösenden Wahrheit, als befreit vom Weltleiden fühlten, sammelten sich — es war im sechsten Jahrhundert vor Christi Geburt — Scharen von Jüngern und Jüngerinnen, welche als Mönche und Nonnen der Loslösung von allem Irdischen, dem ewigen Frieden des Nirvana nachtrachteten. Ein solcher Lehrer war Gautama der Buddha; aus seinem Jüngerkreise ist die große

---

[1]) Wir erinnern hier an das oben S. 63 Ausgeführte.

Kirche des Buddhismus hervorgegangen. Der innerste Mittelpunkt der buddhistischen Gedankenwelt, der Gedanke vom Weltleiden und von der Erlösung lag nun freilich der Ausdrückbarkeit durch die Mittel der bildenden Kunst fern, und ebenso boten die Lebensformen der eigentlichen und wahren Buddhistengemeinde, der Gemeinde wandernder und bettelnder, allem Irdischen entsagender Mönche und Nonnen, kaum einen Anknüpfungspunkt für künstlerisches Schaffen. Und doch enthielt der Buddhismus Elemente, von welchen her diesem Schaffen eine geradezu unerschöpfliche Fülle von Anregung zufließen mußte. Zunächst die Person des Buddha und sein frühzeitig mit allem Schmuck frommer Legendendichtung umgebener Erdenwandel: seine Geburt, seine nächtliche Flucht aus dem Vaterhause in die Heimathlosigkeit des Asketenthums, sein siegreicher Kampf gegen den bösen Feind und dessen Heerscharen, seine von Wundern aller Art umgebene Lehrwirksamkeit, sein Tod und die Klagen der Gläubigen an seinem Leichnam. Dazu dann die ganze unabsehbare Masse von Erzählungen, Thierfabeln, Begebenheiten aus dem menschlichen Leben von Hoch und Niedrig, Ernstes und Scherzhaftes, Alles auf moralische Pointen oder auf Regeln der Lebensklugheit hinauslaufend, in den Mund des Buddha gelegt und unter die großen Textmassen der heiligen Literatur aufgenommen: uns Heutigen, wie bekannt, eine unschätzbare Fundgrube für die geschichtliche Erforschung der Fabeln und Märchen — haben doch jene Erzählungen auf den verschiedensten Wegen Asien wie das Abendland durchwandert —, für die alte Kunst eine unerschöpfliche Anregung zu bunter Fülle von Gestaltungen. Und wenn diejenigen Kreise des Mönchthums, unter welchen die geistlichen Ideale in ihrer höchsten Verinnerlichung lebendig waren, künstlerischem Treiben fremd, ja vielleicht abgeneigt gegenüberstehen mußten, so lag es doch in der Natur der Sache, daß an der Peripherie des buddhistischen Kirchenthums andere Strömungen herrschten als im innersten Centrum. Laiengenossen und -genossinnen, zum Theil von erheblichem Reichthum, waren in Menge da, welche „beim Buddha, bei der Lehre, bei der Gemeinde ihre Zuflucht genommen hatten" und welche angetrieben von der Hoffnung auf himmlischen Lohn unter Schenkungen und Stiftungen aller Art auch Bauten für die Zwecke der Gemeinde oder zu Ehren heiliger Erinnerungsobjecte errichteten. Es entstanden klosterartige Häuser sowie in Felsen gehöhlte Grottenbauten als Wohn- und Unterkunftsstätten für die Mönche, insonderheit für das Verweilen während der feuchten Jahreszeit, vor Allem aber sogenannte Stupas oder Topen, Reliquienmonumente, welche an die Formen alter Grabmäler anknüpften: sie erhoben sich auf einem Unterbau etwa in der Gestalt einer mächtigen Halbkugel, die mit einer Wasserblase, dem Symbol irdischer Unbeständigkeit, verglichen wird. Häufig waren diese Stupas von großen Steinzäunen mit Thoren von reicher architektonischer Ausgestaltung umgeben. Ueberall war der Plastik und Malerei weiter Raum zu dekorativer Ausfüllung und dringende Anregung geboten, sich in die Stoffe der heiligen Geschichte und Legende zu versenken.

Die uns erhaltenen Monumente beginnen erst etwa mit der Zeit des großen Königs Asoka (um 260 vor Christi Geburt); von diesem rühren auch die ältesten — oder wenigstens die ältesten umfangreicheren — uns vorliegenden Inschriften Indiens her, in würdigstem Ton gehaltene Moralpredigten des Königs an sein Volk. Aber wie wir wissen, daß die Schreibkunst bei den Indern älter ist, wahrscheinlich eine Reihe von Jahrhunderten älter als die Inschriften Asoka's, so versteht es sich von selbst, daß hier auch der bildenden Kunst ein höheres Alter zukommt als ihren ersten zu uns gelangten Resten. In der That finden

wir in altbubbhistischen Literaturwerken, die mit Wahrscheinlich=
keit auf etwa 400 vor Christi Geburt zurückdatirt werden können,
mehrfache, allerdings nicht eben reichliche Spuren von dem Vor=
handensein künstlerischen Betriebes. Ein geistlicher Poet, zur Ab=
kehr von irdischem Wesen mahnend, vergleicht den menschlichen
Körper einem „bunt gemalten Bilde": er hat nicht Festigkeit
und keinen Bestand. An einer anderen Stelle wird erzählt,
daß „im Lustwalde des Königs Pasenadi in dem Bilderhause
erdachte Bilder gemacht waren; viele Menschen gingen das
Bilderhaus zu sehen." Nonnen, welche dort hingingen, gaben
dadurch öffentlichen Anstoß und fanden scharfe Zurechtweisung.
Auch Mönche, die in ihren Wohnräumen „erdachte Bilder,
Figuren von Weibern nnd Figuren von Männern" gemalt
hatten, wurden getadelt: nur Verzierungen wie Kränze und
Schlingpflanzen — es scheint sich um gemalte Decorationen
dieser Art zu handeln — sollten erlaubt sein. Wenn Zeugnisse
dieser Art das Vorhandensein einer gewissen Kunstübung schon
für die Zeit der ältesten bubbhistischen Texte außer Frage stellen,
so stimmt dazu vollkommen das Aussehen der frühesten er=
haltenen Reliefs: diese zeigen in ihren zum Theil recht figuren=
reichen Compositionen eine vergleichsweise Routinirtheit, welche
nothwendig auf mannigfaltige durchlaufene Vorstufen zurück=
deutet. Das Buch Grünwedel's giebt mit seinen wohlgelungenen
Lichtdrucken die Möglichkeit, an einer Reihe glücklich ausge=
wählter Beispiele die Eigenthümlichkeit dieses alten indischen
Kunststils zu studiren. So finden wir auf mehreren Reliefs
Wunderthaten des Buddha dargestellt, durch die er vor einer
Gesellschaft von brahmanischen Asketen, welche mit der Bekehrung
zu ihm zögerten, seine überirdische Macht dargethan haben soll:
die Bezwingung einer dämonischen Schlange, welche sich bei dem
Opferfeuer jener Brahmanen eingenistet hatte, Wandeln auf den

Waſſern eines Fluſſes und dergleichen mehr. Die viereckigen Platten dieſer Reliefs ſind von oben bis unten gleichmäßig bedeckt mit einer übergroßen, das Gefühl der Bedrücktheit hervorrufenden Menge von menſchlichen Figuren, Asketenhütten, welligen Waſſerflächen, Bäumen, bunter Staffage von Thieren und Pflanzen. Ohne Perſpektive drängen ſie ſich hinter einander oder vielmehr über einander bis zum oberen Rande der Platten, den verfügbaren Raum bis in die letzte Ecke füllend. Die Unbefangenheit geht ſo weit, daß Perſonen, welche als liegend gedacht ſind, unter den aufrechtſtehenden ſelbſt erſcheinen als ſtänden ſie aufrecht, indem ſich die Längenausdehnung ihres Körpers mit jenen in gleicher Richtung erſtreckt. Nur kleine Andeutungen markiren den Unterſchied: die zur Seite der Menſchen ſtehenden Blumen oder Pflanzenbüſchel erſcheinen neben liegenden Perſonen von oben geſehen, neben ſtehenden ſelbſt aufrecht ſtehend und von der Seite geſehen.

An Mittelpunkten, um welche eine Gruppirung ſtattfindet, fehlt es nicht ganz. Das eine Mal ſteht ein Feuertempel, die Cultſtätte jener Asketen, im Centrum; rechts und links von ihm Bäume und menſchliche Figuren in genauem Gleichgewicht. Ein anderes Mal ſieht man in der Mitte die Waſſerfläche eines aus ſeinen Ufern getretenen Fluſſes, um welche ſich zu beiden Seiten Fruchtbäume in ſymmetriſchen Reihen gruppiren. Dieſe primitive Künſtlichkeit der Anordnung ändert doch nicht viel daran, daß Hauptperſonen und nebenſächliche, ja vollkommen überflüſſige Elemente im Ganzen gleich bedeutend neben einander ſtehen. Die vornehmſte Hauptperſon aber — dies trägt weſentlich dazu bei, eine feinere Abſtufung des Wichtigen und Unwichtigen und einen lebendigen Bezug des Ganzen auf ein nicht bloß äußerliches Centrum unmöglich zu machen — iſt überhaupt nicht dargeſtellt, ſondern einfach fortgelaſſen oder höchſtens durch ein

Symbol wie das ihrer Fußspuren gekennzeichnet: die Person des Buddha selbst. Offenbar hinderte religiöse Scheu an dem Versuch, die Gestalt des glorreich Vollendeten, in das Nirvana Eingegangenen[1]) künstlerisch zu bilden. Die einzelnen menschlichen Figuren sind mit naturalistischer Wahrheit, wenn auch nicht ohne eine gewisse Unbehülflichkeit, in den verschiedensten Stellungen und Thätigkeiten dargestellt. Da sieht man Aboranten, Ruderer, Holzfäller und Holzträger, feueranzündende Brahmanen, natürlich in Haltung und Bewegung, aber freilich ohne die Spuren eines Bestrebens, die feineren Details des menschlichen Körpers wiederzugeben oder gar diesen in die Sphäre der Schönheit zu erheben. Neben den Menschen tritt die Thierwelt hervor; dasselbe Interesse am Behaben der Thiere, von welchem die reiche Literatur der indischen Thierfabeln Zeugniß ablegt, zeigt sich auch hier. Auf den Bäumen springen Affen umher oder sitzen früchtepflückend auf den Aesten; Krokodile, schwimmende und untertauchende Enten beleben die Wasserfläche. Ueberall spricht den Beschauer die vergnügliche Lust am Erzählen und Schildern an; inneres Leben, religiösen Inhalt darzustellen versucht man nicht und würde man nicht die Mittel besitzen.

Die Frage drängt sich auf, ob diese Kunst für national indisch gehalten werden darf oder von außen den Indern gebracht ist. Daß sich erhebliche Spuren fremder und zwar persischer Anregung zeigen, kann nicht bestritten werden; Grünwedel legt hierauf mit Recht das entschiedenste Gewicht. Beispielsweise drängt sich der Zusammenhang indischer Säulenformen

---

[1]) Grünwedel (S. 68) freilich bezweifelt, daß zur Zeit der in Rede stehenden Sculpturen die Lehre vom Nirvana schon entwickelt war. Mir scheint die größte Wahrscheinlichkeit dafür zu sprechen, daß jene Ideen damals in der That bereits feststanden.

mit dem so ausgeprägten Typus der persischen Säule auf: hier wie dort über dem Schaft ein glockenförmiges Kapitäl und über diesem das Gebälk tragend zwei kniende Thiere, bei den Persern in der Regel Stiere, in Indien verschiedene Thiere, Elephanten, geflügelte Widder oder Pferde oder Löwen. Aber das Vorhandensein solcher ausländischer Einflüsse läßt doch, wie ich meine, die Thatsache bestehen, daß in ihren Grundlagen und in der Hauptsache die alte indische Kunst eine rein nationale Schöpfung ist. Gegenüber den kalten und conventionellen Formen der persischen Kunst, in welcher die Natur nur von fern durch den Schleier der Stilisirung sichtbar wird, stehen die Inder mit ihrem unbefangenen, oft kindlich unbeholfenen, aber immer unmittelbaren Schöpfen aus der Natur durchaus selbständig da.

Es sollten Zeiten kommen, in welchen Indien zunächst in seiner politischen Geschichte und in der Folge auch in seiner Kunst von fremder Einwirkung mächtiger berührt wurde, als es von Persien her geschehen konnte. Alexander drang in das Land ein; nach seinem Tode herrschten griechische Könige durch Jahrhunderte an den Grenzen Indiens, ja lange Zeit über weite Gebiete des nordwestlichen Indien selbst. Wir schöpfen unsere Kunde von diesen Verhältnissen hauptsächlich aus den Münzen, deren Reihe mit rein griechischen, theilweise von sehr schöner Arbeit beginnt; dann tritt indische Schrift und Sprache neben der griechischen auf; endlich machen die griechischen Namen barbarischen Platz; die Formen der Buchstaben in den Aufschriften verwildern immer mehr, bis um das dritte Jahrhundert nach Christus die letzten Spuren hellenischen Wesens verschwinden. Mußten nicht mit den griechischen Heeren und der griechischen Verwaltung auch die mächtigen Eindrücke griechischer Kunst nach Indien bringen und dort von dem leicht und schnell empfangenden Geist des Volkes erfaßt werden? In der That waren die Bedingungen für eine solche Einwirkung auf dem Gebiet der bildenden Kunst offenbar in höherem Maße vorhanden, als etwa auf dem Gebiete der Poesie und überhaupt der Literatur. Die literarischen Formen Indiens waren in festen, alten, geheiligten Typen entwickelt, auf das Tiefste eingewurzelt in der innersten Natur des Volkes. Wohl mochte der alte Stamm indischer Dichtung aus sich selbst heraus neue Blüthen hervorbringen; daß fremde Schößlinge ihm aufgepfropft werden konnten, ließ sich kaum vorstellen. Und schwerlich wäre bei indischen Schriftstellern und dem indischen Publicum die Objectivität und das Verständniß für die Poesie der Griechen so weit gegangen, daß ihre Ueberlegenheit erkannt und der Versuch von dieser Ueberlegenheit zu lernen ernstlich gemacht worden wäre. Den architektonischen und plastischen Werken des klassischen Alterthums aber stand in Indien nichts gegenüber, was auch die befangenste nationale Voreingenommenheit jenen für ebenbürtig hätte halten können; ihre Schönheit bot sich, ohne daß der Zugang durch eine Umhüllung wie die einer fremden Sprache erschwert worden wäre, jedem Auge dar. Und wenn die künstlerische Behandlung der Münzen zeigt, wie sich an den Vorgang griechischer Künstler unzweifelhaft einheimische Arbeiter in den Bahnen Jener fortfahrend angeschlossen haben, mußte sich nicht auf dem Gebiete der selbständigen Plastik, auf dem Gebiet der Architektur der gleiche Vorgang wiederholen? Daß er sich in der That wiederholt hat, dafür geben die Funde aus dem nordwestlichen Indien die reichlichste und sicherste Bestätigung. Allerdings — dies darf nicht verschwiegen werden — scheinen die in Rede stehenden Wirkungen später eingetreten zu sein als man erwarten würde. Soweit die gegenwärtig zugänglichen Materialien ein Urtheil erlauben, hat sich die griechisch-indische Kunst des äußersten indischen Nordwestens kaum vor dem Beginn unsrer Zeitrechnung entwickelt. Griechische Künstler durchzogen damals die ganze Welt; sie verstanden es mit geschickter Hand die Typen ihrer Kunst den Bedürfnissen, dem Ideenkreise der fremden Civilisationen, auf deren Boden sie sich bewegten, anzupassen. Der griechische Tempel als Ganzes zwar hat, wie schon E. Curtius aussprach, in Indien keinen Eingang gefunden. Aber die Formen der griechischen Säule haben in der That in Indien Bürgerrecht besessen. Säulentrümmer von durchaus griechischem oder griechisch-römischem Typus haben sich im Indusgebiet in reichster Menge erhalten. Wir besitzen ausgezeichnet schöne Kapitäle, die mit ihren übereinander gelagerten Reihen von Akanthusblättern und mit den Eckvoluten, unter welchen als Unterlage ein Akanthusblatt liegt, vollen Anspruch darauf haben als korinthische Kapitäle benannt zu werden. Vielleicht ist eine dem Osten angehörende Neuerung die Verwendung der kleinen menschlichen Figuren, die zwischen den Blättern angebracht sind: häufig findet man sitzende Buddhas, meist mit dem Heiligenschein; die Blätter des Kapitäls bilden über ihnen ein Laubdach, in dessen Schatten sie sich in Meditation versenken. Die Figuren sind geschickt angebracht und in ihrer Kleinheit zurückhaltend; immerhin wird doch die reine Einfachheit des Ganzen durch diese Zuthat beeinträchtigt.

Die Plastik derselben Zeit und derselben Gegenden bewegt sich ganz überwiegend im Ideenkreis des Buddhismus. Und mit besonderer Vorliebe, mit voller, durch die Berührung griechischen Geistes erweckter Freiheit wendet sie sich dem Gegenstand zu, der im Mittelpunkt dieser Vorstellungswelt steht, von welchem die ältere indische Kunst sich in frommer Scheu zurückgehalten hatte: der Person des Buddha selbst. Das Berliner Museum für Völkerkunde besitzt eine ganze Reihe solcher gräcoindischer Buddhas in den Originalen, von Grünwedel in vortrefflichen Lichtdrucken publicirt. Man halte sie neben die alten einheimischen Werke: ein Blick zeigt den Abstand zwischen der kindlichen Formlosigkeit der indischen Kunst und diesen Monumenten, in welchen durch das indische Sujet und durch alle Vergröberungen, wie sie die Unbeholfenheit indischer Künstlerphantasie und indischer Künstlerhand mit sich bringen mußte, die herrliche Spur, ja mehr als die Spur klassischer Formen, klassischer Vornehmheit und Schönheit hindurchscheint. Ein solcher Buddha des Museums für Völkerkunde, etwa einen halben Meter hoch, aus Chloritschiefer — dem gewöhnlichen Material dieser Sculpturen — thront in orientalischer Weise mit untergeschlagenen Beinen auf dem mit Löwenköpfen geschmückten Sitz. Die jugendliche Gesichtsbildung scheint einen Anklang an den Apollotypus zu zeigen, doch haben die weichen vollen Formen einen fast weiblichen Charakter. Entgegen der Tradition, welche mönchisch geschorenes Haar verlangt hätte, ist das Haar reich und elegant angeordnet, oben zu einem mächtigen Lockenbund in der Form des griechischen Krobylos zusammengefaßt. Der Gesichtsausdruck zeigt den tiefen Frieden eines Ueberwinders, für den alles Ringen und Streben in wesenlose Ferne entschwunden ist. Ein großer Nimbus — auch ein Zeichen griechischen Einflusses — umgiebt das Haupt. Der schöne und reiche Faltenwurf des Gewandes ist durchaus griechisch behandelt. Es kann keine sprechendere Veranschaulichung für jenes Zusammentreffen der klassischen und buddhistischen Cultur geben, als diese merkwürdige Gestalt des indischen Welterlösers, äußerlich fast griechisch erscheinend und doch ganz und gar von dem weltabgekehrten, gleichsam die Luft des Nirvana athmenden Geist des Buddhathums erfüllt.

Wir dürfen von den zahlreichen, zum Theil sehr schönen Monumenten dieses Stils hier nur noch eines hervorheben: ein

Relief voll tiefer Empfindung, welches den Tod des Buddha darstellt oder vielmehr, um der buddhistischen Ausdrucksweise treu zu bleiben, sein Eingehen in das Nirvana: denn wer die Erlösung von dem Verhängniß der Seelenwanderung erlangt hat, stirbt nicht — was zugleich ein Wiedergeborenwerden in sich schließen würde —, sondern er verschwindet im Abgrund des Nirvana. Jenes Relief ist nicht wie die oben besprochenen ein wirres und überladenes Landschaftsbild mit menschlicher Staffage, sondern es zeigt den einfachen und klaren Aufbau antiker Reliefcomposition. In der Mitte ruht der Hingegangene auf erhöhtem Lager wie ein Schlafender, die Rechte zu dem auf dem Kissen liegenden Haupt erhoben. Der Kopf ist fast jugendlich, die Haartracht dieselbe wie bei der eben beschriebenen Buddhafigur. Vor dem Ruhebett ist ein Mönch wie es scheint im Uebermaß der Trauer zu Boden gesunken; ein zweiter Mönch sucht ihn aufzurichten. Weitere kahlhäuptige Mönche und einige andere menschliche und göttliche Wesen umgeben andachtsvoll das Sterbelager: inmitten der Trauernden aber sieht man eine bärtige Gestalt mit höhnischem Ausdruck, wahrscheinlich Mara, den Satan des Buddhismus, der den Hingang seines Ueberwinders mit spöttischem Triumph betrachtet.

Die Wirkung der griechischen Anregungen auf dem Gebiet der indischen Kunst war nicht von langem Bestande, so wenig wie die Wirkung des griechischen Einflusses in Indien überhaupt. In der letzten Tiefe hat dieser Einfluß den Geist der indischen Nation nicht erfaßt und konnte ihn nicht erfassen. Wie die hellenischen Reiche Indiens von den Stürmen asiatischer Völkerwanderungen weggeweht worden waren, so ist bald auch, was die Griechen an geistigen Besitzthümern mitgebracht hatten, von dem übermächtigen Gewicht des Hinduthums erdrückt worden und fast spurlos verschwunden.

V.

Taine's Essai über den Buddhismus.

Ein Zufall machte mir vor einiger Zeit die Thatsache bekannt, daß unter den Schriftstellern, die ein Bild vom Buddhismus entworfen haben, Einer ist, dessen Arbeit über diesen Gegenstand ich mich schämen mußte nicht längst gekannt zu haben: es ist kein Geringerer als Taine. Ich las seinen Essai, der, glaube ich, wenigstens in Deutschland ziemlich unbeachtet geblieben ist[1]). Mir können natürlich leicht Spuren solcher Beachtung entgangen sein. Aber ich möchte doch erwähnen, daß ich bis jetzt nur von einem Deutschen bemerkt zu haben glaube, daß ihm jener Aufsatz wohlbekannt ist — ich muß sagen, bekannt gewesen ist —; dieser Eine ist kein Orientalist; es ist Friedrich Nietzsche.

Man wird meinen Wunsch verstehen, hier wenige Worte über die Eindrücke zu sagen, die Taine's Schilderung des Buddhismus in mir hervorgerufen hat. Wer auf seinem Arbeitsgebiet unerwartet den Spuren eines solchen Vorgängers begegnet, den wird es drängen, in seinem eigenen Thun und Treiben einen Augenblick inne zu halten, seinen Blick auf den Todten zu

---

[1]) Er ist abgedruckt in den Nouveaux essais de critique et d'histoire.

wenden und sich darüber klar zu werden, wie auch ein solches wenn man will nebensächliches Werk, das Jener hinterlassen hat, die Spur seiner großen Persönlichkeit an sich trägt.

Der Aufsatz Taine's muß um 1860 entstanden sein; er lehnt sich an das Buch Köppen's über den Buddhismus an. So spricht Taine natürlicherweise von manchem nicht, was einige Jahrzehnte später bei dem rasch fortschreitenden Bekanntwerden der buddhistischen Literatur wohl seine Aufmerksamkeit auf sich gezogen haben würde. Es gab in seinem eigenen Denken Berührungen mit den Gedanken des Buddhismus, von denen er selbst damals nur ein unvollständiges Bewußtsein besessen haben kann. Wenn vor mehr als zwei Jahrtausenden unter den gelbgewandigen Jüngern des Buddha die Frage gestellt wurde: „Giebt es ein Ich, eine Person?" — so antwortete man: „Der erhabene Buddha hat es nicht offenbart"; was wir von geistigem Leben sehen und worüber allein wir sprechen können, ist nur ein beständiges Entstehen und Vergehen einzelner geistiger Vorgänge, ein ewig fluthendes Wellenspiel von Vorstellungen, Empfindungen, Strebungen; ein Ich finden wir in diesem Strom nicht. Das was Geist genannt wird, heißt es in einer Rede Buddha's, oder was Denken oder Erkennen genannt wird, das entsteht immer wechselnd Tag und Nacht. Wie unendlich nah steht es doch solchen Gedanken des Buddhismus wie wir sie jetzt zu kennen glauben, wenn für die Psychologie Taine's die Existenz der Seele allein in dem Strom der seelischen Vorgänge liegt, die auftauchen und wieder verschwinden, wenn er einmal sagt: »il n'y a rien de réel dans le moi, sauf la file de ses événements«. — Und weiter glaube ich nicht nur in diesem theoretischen Aufbau des Bildes vom Seelenleben etwas, das ich einen buddhistischen Zug nennen möchte, bei Taine zu bemerken, sondern an jenen Stellen — den seltenen Stellen —

wo durch die kühle Objectivität der Deductionen des großen
Denkers die Sprache seines innersten Gemüthes hindurchklingt,
auch da berührt uns mit seltsamer Intensität eben jener buddhi=
stische Zug. »Le meilleur fruit de la science,« sagt er ein=
mal, »est la résignation froide, qui, pacifiant et préparant
l'âme, réduit la souffrance à la douleur du corps.« Hören
wir nicht in jedem Wort eines solchen Satzes die Sprache des
Dhammapada?

Aber ich komme von dem Essai Taine's ab, über den ich
sprechen wollte. Ich erwähnte schon, daß er an das Buch
Köppen's anknüpft. Er will, sagt er, dem französischen Publicum,
das nicht deutsch versteht, mit Hülfe jenes Buches den Gegen=
stand darlegen. Aber sofort fühlt der Leser, daß, was ihm
hier gegeben wird, in Wahrheit etwas unendlich viel Höheres
ist, als ein Referat über Köppen. Alsbald tritt Taine unab=
hängig von seinem Gewährsmann in ein eigenes, directes Ver=
hältniß zu dem Stoff, der ihn mächtig anzieht. Er sieht hier
ein allervornehmstes Ereigniß der Geschichte Asiens vor sich;
dies Ereigniß fordert ihn heraus die ihm eigenthümliche
Betrachtungsweise darauf anzuwenden.

Was ist nun die Eigenthümlichkeit dieser seiner Betrachtungs=
weise? Das ist nicht schwer zu sagen; er selbst hat sich oft
genug mit höchster Klarheit darüber ausgesprochen, und wenn
man noch mehr will, so darf an die Analyse erinnert werden,
welche Paul Bourget von der Methode seines Lehrers mit so
vollendeter Kunst gegeben hat. Aus der verwirrenden Fülle
und der Zufälligkeit jeder Gruppe einzelner Thatsachen strebt
die Forschung Taine's zu dem hin, was er »le fait générateur«
nennt; für das »fait générateur« sucht er die Formel auf.
Neben dieser einen Formel stehen andere Formeln, die das

Wesen anderer Gruppen von Thatsachen ausdrücken. Die eine und die andere weisen zusammen auf eine höhere Formel hin, die über sie alle herrscht: und so gelangen wir zu einem System, zu einer »hiérarchie des causes«, in welcher sich die innere Structur hier der Geschichte eines Menschen, dort der ganzen Geschichte eines Volks offenbart. »L'homme est un théorème qui marche.« »Une civilisation, un peuple, un siècle sont des définitions qui se développent.«

In diesem Auflösen der geschichtlichen Realitäten in Definitionen und Formeln, welche uns die Arbeit der im Hintergrund der Erscheinungen wirkenden Causalitäten enthüllen sollen, liegt die Stärke dieser Betrachtungsweise, aber eben hierin liegt zugleich ihre Schwäche. Der Mensch ist eben etwas anderes als ein verkörperter mathematischer Lehrsatz. Die Geschichte eines Volks ist etwas anderes als ein System solcher Lehrsätze. Das Vertrauen darauf daß Alles sich in Formeln auflösen läßt, muß dazu fortreißen, mit diesen Formeln ein Spiel zu treiben, das der Wirklichkeit doch nur zum Theil gerecht werden kann. Vielleicht darf man freilich sagen, daß eine im Sinne Taine's geführte Betrachtung gerade des Buddhismus Aussicht haben müßte, von Fehlern dieser Art doch nur verhältnißmäßig wenig berührt zu werden. Denn eben der buddhistische Mönch, dessen ganzes Dasein in jedem Athemzug, den er thut, von der Hingabe an eine Idee beherrscht wird, nähert sich wohl mehr als so leicht ein Anderer dem Taine'schen Begriff des Menschen als eines théorème qui marche. Aber doch wenn er sich diesem Begriff nähert — den Begriff voll verwirklichen kann auch der buddhistische Mönch nicht.

Taine leitet seine Construction des Buddhismus aus der Formel des indischen Volkscharakters ab, die er aufstellt. Ein Volk von feinster Intelligenz und Sensibilität, dem durch das

Klima, in das es versetzt ist, die Kraft ausgesogen wird. Mit breitem Pinsel, in mächtigen Zügen entwirft er das Bild dieses Krankheitsprozesses; wir fühlen wie sein Blick gewohnt ist, fernste Weiten der Weltgeschichte zu umfassen und jenes große Schauspiel zu betrachten — »ces tragédies,« sagt er, »vraies et non feintes qui ont pour théâtre un demi-continent, pour durée trente siècles, pour personnages des puissances fatales.« Er zeigt wie sich hier Leiden der Gedankenwelt mit Leiden der Wirklichkeit vereinen, um im Geiste dieses Volks das tiefe Gefühl eines allburchdringenden Leidens hervorzurufen. Die zerbrochene Seele sehnt sich nach einer Zuflucht; der Eine sucht sie hier, der Andre dort. Endlich erscheint der, dem es gegeben ist, das Wort, auf das Alle gewartet haben, auszusprechen, den Weg des Heils zu zeigen. Es erscheint der Buddha.

Was seiner Verkündigung in der letzten Tiefe zu Grunde liegt, ist ein mächtiger metaphysischer Gedanke. Es ist der Gedanke, bei welchem hier das Denken nach der Consequenz der Entwicklung, deren Formel wir kennen, anlangen muß. Die Speculation muß damit enden alle Erscheinungen von Dasein und Leben in Nichts aufzulösen; es giebt kein Sein, so muß sie lehren: also giebt es auch kein Leiden; Sein wie Leiden verschwimmt gleich einer Rauchwolke in der leeren Ruhe des Nirvana. Das ist es was der speculative Gedanke sagt. Aber das ist noch nicht jenes erlösende Wort, welches die Geister erhebt und beseligt. Keine bloße Idee, keine Theorie kann solches Wunder wirken; dies kann nur ein Gefühl. Ein Gefühl, in dem das Eis des nur um sich selbst sorgenden Egoismus schmilzt. Der Weg der Erlösung, der Weg aus dem Dasein hinaus in das Nichts gehört ja nicht dem Einzelnen; er gehört allen Creaturen. An sie denkt man ebenso gut wie an sich selbst. Mit der Idee des Nichts verschwistert sich das

Gefühl des Mitleids. »La voilà, la parole unique,« ruft hier Taine aus. In dem Bau des Buddhismus, wie er ihn aufführt, ist Grundstein und Eckstein die Potenz des Mitleids. —

Darf ich mit wenigen Worten einige Punkte der Kritik andeuten, zu der mir diese Constructionen herauszufordern scheinen? Wir haben einen Bau vor uns, der mit mächtiger Gestaltungskraft ersonnen und durchgeführt ist. Aber die Grundlagen sind nicht fest, und so glaube ich — ich darf nicht zögern dies auszusprechen — daß der Bau selbst nicht bestehen kann.

Ueber die Rolle, die der Idee des Nichts zugewiesen wird, darf ich kurz sein. Mir scheint die Durchforschung der buddhistischen Literatur, wie sie in den letzten Jahrzehnten betrieben worden ist, hier zu einem Ergebniß geführt zu haben, das wir wohl sicher nennen dürfen. Der altbuddhistische Gedanke ist nicht der, daß das wahre Wesen alles Seins das Nichts ist, sondern daß — ganz unabhängig von der Idee des Nichts — das wahre Wesen alles Seins Leiden und immer nur Leiden ist.

Und nun weiter, das vornehmste Element in Taine's Construction, das Mitleid. Ein Hymnus von ergreifender Schönheit, den er über das Mitleid anstimmt. Wenn alle Kraft der Seele gebrochen ist, wenn selbst die Thränen versiegt sind, dann findet der Leidende doch noch einen letzten Rest von Kraft, um sich dem Unglücklichen zuzuwenden, der an seiner Seite leidet. So fühlt der Eine die warme Berührung der Hand des Andern. Es erhebt sich das Wehen eines milden Hauchs, der über alle Menschen Wärme ergießen will, über die Geringen und Armen so gut wie über die Großen. Keine Philosophie wird ihnen gebracht, nur Friede und Sanftmuth des Herzens soll in ihnen wohnen.

Ich glaube, daß das wahre Bild des buddhistischen Mitleidens mit unendlich viel kühleren Zügen gezeichnet werden sollte. Da ist niemand der aus der Tiefe eignen Leidens sich dem Leiden des Andern zuneigt und mit ihm leidet, wie das Wort Mitleid es ausspricht. Sondern Allem voran steht die Sorge um das eigne Heil. Unter dem Namen des Wohlthuns werden Thaten herzloser Grausamkeit gutgeheißen, durch die man das Verdienst guter Werke sammelt, welches auf dem Wege zur Buddhaschaft vorwärts bringt; ich erinnere an die Geschichte von Vessantara[1]). Und wer das Ziel erreicht hat, der Ueberwinder alles Leidens, der Triumphator, der freilich neigt sich, selbst vom Leiden nicht mehr berührt, freundlich dem Leidenden zu. Aber er fragt nicht nach dessen persönlichem Leid, wie er überhaupt nicht nach persönlichem Leben fragt. Sondern aus himmelhoher Höhe hält er ihm in kühler Ruhe das Bild des ungeheuren Weltleidens entgegen und trägt ihm jene Formeln vor, jene Begriffe und Schlußfolgerungen, in deren Verständniß man die Aufhebung des Leidens sah und in denen zahllose Gemüther in der That den Frieden gefunden haben. Das ist, meine ich, ein andres Bild, als jene Schilderung Taine's von dem Leidenden, der mit dem letzten Hauch seiner erlöschenden Kraft sich dem zuwendet, der neben ihm leidet.

Ich durfte nur mit wenigen Worten auf einige Stellen hindeuten, an denen mir in der Construction Taine's Fehler zu liegen scheinen. Sie erklären sich zum Theil natürlich aus der unvollkommenen Beschaffenheit der Materialien, auf die man vor vierzig Jahren angewiesen war; zum andern Theil erklären sie sich aber auch aus dem allzugroßen Vertrauen auf die Kraft der Formel, auf diese Kraft, von der er in jenem unvergleichlichen Dialog

---

[1]) Siehe meinen „Buddha", 3. Aufl., S. 347 ff.

seinen Monsieur Paul sprechen läßt: »possédant la formule, vous avez le reste.« Aber diese Schwäche ist doch nur die Kehrseite jener Energie,' die wir auch da bewundern, wo wir glauben, daß er geirrt hat: der Energie, mit der er — ich möchte sagen als ein Naturforscher auf dem Gebiete der Weltgeschichte — hinter allem Zufälligen das Spiel der großen, in festen Richtungen wirkenden und herrschenden Mächte aufzusuchen gewohnt war.

VI.
Zarathustra.

Von den indoeuropäischen Völkern, die in unberechenbar fernem Alterthum weit ostwärts in Asien vorgedrungen sind und sich dort jenseits der Sitze der Semiten eine Heimath erkämpft haben, sind zwei große religiöse Literaturen auf uns gelangt: der Veda der Inder, das Avesta der Iranier. Beide Literaturen stammen aus wohl nicht allzuweit von einander entfernten Gegenden zu beiden Seiten der mächtigen Gebirgsmassen des Hindukusch. Die Völker, denen sie angehören, sind eng mit einander verwandt. Sie müssen durch viele Jahrhunderte, von den europäischen Brudervölkern längst getrennt, als ein einheitliches Volk in Ostiran gesessen haben, bis Theile dieses Volks sich absonderten und die nach Indien führenden Pässe überschritten. Auf das Deutlichste spiegelt sich die Verwandtschaft, die einstige Gemeinschaft der Inder und Iranier in den nahen Beziehungen der beiden Literaturen wider, in dem gleichen Klang und Bau der Sprachen, in der eng verwandten Technik der Verskunst und der Farbe des poetischen Stils, in der Uebereinstimmung vieler religiöser Ideen, mythologischer Gestalten, cultischer Gebräuche. Während aber die Religion und die religiöse Poesie des Veda das Werk sozusagen eines unpersönlichen Bildners, eines ganzen Volkes oder wenigstens eines ganzen Priesterstandes ist, knüpft das Avesta, das hierin wie in anderen Beziehungen eine jüngere Phase der geschichtlichen Entwickelung repräsentirt, seinen Ursprung an den großen Namen eines Mannes, an den Namen des Zarathustra.

Ein Name, den dichte Nebel der Sage und Legende von Alters her umhüllen. Antike Autoren lassen bald Zoroaster den Magier fünftausend Jahre vor dem trojanischen Krieg oder sechstausend Jahre vor Platon leben. Bald erzählen sie von seinen Kämpfen mit Ninus und der fabelberühmten Semiramis. Syrische und arabische Quellen berichten, daß er kein Anderer als Baruch, der Schreiber des Propheten Jeremias gewesen sei. Da ihm die Prophetengabe nicht gewährt ward, wurde er abtrünnig, und unter fremden Völkern schrieb er das Satanswerk des Avesta.

Wie sich diese Legendennebel für die Wissenschaft der beiden letzten Jahrhunderte gelichtet haben, wie man das Avesta kennen und, wenn auch zum Theil nur unvollkommen, verstehen gelernt hat, wollen wir hier darzustellen versuchen. Wir wollen dann auf Grund dieser Quelle von dem geschichtlichen Bilde des Zarathustra die wenigen Linien zeichnen, die uns, wenn auch unbestimmt und verschwimmend, erkennbar scheinen. Wir wollen den Glauben beschreiben, der sich auf jenen Meister zurückführt, und wollen versuchen, in den charakteristischen Zügen dieses Glaubens und in der Vergleichung der ihm nächstverwandten Religion des vedischen Indien etwas von den Spuren seiner Entstehungsgeschichte zu entdecken. Ein Weg durch ferne Gegenden der Geschichte, die von dem trüben Licht ungewisser Ueberlieferungen und noch ungewisserer Vermuthungen nur spärlich erhellt werden.

I.

Zuerst im 17. Jahrhundert wurde der wissenschaftlichen Welt von Reisenden, die aus Persien und Indien kamen, die erstaunliche Kunde überbracht, daß es in jenen Ländern noch Bekenner der altberühmten Lehre des Zoroaster gebe, und daß ein Religionsbuch jenes Glaubens erhalten sei, welches die Gläubigen zwar lesen, aber, wie man meinte, nicht verstehen konnten. Es dauerte nicht allzulange, bis ein Manuscript eines der zarathustrischen Texte nach Europa, an die Bodleian Library zu Oxford gelangte (1723). Dort lag dies erste greifbare Document jener uralten Religion, mit einer eisernen Kette an die Wand angeschlossen, für Niemanden lesbar, geschweige denn verständlich. Aber doch sollte dies Manuscript keine unfruchtbare Curiosität bleiben; von ihm sollte die Bewegung ausgehen, die zu der Erschließung jener Geheimnisse, zu der Eroberung jenes neuen Gebiets für die Wissenschaft geführt hat.

Im Jahre 1754 kam zu Paris einem Schüler der École des langues orientales, einem zwanzigjährigen jungen Mann, Anquetil Duperron, die Nachzeichnung einiger Blätter jener Oxforder Handschrift zu Gesicht. Es war einer jener Zufälle, wie sie bisweilen für die Richtung eines Menschenlebens und für weite Linien der wissenschaftlichen Entwicklung entscheidend geworden sind. „In dem Augenblick", erzählt er selbst, „erwachte in mir die Begierde, mein Vaterland mit dieser Seltenheit zu bereichern . . . Ich sah kein anderes Mittel, meine Absicht zu erreichen, als die Kenntniß der Sprache bei den Parsen selbst zu holen." Parsen gab es in Indien wie in Persien. Für Anquetil's Wahl war die Aussicht bestimmend, neben den zoroastrischen Texten auch „die vier Vedam, die heiligen Bücher der Inder, in der alten Samskretanischen Sprache" verstehen zu

lernen. So ging er nach Indien: halb ein Forscher, halb —
und vielleicht nicht zur kleineren Hälfte — einer jener Aben=
teurer, wie sie sich damals aus Frankreich überallhin in der
alten und in der neuen Welt ergossen, von tollem Wagemuth,
unverwüstlicher Lebenslust, stählerner Energie. Nach endlosen
Verzögerungen und Fährlichkeiten gelang es ihm, einige parsische
Dasturs (Doctoren) als Lehrer zu gewinnen und alle Winkel=
züge und Täuschungsversuche dieser Männer zu vereiteln. So
konnte er, gestützt auf ihre Erklärungen, eine Uebersetzung der
heiligen Texte entwerfen und damit sich den Ruhm erwerben,
den ersten großen Schritt zur Erforschung der zarathustrischen
Religion gethan zu haben. Wohl durfte er sich mit diesem
Ruhm begnügen und darauf verzichten, auch in die Geheimnisse
der Veden einzubringen. Er kehrte mit den von ihm gesam=
melten Manuscripten nach Europa zurück, sich dessen bewußt,
„einen Schatz von alten und raren Denkmälern mitzubringen,
wie man sonst nirgends in Europa antreffen wird." In drei
Bänden veröffentlichte er 1771 die Geschichte seiner Reise, die
Beschreibung seiner Handschriften und, was das Wichtigste war,
seine Uebersetzung der heiligen Avestabücher.

Diese Uebersetzung hatte so wenig wie die nicht viel später
in Indien ausgeführten ersten Uebersetzungen von Sanskrittexten
mit solchen unüberwindlich scheinenden Schwierigkeiten zu kämpfen,
wie etwa die ägyptischen oder die babylonisch=assyrischen Monu=
mente mit ihren unbekannten Sprachen, ihren unbekannten, com=
plicirtesten Schriftsystemen sie der Forschung boten. Einheimische
Lehrer, die ein wenn auch mangelhaftes Verständniß der Texte
besaßen, waren vorhanden und hatten zu Anquetil's Verfügung
gestanden, und sich selbständige, tiefere Sprachkenntnisse zu er=
arbeiten war er nicht der Mann. Als entschlossener Reisender,
durch Unternehmungslust, Ausdauer, Geschick im Behandeln der

Orientalen hat er der Forschung unvergängliche Dienste geleistet; ein wirklicher wissenschaftlicher Denker ist er nicht gewesen.

Das Werk Anquetil's mußte in einem Zeitalter, dessen brennendes Verlangen eben darauf gerichtet war, von der Jugendzeit des Menschengeschlechts, den fernen Anfängen der Cultur Kunde zu erhalten, eine ungewöhnliche Bewegung hervorrufen. Viele freilich — auch dies ist begreiflich — lehnten es in der schärfsten Form ab, die neuen Offenbarungen gelten zu lassen. Sie waren nicht darauf vorbereitet, statt erhabener Poesie oder der aufgeklärten Philosophie, deren Stimme man so gern aus jener Vorzeit vernommen hätte, das zu finden, was durch den größten Theil der Anquetil'schen Texte in der That allein zu finden war: eintönige Litaneien oder kleinliche Reinigungsvorschriften. Voltaire fand, man könne nicht zwei Seiten von dem abscheulichen Zeug, das dem Zoroaster zugeschrieben werde, lesen, ohne Mitleid mit der menschlichen Natur zu empfinden. Und Jemand, der bald, als einflußreichster Begründer der Sanskritstudien, selbst ein nicht geringerer Bahnbrecher der Wissenschaft werden sollte als Anquetil, William Jones, damals Student in Oxford, erklärte es in einem ebenso glänzend geschriebenen wie verkehrten Pamphlet für unmöglich, daß Zoroaster derartige Dummheiten verfaßt habe; der leichtgläubige Reisende habe sich von Charlatans hinter das Licht führen lassen und sein Werk verdiene nur Verachtung.

Andere freilich urtheilten anders. Ein deutscher Uebersetzer von Anquetil's Reisebeschreibung sah in dessen Entdeckungen „der Geschichte der morgenländischen Weltweisheit ein Licht aufgehen, wovon man bisher nur einen kleinen Schein durch dicken Nebel gesehen hat." Vor Allen aber erhob seine Stimme der, der gewohnt war, „der Denkart der Nationen nachzuschleichen", „überall redende Züge zum Bilde des menschlichen

Geistes und Herzens" zu sammeln: Herder. Sein heller Blick durchdrang die Hüllen des priesterlichen Formelwerks, des ganzen Wustes von Kleinlichkeiten, die in den zarathustrischen Texten den Kern umschleiern. Er verspottete unbarmherzig die Verkleinerer der großen Entdeckung: „Frankreich hoffte an dem großen Zoroastre einen Legislateur voll hoher Orakelsprüche nach Pariserfuß und einen Directeur des ephemerides des citoyens zu finden, und da 's den nicht fand, nichts als Formeln, Gebete, Liturgien und krause Figuren sah — und gar noch ein unwissender Schreier einen Thierlaut dagegen wagte — da lag's und liegt." In Worten, aus denen die ganze brausende Jugendfrische jener einzigen Zeit und jenes einzigen Mannes spricht, feierte er die Herrlichkeit des alten, neuerschlossenen Glaubens, wie sie seiner Begeisterung erschien: „Es kann kein veredelnder Kommentar der Worte gefunden werden ‚der Mensch soll als sichtbares Bild Gottes herrschen! walten! leben! Gutes würken' als das System dieser Religion; nur alles Idealisch, im Geisterreiche, in Licht und Flammen!"

Solch ein Versuch der stürmenden Phantasie, den innersten Gehalt der Zarathustralehre mit einem einzigen, mächtigen Blick zu erschauen, eilte nun freilich den unscheinbaren, ruhigen Bemühungen der Wissenschaft um die sichere Feststellung der Thatsachen, um die Ermittlung des wirklichen, genauen Inhalts der zarathustrischen Texte weit voraus. Diese Bemühungen entwickelten sich recht langsam. Man kann sagen, daß etwa sechzig Jahre — die Hälfte der Zeit zwischen dem Erscheinen von Anquetil's Werk und der Gegenwart — verstrichen, ohne der sprachlichen und geschichtlichen Erschließung des Avesta directen Gewinn zu bringen. Indirect freilich war diese Zeit doch höchst fruchtbar: sie rief andere Forschungen hervor, die dann mit entscheidender Macht auf die zarathustrischen Studien einzuwirken bestimmt waren. Zunächst und vor Allem: das Sanskrit wurde der europäischen Wissenschaft erschlossen. Damit hatte man von einer Sprache Besitz ergriffen, welche — insonderheit in ihrer ältesten, im Veda vorliegenden Gestalt — der Sprache der zarathustrischen Texte kaum ferner stand, als etwa das Italienische dem Französischen. Es konnte nicht anders sein, als daß die Wissenschaft von hier aus ihre Brücken schlug, welche das bis dahin isolirt liegende Gebiet des Avesta an bekanntes Terrain anschlossen und dadurch mit ganz anderer Sicherheit als vorher zugänglich machten. Jene Brücken bauen konnte man freilich nur, sobald man die Kunst gelernt hatte, eine Sprache mit einer anderen methodisch zu vergleichen. Eben diese Kunst aber wurde auch im Laufe gerade der Jahrzehnte, von denen wir sprechen, gefunden und rasch zu staunenswerther Höhe ausgebildet. Sie ist ihrem Ursprung nach eine wesentlich deutsche Kunst. Ihr Schöpfer, der große Begründer der vergleichenden Grammatik, Franz Bopp, legte den Grund zu der Einsicht, daß man nicht nach äußeren Aehnlichkeiten, zwischen bloßen Muthmaßungen hin und her schwankend Sprachen mit einander vergleichen darf; man muß die festen Gesetze ermitteln, nach denen sich die Laute der einen und der anderen entsprechen; man muß in die Tiefen des grammatischen Baues, in die innere Structur der Systeme von Declination und Conjugation hinabsteigen, um die feste Richtschnur in der Hand zu haben, ohne welche sich alle Vergleichungsversuche in den chaotischen Massen der sprachlichen Materialien rettungslos verirren.

So hatte sich die Forschung ganz anderer Grundlagen bemächtigt, man hatte eine völlig neue, die bedeutsamsten Aufschlüsse versprechende Methode handhaben gelernt, als man gegen 1830 zu den Manuscripten zurückkehrte, aus denen einst Anquetil geschöpft hatte. Wieder stand ein Franzose an der

ersten Stelle, aber nicht wie vor sechzig Jahren ein wissenschaft=
licher Abenteurer, sondern einer der tiefsten sprachlichen und ge=
schichtlichen Forscher, welche Frankreich hervorgebracht hat,
Eugen Burnouf, derselbe, dessen sichere Hand die Grundlagen
gelegt hat, auf denen alle Erforschung des Buddhismus nur
weiterbauen kann. Burnouf combinirte die beiden Wege, welche
der Untersuchung der Avestatexte offenstehen: er gewann den
Manuscripten Anquetil's mit ganz anderer Genauigkeit als Jener
die Kenntniß der in den Parsengemeinden erhaltenen traditionellen
Auffassung der heiligen Texte ab, und zugleich betrachtete er die
Worte und Formen jener Texte im Lichte des Sanskrit. Be=
ständig ergänzte und controlirte er mit glänzendem Scharfsinn
die Feststellungen der einen Art mit Hülfe der anderen. So
ist er der Erste geworden, der einen Theil des Avesta wirklich
wissenschaftlich erklärt hat, mit einer Methode, die nicht mehr,
wie die Anquetil's, auf uncontrolirte und uncontrolirbare Aeuße=
rungen fragwürdiger orientalischer Gewährsmänner angewiesen
war, sondern auf Schritt und Tritt, im Großen wie im Kleinen,
von den Gründen ihres Vorgehens Rechenschaft ablegen konnte.

Ich darf nur in den äußersten Umrissen ein Bild davon zu
geben versuchen, wie die Forschung nach Burnouf das von ihm
begonnene Werk weiter geführt hat. Es bildete sich ein leiden=
schaftlicher Gegensatz zwischen den beiden Richtungen heraus,
welche der große Franzose so vollendet zu vereinen gewußt hatte.
Auf der einen Seite die Anhänger der orientalischen Tradition,
zum Theil Gelehrte, die selbst in Indien unter Parsen gelebt,
in ihre Anschauungen sich hineingewöhnt, das ganze concrete
Bild ihrer Existenz in sich aufgenommen hatten. Für sie konnte
es keinen Zweifel daran geben, daß das wahre Verständniß der
zarathustrischen Texte allein bei den Zarathustriern selbst zu
finden sei. Nur hier hatte sich eine Fülle von Wissen und An=

schauungen, hatte sich die ganze Denkweise erhalten, welche allein den Schlüssel zu jenen Texten geben zu können schien. Sehr anders urtheilte ein anderer Kreis von Forschern, die Männer des Studirzimmers, der vergleichenden Sprachforschung, der philologischen Methode. Mit Mißtrauen und Geringschätzung betrachteten sie die Behauptungen der heutigen oder auch die Ueberlieferungen der mittelalterlichen Orientalen über den Sinn dunkler, Jahrtausende alter Urkunden. Ihnen schien allein die Grammatik, das Sanskrit, die altgefestigte Auslegungskunst, wie man sie seit Jahrhunderten an den Texten des classischen Alterthums üben gelernt hatte, im Stande, die Schwierigkeiten zu überwinden. Manche Kraft ist im Kampfe dieser beiden Schulen vergeudet worden, von denen jede eine Seite des Richtigen vertrat, und die in der That vereint, sich gegenseitig ergänzend und befruchtend zu wirken berufen sind. Aber es darf doch ausgesprochen werden, daß die Jahrzehnte nach Burnouf neben solchen Kämpfen auch eine Reihe bedeutender, dauernder Erfolge gebracht haben. Durch die verschärften und verfeinerten Methoden, welche die Sprachforschung insonderheit in den letzten zwanzig Jahren entwickelt hat, ist es möglich geworden, die Grammatik der Sprache Zarathustra's in der Hauptsache festzulegen. Ja, es ist sogar gelungen — zum großen Theil gebührt dies Verdienst dem Scharfsinn Christian Bartholomae's — die vorgeschichtliche Grundlage jener Sprache in ihren wesentlichen Zügen zu reconstruiren: die Sprache, welche die Vorfahren der Inder und Iranier, die Vorfahren der vedischen und der zarathustrischen Poeten in der Zeit ihrer Gemeinschaft gesprochen haben. Wir können die Vorgänge bis ins Einzelne namhaft machen, in welchen jene Sprache, von der doch kein einziges Wort uns in directer Ueberlieferung erhalten ist, sich südöstlich vom Hindukusch in den Dialect des Veda, westlich von dem

Gebirge in den Dialect des Avesta verwandelt hat. Weiter besitzen wir Textausgaben des Avesta, von welchen die neueste, vor wenigen Jahren vollendete Karl Geldner's mit ihrer Sammlung geradezu unabsehbarer handschriftlicher Materialien aus Indien wie aus Persien es wohl verdient, ein monumentales Werk genannt zu werden. So darf man hoffen, daß das Gebiet des Ungewissen im Verständniß der zarathustrischen Texte wie der zarathustrischen Lehre rasch immer mehr eingeengt werden wird.

Eine wesentliche Schwierigkeit allerdings, welche sich diesen Bemühungen entgegenstellt, beruht auf den Mißgeschicken, welche im Alterthum und im frühen Mittelalter die Ueberlieferung der zarathustrischen Texte betroffen haben. Die Parsen erzählen, Alexander habe die große, mit goldenen Buchstaben auf Kuhhäuten geschriebene Handschrift des Avesta, welche im Archiv der Perserkönige aufbewahrt worden sei, verbrannt. Darauf sei Unglaube und Unkenntniß der heiligen Schriften im Schwange gewesen, bis nach langen Jahrhunderten unter den Sasanidenfürsten die zerstreuten Reste der Texte wieder gesammelt seien. Wir können nicht anders, als diese Tradition der Hauptsache nach für zutreffend halten. Gleichviel ob sich die große Katastrophe unter Alexander in der That so zugetragen hat: daran läßt sich kaum zweifeln, daß in den Zeiten des Niederganges, die von der makedonischen Invasion an über Iran und sein nationales Leben hereinbrachen, in diesen Zeiten übermächtigen Einflusses griechischer Cultur, die Kunde des Avesta tief niedergelegen hat. Neues Leben gewann sie erst später wieder, vor Allem als im britten Jahrhundert nach Chr. der große Umschwung eintrat, der den Sasaniden die Herrschaft in die Hand gab, den Erneuerern des Reichs der alten Perserkönige, den Rächern des Mordes, welchen Alexander an Dara

(Darius) verübt hatte. Das waren die Fürsten, die auf ihren Münzen den Titel der Philhellenen mit dem der Anbeter Ahura Mazda's vertauschten, die den Einfluß des zarathustrischen Priesterthums auf eine Höhe hoben, auf der er nie zuvor gestanden hatte. Es steht fest, daß der erste Sasanidenkönig Ardeschir in der That eine große Neuredaction des Avesta, eine neue Fixirung des heiligen Kanon auf Grund der alten Materialien veranlaßt hat (um 230 n. Chr.): und diese Gestalt des Kanon allein ist es, welche uns vorliegt, oder vielmehr, von welcher uns Bruchstücke vorliegen. Denn was wir besitzen, ist nur ein verhältnißmäßig kleiner Theil — wahrscheinlich ungefähr ein Viertel — jenes Avesta, wie es damals redigirt worden ist. Der größere Theil ist in den Verfolgungen des zarathustrischen Glaubens durch den Islam zu Grunde gegangen.

Auf den ersten Blick könnte es scheinen, als ob eine Textsammlung, die solche Verluste erlitten hat und deren erhaltene Trümmer durch solche Schicksale hindurchgegangen sind, als Geschichtsquelle kaum in Betracht kommen könne. Ich glaube doch, daß man sich hier nicht allzu pessimistischen Anschauungen hingeben sollte. Die Textordner der Sasanidenzeit haben, wenn auch nicht durchweg, so doch ganz überwiegend alte Ueberlieferung vor sich gehabt und sie getreu weiter überliefert. Jene Verluste aber, von denen wir sprechen, haben glücklicher Weise gerade die wichtigsten Bestandtheile der Sammlung verhältnißmäßig milde getroffen oder ganz verschont. Die ältesten Elemente des Avesta, gewisse allem Anschein nach aus Zarathustra's nächstem Kreise, wenn nicht von ihm selbst stammende Dichtungen — wir werden eingehender auf sie zurückzukommen haben — sind, scheint es, ganz so vollständig wie das Alterthum sie besessen hat, auch heute erhalten. Und wenn man die Sprache, in der sie uns vorliegen, mit dem Prüfstein der vergleichenden Sprachwissenschaft auf ihre Echtheit und ihr Alter untersucht, verschwindet jeder Verdacht. So haben keine Nachahmer oder Fälscher, keine Redactoren aus der Sasanidenzeit schreiben können. Wir dürfen das Vertrauen haben, daß wir auf haltbarer Grundlage bauen, wenn wir uns jetzt zu dem Versuch wenden, darzustellen, was jene Texte uns von Zarathustra's Person und von seiner Lehre zu erkennen erlauben.[1])

II.

Das Zeitalter Zarathustra's läßt sich nicht auch nur annähernd bestimmen. Wenn antike Autoren für ihn jene schon erwähnten Daten geben wie fünftausend Jahre vor dem trojanischen Krieg, so charakterisirt ein solcher Reichthum an Jahrtausenden sich selbst zur Genüge. Vielleicht ist es der Contrast mit derartigen Ziffern, welchem die mittelalterliche Tradition oder vielmehr Pseudotradition der Zoroastrier selbst, die das entgegengesetzte Extrem sehr niedriger Zahlen repräsentirt, es verdankt, wenn sie — wenigstens ihrem wesentlichen Inhalt nach — neuerdings Gläubige gefunden hat. Für die Dauer der Regierungen zwischen dem Erscheinen der zarathustrischen Lehre und dem Tode des Sikandar, d. h. Alexanders des Großen, geben die Parsen Ziffern, deren Summe 272 Jahre beträgt; für jenes erstere Ereigniß würde man also auf etwa 600 v. Chr. geführt werden. Das ganze chronologische System aber, auf Grund dessen jene Ziffer für die zeitliche Entfernung zwischen Zarathustra und Alexander berechnet ist, kann ich nur für ein

---

[1]) Hier muß die neue, ausgezeichnete Arbeit eines amerikanischen Gelehrten erwähnt werden, der mit größter Vollständigkeit gesammelt und discutirt hat, was morgenländische wie abendländische Quellen von Traditionen und Legenden über das Leben Zarathustra's enthalten: W. Jackson, Zoroaster, the Prophet of Ancient Iran. 1899.

durchaus klägliches Machwerk halten, zusammengesetzt aus handgreiflichen Fictionen und allem Anschein nach von der wohl auf gewissen theologischen Rücksichten beruhenden Tendenz beherrscht, die Zeiträume möglichst klein erscheinen zu lassen. Aus einer solchen Zahlenreihe eine einzelne Summe herauszuheben und in ihr etwas zu finden, das historischer Erinnerung auch nur von fern ähnlich sehen soll, vermag ich nicht als berechtigt anzuerkennen. Mir scheint die Erwägung, wenn auch nicht unbedingte Sicherheit, so doch Wahrscheinlichkeit zu besitzen, daß, wenn das Leben Zarathustra's so nah, wie man auf Grund der erwähnten Angabe glauben müßte, der Zeit des großen Kyros benachbart gewesen wäre, die Griechen über diesen Sachverhalt offenbar wenigstens so weit orientirt hätten sein müssen, daß jene Zurückversetzung des Propheten um viele Jahrtausende undenkbar gewesen wäre. Ich meine also, daß aller Wahrscheinlichkeit nach Zarathustra nicht unerheblich früher gelebt hat, als die Zarathustrier behaupten. Aber ich möchte doch auf der andern Seite auch wieder Ansätze, die in allzu hohes Alterthum zurückgreifen, kaum für wahrscheinlich halten. Die Lehre des iranischen Propheten ist, bemessen nach inneren Kriterien, nach der Entwicklungsstufe, auf der hier das religiöse Denken steht, sehr wesentlich jünger als die alten, auf der Vergötterung der großen Naturmächte beruhenden Religionsformen; dieser Glaube ist nur in einem Zeitalter denkbar, welchem ein von ethischen Potenzen beherrschtes, reich und tief entfaltetes Innenleben nicht mehr fremd ist. Man bedenke ferner, daß es sich hier nicht um eine Schöpfung etwa ägyptischer oder chaldäischer, sondern arischer Cultur handelt. Allem Anschein nach sind die asiatischen Arier, diese aus weitester Ferne kommenden Wanderer, die Brüder der Völker, welche Europa beherrschen, viel später wie zu seßhaftem Dasein, so auch zu geistiger Reise gelangt als jene uralten Culturvölker am Nil und Euphrat. Wie wenig freilich allgemeine Erwägungen dieser Art uns in den Stand setzen können, unsere Ansicht über das Zeitalter Zarathustra's zu einer noch so unbestimmten Jahreszahl zu verdichten, liegt auf der Hand. Und so darf es nicht mehr als der Ausdruck einer gänzlich subjectiven Schätzung sein, die ich vielleicht unrecht thue auch nur in dieser Form auszusprechen, wenn ich persönlich mich zu der Meinung bekenne, daß ein Ansatz des großen Religionsstifters auf etwa 900 oder 800 v. Chr. sich wohl nicht allzu weit von der Wahrheit entfernen würde. —

Nur wenig besser als über das Zeitalter des Zarathustra sind wir über den Schauplatz seines Wirkens orientirt. So viel steht fest, daß er kein Perser gewesen ist und daß es nicht in Persien war, wo er seine Lehre gepredigt hat. Ueberlieferungen, deren Glaubwürdigkeit zu leugnen kein entscheidender Grund vorliegt, bringen seine Herkunft mit Oertlichkeiten in Verbindung, die den nordwestlichen Theilen Irans, Medien und Atropatene angehören, nahe dem Kaspischen Meer. Aber entschiedener als jene Gegenden tritt in den Avestatexten der Osten Irans in den Vordergrund, dessen heutige Sprache man auch als den Abkömmling der alten Avestasprache erkennen will. Die heiligen Texte wissen von dem „indischen Gebirge", das Afghanistan von Indien trennt; sie kennen die Landschaften zu beiden Seiten der afghanischen Berge, wie Seistan, Merv, „das starke und fromme", und Bakhdhi, das alte Baktra. Auf das östliche Iran führt die Beschreibung des Arierlandes, welche einer der heiligen Texte giebt, des Landes,

> Wo reisige Fürsten
> Zahlreiche Heerscharen ordnen,
> Wo hohe Berge,

> Weidereich und wasserreich,
> Dem Vieh Nahrung schaffen,
> Wo tiefe Seen,
> Breitfluthige, liegen,
> Wo schiffbare Gewässer, breite,
> Mit ihrem Wogenschwall eilen
> Nach Ishkata und Pouruta,
> Nach Mouru und Haroyu,
> Nach Gava und Sukhdha, nach Hvairiza[1]).

Den königlichen Patron des Propheten, Vishtaspa, macht die Ueberlieferung zu einem Herrscher von Baktra, „dem schönen Baktra mit den erhobenen Bannern", wie das Avesta es nennt. So dürfen wir es, wenn auch volle Sicherheit hier nicht erreichbar ist, meines Erachtens doch in der That für wahrscheinlich halten, daß das östliche Iran, etwa die Landschaft Baktra, der vornehmste oder ein vornehmster Schauplatz des alten Zarathustrismus gewesen ist. Von den Centren der damaligen Cultur, den großen Weltreichen von Babylon und Assyrien, waren diese Gegenden weit entlegen; sie waren wenig berührt von dem mächtigen Hauch der Weltgeschichte, wie er von jenen Reichen ausging. Hier hatte die Natur staatliches und geschichtliches Leben von vorn herein in enge Dimensionen gebannt. Zwischen dem Gebirge und den Wüsten, die den mächtigen Oxusstrom umgeben, lag bald da bald dort, in plötzlichem Wechsel sich von der Wüste abhebend, ein Ländchen, dem günstige Wasserverhältnisse Fruchtbarkeit gewährten. Auf beschränktem Raum bewegte sich hier das Leben der arischen Bauern und Viehzüchter. Sie bewohnten Dörfer; Städte gab es schwerlich. Das Volk war fest nach Stämmen und Familien gegliedert.

---

[1]) Einige dieser Namen sind nicht identificirbar. Mouru ist das heutige Merv, Haroyu Herat, Sukhdha das Sogdiana der Alten (Bokhara, Samarkand), Hvairiza Kharizm.

Schon hoben sich Ablige und wohl auch Priester aus der Masse hervor. An der Spitze standen Fürsten, schwerlich bedeutender als jenseits der Berge die kleinen Rabschas der indischen Hirtenstämme. Unter dem schroffen Wechsel glühender Sommer und eisiger Winter baute der baktrische Bauer sein Feld und weidete er seine Herden, darauf bedacht, jeden Tropfen Wasser, den die Frühlingsregen und im Sommer die schmelzenden Schneemassen des Gebirges hergaben, in kunstvollen Bewässerungsanlagen auszunutzen. Er pflegte seine Reichthümer an Rossen und Kamelen, beständig gerüstet, Besitz, Freiheit und Leben in hartem Kampfe zu vertheidigen. Denn ihm, dem Vorposten seßhaften Culturlebens, drohte jeden Augenblick der Ueberfall durch die Reiterstämme der benachbarten Wüste. Das Avesta schildert, wie der Feind „das Heer von tausend Rossen gegen die Dörfer der Frommen führt, die Männer erschlägt, die Herden fortschleppt", und wie „des gläubigen Mannes Frau und Kind wehklagend den Weg der Gefangenschaft zieht, den staubigen und dürren". Unter solchen Gefahren hielt sich das Volk stark und wehrhaft. In den Berichten über die Kriege Alexander's wird der hartnäckige Widerstand hervorgehoben, den die wohlberittenen Baktrer dem Eroberer entgegenstellten; es ist von ihrer energischen Natur und ihrem rauhen Sinn die Rede, von der Einfachheit, die sie sich im Gegensatz zu den üppigen Sitten der Perser bewahrt hatten.

In diesem Lande, in der Umgebung des Königs Vishtaspa, scheint Zarathustra[1]) seine Lehre gepredigt zu haben.

Die Sage hat das Leben des Propheten mit einer Fülle von Wundern jener Art geschmückt, ohne die für das Bewußtsein der Orientalen die Herrlichkeit eines Heilsverkünders nicht

---

[1]) Der Name bedeutet wohl „Besitzer alter Kamele".

vorstellbar ist. Vor seiner Geburt zeigen wunderbare Träume der Mutter die unvergleichliche Größe des Sohnes an. Als er geboren wird, weint er nicht wie andere Kinder, sondern er lacht — das altberühmte, auch den antiken Autoren bekannte Lachen Zarathustra's, das nicht erst die Phantasie Nietzsche's hat erschallen lassen. Unter Zeichen und Wundern, in der Einsamkeit auf einem Berge, ähnlich wie das Alte Testament es von Moses berichtet, empfängt er von Ormazd die Offenbarung der heiligen Lehre. Schon das Avesta selbst giebt diesen Zug der Legende. Es spielt auf den „Berg der heiligen Gespräche" an und spricht davon, „wie Ahura Mazda den Zarathustra gelehrt hat, in allen Unterredungen, bei allen den Begegnungen, wo sich Mazda und Zarathustra unterredet haben". „Frage mich, o Reiner," sagt der Gott, „mich, den Schöpfer, den Heiligsten, sehr Wissenden, den besten Antworter, wenn man mich fragt: dann wird dir gut werden, dann wirst du der Heiligste werden." So bewegen sich große Theile des Avesta in der Darstellungsform des Gesprächs zwischen Gott und Prophet: dieser fragt und jener antwortet. Auch der böse Gott naht Zarathustra leibhaftig. Wir begegnen im Avesta einer Versuchungsgeschichte. Angra Mainyu (Ahriman), der Todbringer, der Dämon der Dämonen, stürzt von den Fernen des Nordens herbei und schickt einen bösen Geist aus, den Propheten zu tödten. Aber vor der Herrlichkeit Zarathustra's und seinem heiligen Wort muß der Geist fliehen. Da redet Angra Mainyu selbst zu ihm: „Vernichte nicht meine Schöpfung, heiliger Zarathustra. Du bist des Pourushaspa Sohn, und von deiner Mutter bin ich angerufen worden. Schwöre dem guten Gesetz des Mazda ab. Du sollst die Gnade erhalten, die Vadhaghana, der Herr der Lande, erlangt hat" — ein böser König der Sage, der tausend Jahre lang die Erde beherrschte. Aber Zarathustra weist den Versucher ab: „Nein, ich werde nicht dem guten Gesetz des Mazda abschwören, sollte auch mein Gebein, Leben und Geist sich auflösen." Die kleine Erzählung ist farblos, wie das Meiste in den Avestatexten, aber interessant als Exemplar des deutlich ausgeprägten Typus einer Geschichte, die sich fast mit Naturnothwendigkeit in den Religionen auszubilden pflegt, welche auf der Persönlichkeit und der Lehre eines Stifters, eines Propheten und Heilsverkünders beruhen. So finden wir es in der christlichen, so finden wir es auch in der budbhistischen Tradition[1]): dem großen Spender von Heil und Segen muß der schwer von ihm bedrohte Feind, der höchste Herr alles Bösen, nahen und muß versuchen — vergeblich, wie sich von selbst versteht — ihn seinem Erlöser= beruf abtrünnig zu machen.

Den Verkehr Zarathustra's mit seiner irdischen Umgebung läßt die spätere Sage natürlich auch sich von Wunder zu Wunder bewegen. Unter den Avestatexten selbst sprechen in= sonderheit jene ältesten Poesien, die uns am nächsten an das Leben der Propheten heranführen, von einzelnen Persönlichkeiten jener Kreise, wenn auch leider meist nur in flüchtigen Andeu= tungen, so doch in einem unbefangen natürlichen Ton, der meiner Ueberzeugung nach keinen Verdacht dagegen aufkommen läßt, daß wir es hier mit geschichtlicher Wirklichkeit zu thun haben.

Zarathustra selbst erscheint als Priester. Ein jüngerer ave= stischer Text beschreibt ihn „das Feuer — natürlich das heilige Feuer — besorgend und Hymnen singend." Dazu stimmt es, daß in einer jener alten Dichtungen, ähnlich wie es sehr viel

---

[1]) Man vergleiche den Aufsatz „Der Satan des Budbhismus", oben S. 104 ff.

häufiger und mit einer für unser Gefühl viel verletzenderen
Angelegentlichkeit im Veda geschieht, von dem Lohn gesprochen
wird, welchen der Dichter, der für einen frommen Auftraggeber
ein Opfer ausrichtet, von diesem zu beanspruchen hat: „Werde
ich, wie sich's gebührt, jenen Lohn gewinnen, zehn Stuten
sammt dem Hengst und ein Kamel?" — und es wird auf die
Strafen hingedeutet, die im Jenseits den treffen, der solch
schuldigen Lohn nicht giebt.

Nicht selten sprechen die alten Hymnen von dem Patron
des Propheten, dem König Vishtaspa. Es ist von ihm in einem
Ton die Rede, der in Nichts an die Unterwürfigkeit erinnert,
wie man sie dem persischen „Großkönig, König der Könige"
entgegenbrachte; dies Bauernkönigthum ist dem Ort nach und
wie ich meine auch der Zeit nach von der Welt der Achä=
meniden weit entfernt. „Wer ist dir ein reiner Freund, Zara=
thustra, daß er hehre Güte gegen dich üben möge?" heißt es.
„Oder wer trägt Verlangen nach Ruhm? Das thut er, König
Vishtaspa, der streitbare, und die du, Mazda Ahura, in demselben
Hause vereinigt hast. Die will ich anrufen mit des guten
Geistes Worten." Vishtaspa ist „Arm und Stütze des Glau=
bens"; wie ein leidenschaftlicher Zug des Hasses gegen Irr=
lehrer und Anbeter der bösen Geister dem zarathustrischen Wesen
eigen ist, soll dieser König blutige Kriege für die Lehre des
Propheten geführt haben. — Auch Vishtaspa's Gemahlin, die
Königin Hutaosa, gehört zum Kreise der Gläubigen. Dem Za=
rathustra wird der Wunsch in den Mund gelegt, „daß ich Hu=
taosa, die Gute, die Edle, dazu führe, daß sie nach dem
Glauben denke, daß sie nach dem Glauben rede, daß sie nach
dem Glauben handle, daß sie meinem Glauben an Mazda er=
geben sei und ihn erkenne, daß sie guten Ruhm meinen Werken
schaffe." Neben dem königlichen Paar sind es zwei vornehme

Männer, die dem Propheten besonders nah stehen und deren die alten Dichtungen oft mit warmen Worten gedenken, Jamaspa und sein Bruder Frashaostra, „der Wahrredende, der nicht dem Bösen Genossenschaft gewährt," „der mir," sagt Zarathustra, „den geliebten Körper gegeben hat" — seine Tochter, die er dem Zarathustra zur Gattin gab. Zuletzt sei hier die jüngste Tochter des Propheten erwähnt, Pourucista („die Weisheitsreiche"). Im Avesta findet sich ein Lied, das vielleicht von Zarathustra selbst als Hochzeitslied für sie gedichtet ist. Dort heißt es:

Pourucista, du Enkelin des Haecataspa, von Spitama's Geschlecht, der
    Töchter Zarathustra's jüngste,
Diesen Mann gab dir Zarathustra zum Genossen, den Unterweiser über den
    guten Geist, über das Gute und über Mazda.
So geh zu Rath mit deinem Geiste; der Weisheitsgöttin gute, heilige
    Werke übe . . .
Geheime Worte künd' ich den Jungfrauen, die sich vermählen,
Und thue sie kund euch Jünglingen; richtet darauf euer Denken.
Erwäget in eurem Innern; übet des guten Geistes Leben.
In Tugend gewinne der Eine den Andern. Das wird euch zu Segen
    gereichen. —

Wir müssen das Bild dieses Kreises von Menschen mit der ganzen Unbestimmtheit seiner Umrisse hinnehmen, wie es uns von der Ueberlieferung gegeben wird. Aber das Wenige, was wir hier zu erkennen im Stande sind, ist doch werth, daß man nicht achtlos daran vorübergeht. Wir wissen nicht, wann es war in ferner Vergangenheit; wir wissen kaum, wo es war am Fuß asiatischer Berge — da heben sich aus tiefer Dunkelheit in dämmernder Beleuchtung diese Gestalten hervor. In der Mitte der Prophet, der sich als den Erwählten und Erleuchteten, als den verantwortlichen Träger der großen, heiligen Aufgabe fühlt. Um ihn ein Kreis von ernsten Männern und Frauen, ein Fürst und seine Umgebung, in Verwandtschaft und Freund=

schaft mit einander verbunden. Sie sind die Ersten und Nächsten, das, was den Meister erfüllt, in sich aufzunehmen. Das Denken, wie es in diesem Kreise lebt, ist voll von Resten, ja mehr als Resten alten starren und dumpfen Aberglaubens, unaufgelöst von dem neuen Geist. Man glaubt alles Dasein erfüllt von verborgenen Zauberwirkungen. Neben dem Menschen kämpft das Gethier, voll geheimer Kräfte, für das Gute oder Böse. Kleinliche und peinliche Bannungen und Reinigungen müssen schädliche Mächte fernhalten. Da ist viel priesterliche Engheit und die alte, ungebändigte Heftigkeit von Glaubenseifer und Glaubenshaß. Aber hoch über dem allen leuchten groß gedachte Ideale und die Ehrfurcht des Aufblickens zur mächtigen Gestalt eines höchsten, ja einzigen Gottes. Für diese Menschen ist das alte Göttergewimmel, das in bunten Farben das ganze reiche Naturleben verkörpert hatte, verblaßt vor der erhabenen Geistigkeit des einen Gottes; für sie ordnen sich die kleinen Wünsche und Ziele des Augenblicks einem großen Weltziel unter, dem Sieg des Guten über das Böse, und die Seelen durchströmt der Wille, alle Kraft dem Erringen dieses Sieges zu weihen.

III.

Jener eine Gott heißt Ahura Mazda. Es ist derselbe Gott, den lange nach Zarathustra und fern von dem Land, über das Vishtaspa gebot, die Monumente eines Weltreichs verherrlichen, die Keilinschriften des Darius und Xerxes, wie wir sie noch heute an persischen Felswänden und auf den Trümmern der Königstadt Persepolis lesen: „Ein großer Gott ist Auramazda, der diese Erde schuf, der jenen Himmel schuf, der den Menschen schuf, der Glück schuf für den Menschen, der Darius zum König machte, zum alleinigen König über Viele, zum alleinigen Gebieter über Viele."

Aber so gewaltig man kann sagen in monotheistischer Erhabenheit Ahura Mazda dasteht, er ist es doch nicht, den eine Schilderung des zarathustrischen Glaubens allem Andern voranstellen muß. Ahuras Wesen liegt darin, daß er Schöpfer und Herr alles Guten und aller Güter ist. So darf die letzte Grundlage jenes Glaubens allein in der Idee des Guten gefunden werden. Es versteht sich von selbst, daß, wenn wir uns so ausdrücken, es unsere eigne Sprache ist, in der wir das Facit der alten Gedanken ziehen. Doch kommen die Zarathustrier selbst der Nennung jener Idee mit ihrem Wort Asha wenigstens nah, einem der charakteristischen Ausdrücke, welche der Sprache des Avesta ihr Gepräge geben. Asha bedeutet Ordnung, Tugend, Heiligkeit. Mit dieser Seite der Idee des Guten aber, wie das Wort Asha sie ausspricht, verbindet sich auf das Engste die andere, die Vorstellung des Glücks, welches dem Anhänger des Asha gehört. Denn man ist hier weit entfernt von asketischem Entsagen, von einer blassen Tugendlichkeit, die auf das Streben nach lebendigem Glück vornehm herabblickt. Das Glück, wie Zarathustra es versteht, ist auch keineswegs allein geistiger Natur. Wohl stehen unter den Segnungen des Asha die inneren Güter nicht im Hintergrunde, die Erleuchtung von oben, Erkenntniß und gutes Denken. Aber nicht minder kommt in diesem Glauben, wie er unter den iranischen Kriegern und Bauern gepredigt wurde, auch die ganze Fülle der greifbaren Güter, nach welchen das natürliche Glücksbedürfniß verlangt, zu ihrem Recht. Das zarathustrische Ideal, gewonnen nicht aus abstracten Begriffen, sondern aus der lebendigen Betrachtung des menschlichen Lebens, bedeutet das Dasein gesunder, kräftiger, thätiger, wahrer, von Seelenfrieden und Freudigkeit erfüllter Menschen, die siegreich gegen ihre Feinde, die Bösen, kämpfen und nach langem, glücklichem Leben über die Brücke des Gerichts zur Herrlichkeit der lichten Geisterwelt eingehen. Unter den Zielen, welchen der dem Asha Ergebene nachtrachtet, nennen die heiligen Schriften „Reichthum, Macht und Sieg, Seligkeit und Fülle des Asha, Ruhm und Wohlbefinden der Seele"; an einer andern Stelle „Gesundheit von Mensch und Vieh, Gesundheit von Allem, das vom Asha stammt." Das Reich des Asha mehrt, wer sich vermählt und verständige, wohlgewachsene Nachkommenschaft erlangt, welche Haus, Gau und Land fördert. Denn wer ein Haus, Kinder und Besitz hat, verdient den Vorzug vor dem, der kein Haus, keine Kinder und keinen Besitz hat. Vor Allem gehört wohlstandschaffende Arbeit zu den Pflichten dessen, der im Dienst des Asha steht; der tüchtige Bauer ist der Mensch recht nach dem Herzen des zarathustrischen Gottes. „Was ist die Ernährung der Religion des Ahura Mazda? Wenn man fleißig Getreide baut. Wer Getreide hervorbringt, bringt das Asha hervor." Die Erde selbst fühlt sich glücklich, wo der Mensch sie bebaut und bewässert, wo das Vieh gedeiht. Wie das Mädchen einen Gatten, so ersehnt die Erde den Ackersmann. Das Asha mehrt, wer Brücken baut, die den Verkehr erleichtern, wer schädliche Thiere, wie Schlangen, tödtet und ihre Wohnungen zerstört. Auf den Genuß der Güter aber, mit denen rüstige Arbeit dieses Leben erfüllt, folgt für den Frommen das Glück im jenseitigen Geisterreich, wenn der Sterbliche „den furchtbaren, grauenvollen Weg der Trennung von Leib und Seele" gegangen ist, den Weg „aus der vergänglichen Welt in die unvergängliche". Während die Uebelthäter in die Welt der Finsternisse eingehen, gelangt der Fromme in das Lichtreich, in welchem Ahura Mazda wohnt. Die himmlischen Geister kommen ihm entgegen; man führt ihn zu einem geschmückten Thron und bringt ihm die süßesten Speisen. Die zarathustrischen Dichtungen weilen viel bei dem Jenseits und den letzten Dingen; die jenseitige Herrlichkeit ist „der Lohn, der für alles Wünschen voransteht". Aber doch ist man hier noch weit entfernt von jener Umwälzung in der Schätzung des Daseins, welche das Diesseits als werthlos, als eine bloße Stätte der Vorbereitung, das wahre Heil allein im Jenseits erscheinen läßt. Das Herz des Zarathustriers hängt mit allen Fasern an der Welt, die ihn hier umgiebt, an Familie und Besitz, an der Arbeit, die er thun, an den Kämpfen, die er bestehen soll.

Denn als voll von Kämpfen stellt sich ihm diese Welt dar. Das Asha kann nur eine streitbare Macht sein, denn dem großen Reich des Guten steht feindlich ein Reich des Bösen gegenüber. Dort Licht, Wahrheit, Gesundheit; hier Finsterniß, Lüge, Krankheit, Tod. Dieser Gegensatz durchdringt alles Dasein, giebt jeder Handlung ihr Gepräge. Selbst der Wortschatz der heiligen Texte zerfällt — ein Zug von eigenthümlich kindlicher Nachdrücklichkeit — in ein Reich des Guten und des Bösen. Die Texte brauchen für Dinge, welche uns als durchaus indifferent erscheinen würden, verschiedene Ausdrücke, je nachdem von guten oder bösen Wesen die Rede ist. Kopf, Hand und Fuß des Guten und des Bösen werden verschieden benannt; wenn der Böse spricht, wenn er stirbt, wird er nicht derselben Ausdrücke gewürdigt, die das Sprechen, das Sterben des Guten bezeichnen, sondern es werden eigene Wendungen voll Haß und Verachtung gebraucht.

In das eine dieser beiden großen Heerlager gestellt, kann der Einzelne das Centrum des Daseins nicht mehr in sich selbst, in seinen persönlichen Wünschen und Zielen finden. Er ist nur ein Kämpfer neben zahllosen andern in dem ungeheuren Weltkampf. Dieser Kampf ist der vornehmste Inhalt alles Geschehens, der Sieg des Guten über das Böse das letzte Ziel der Dinge.

An der Spitze der beiden Reiche steht als Schöpfer und Herrscher hier ein höchster guter, dort ein höchster böser Gott, hier Ahura Mazda, dort Angra Mainyu.

> Die beiden Geister, die zuerst waren,
> Die als kunstreiche Zwillinge bekannt sind,
> Erwählten das Gute und Schlechte
> In Gedanken, Worten und Thaten.
> Zwischen beiden haben die Frommen,
> Nicht die Unfrommen das Rechte erkoren.
>
> Von den Geistern, den beiden, erwählte
> Der Schlechte die bösen Werke,
> Doch der heiligste Geist das Gute,
> Er, der in der Himmel Stärke sich kleidet,
> Und Alle, die durch rechte Thaten
> Gott Mazda gerne befried'gen.

In Ahura Mazda, dem "weisen Herrscher", hat das Ideal des Guten sich zu einer der mächtigsten Göttergestalten, von denen die Geschichte weiß, verkörpert.

> Als den Ersten habe ich dich erkannt —

heißt es in einer der ältesten Dichtungen,

> Als den Erhabenen, Mazda, in meinem Geiste,
> Als des guten Geistes Vater,
> Da mit meinem Auge ich dich erfaßte,
> Den wahren Schöpfer des Guten,
> Der Welt und alles Thuns Beherrscher.

Und in einem jüngeren Gedicht fragt Zarathustra den Gott:

> Verkünde mir deinen Namen,
> Heiliger Ahura Mazda,
> Der dein erhabenster ist,
> Und der beste und schönste,
> Der thätigste, siegreichste, heilendste,

>Aller Geister- und Menschentücke
>Mächtigster Bezwinger.

Und der Gott antwortet:

>Hüter bin ich und Schöpfer,
>Erhalter bin ich und Wisser,
>Und ich bin der heiligste Geist …
>Das sind meine Namen.

Dem Licht gleicht sein Körper, der Wahrheit seine Seele: so beschreibt ein griechischer Philosoph den zarathustrischen Gott. Die Sonne ist sein Auge, der Himmel sein Kleid. Er ist der Schöpfer der ganzen Welt des Guten, der geistigen wie der körperlichen, der Schöpfer auch der anderen Götter. „Er hat das Rind geschaffen" — man erinnere sich der zu mystischer Höhe gesteigerten Bedeutung, welche der Glaube jener Hirtenstämme dem Rinde als der vornehmsten Quelle der Nahrung beilegte — „er hat das Asha geschaffen, die Wasser und die guten Pflanzen, und hat die Sterne geschaffen und die Erde und alles Gute." Er hat der Sonne ihren Weg gesetzt; er macht, daß der Mond wächst und abnimmt. Das ist ein anderer Gott als der stärkste der vedischen Götter, jener überirdische Riese Indra, der bald gut gelaunt, bald zornig zwischen Kampfabenteuern und Trinkabenteuern hin und her tobt. Hier hat reineres und reiferes Denken die Gestalt eines höchsten Weltherrn gebildet, der frei von allen Zügen des Niedrigen oder der Willkür allein darin aufgeht, mit der Kraft und Herrlichkeit seiner leuchtenden Majestät das Gute zum Siege zu führen.

Dem großen guten Gott gegenüber steht Angra Mainyu, „der böse Geist," der Geist der Finsterniß und des Todes, der Schöpfer und Erhalter alles Schädlichen, aller Plagen, Leiden und Laster. Auch seine Gestalt ist zu anderer Größe erhoben als die schädlichen Mächte des Vedaglaubens. Dort tummelte sich niedriges Geistervolk, Kobolde, Unholde, Krankheitsbringer, Blutsauger, neben denen die großen, überwiegend gnädigen Götter doch im Zorn auch Plagen aller Art über Mensch und Vieh verhängen können. Hier erscheint zuerst ein wirklicher Herrscher im Reich des Bösen, ein Gott, dessen ganzes Wesen eben dies ist, böse zu sein und Böses zu wirken. Aber er ist doch nur das ins Böse gekehrte Gegenbild des großen Guten, mehr ein logisches Schema als ein Wesen von Fleisch und Blut. Die ältesten Dichtungen sprechen wenig von ihm. An Ahura Mazda's Größe reicht er nicht heran. Zur Gegensätzlichkeit beider gehört auch, daß, wie jener weise und vorausschauend, so dieser thöricht und blind ist. Noch war der Phantasie jener Zeiten nicht die Kraft und kühne Freiheit eigen, daß sie ein zu tragischer Höhe erhobenes böses Wollen und weltumfassendes böses Denken in düsterer Erhabenheit hätte verkörpern können.

Sollen wir nun, wie oft geschehen ist, den zarathustrischen Glauben mit dieser Gegenüberstellung des guten und des bösen Gottes als Dualismus bezeichnen? Der böse Gott ist in der That kein Geschöpf des guten, sondern anfangslos wie jener; die Schöpfung hat nicht einen, sondern zwei unabhängige Ausgangspunkte. So würde hier allerdings, wenn man das Wesentliche einer Religion in der Lösung sehen wollte, welche sie dem Problem vom Ursprung der Dinge giebt, die Bezeichnung als Dualismus nicht abgelehnt werden können. Aber jenes ist doch eben nur ein theoretisches Problem. Das wirkliche Leben einer Religion liegt anderswo. Und so ist es in Wahrheit doch Ahura Mazda allein, auf welchen Alles im zarathustrischen Glauben hinweist. An ihn und an die göttlichen Heerscharen, die ihn umgeben, wendet sich anbetend der Fromme. Als sein Geschöpf weiß er sich. Von ihm erhofft er Kraft und Segen für alles Thun. Sein Reich wird, wenn die Welt des Bösen überwunden ist, allein ewig bestehen. So giebt es hier in der That nicht zwei höchste Götter, sondern nur einen, den großen Guten.

An Ahura Mazda und Angra Mainyu schließt sich ihr göttliches oder geisterhaftes Gefolge. Wir beschreiben hier nicht die Heerscharen der bösen Dämonen; einiger der guten Götter muß in der Kürze gedacht werden. Vor allem der Amesha spenta („der unsterblichen Heiligen"). Sie sind sieben an der Zahl; Ahura Mazda selbst wird als der Erste in ihrem Kreise gerechnet. Sie tragen Namen wie „der gute Geist", „die heilige Weisheit"; auch das Asha selbst erscheint hier personificirt als „das beste Gut" (Asha vahishta). Die abstracten Namen dürfen nicht den Schein erwecken, als entspräche dieser Götterkreis einem klar gegliederten, in sich geschlossenen Begriffssystem. Solche Kunst in der Handhabung von Gedankengebilden fehlte den Zarathustriern. Es sind zu Göttern verkörperte Kräfte, Wirkungen, Segnungen des Guten und Ahura Mazda's, Wesenheiten, in denen das höchste Licht sich gleichsam in eine Vielheit von Lichtgestalten mit unbestimmt verschwimmenden Umrissen zerlegt hat —

> Die Mächtigen, scharfen Blickes,
> Die hehren, dringenden,
> Kräftigen, herrscherhaften,
> Die ewig und gut sind,
> Die Sieben gleichen Gedankens,
> Die Sieben gleicher Rede,
> Die Sieben gleicher Thaten.

Greifbarere Gestalt, volksthümlicheres Wesen haben andere Gottheiten. So der alte Sonnengott Mithra, der sich hier in einen die Sonne begleitenden und über ihr waltenden Lichtengel verwandelt hat —

> Der hehre Gott, der zuerst
> Emporsteigt über den Haraberg,
> Voran der unsterblichen
> Sonne mit raschen Rossen —
> Der zuerst goldgeschmückt
> Die schönen Gipfel ergreift:
> Von dort schaut er gnädig
> Ueber der Arier ganzes Land.

Weiter das Feuer, der Sohn Ahura Mazda's, „der schnellste, gewaltige, der Erfreuer der Wesen, an Segen reich", der zu Tausenden die Dämonen der Finsterniß tödtet und am jüngsten Tage mit seiner Gluth das Gottesgericht zwischen Guten und Bösen vollziehen wird; die Wasser, die guten, von Mazda geschaffenen, reinen; die Seelen der Gerechten, die dem Gott helfen, den Weltlauf aufrecht zu erhalten. Ist der Winter vergangen, fliegen sie zu den Dörfern hin und gehen dort zehn Nächte lang um, indem sie Speise von ihren Nachkommen begehren: „Wer wird uns preisen? Wer wird uns geben?" In der Schlacht kommen sie den Ihren zu Hülfe. Sie spenden Wasser, jeder seinem Haus, seinem Dorf, seinem Gau, indem sie sprechen: „Unser Gau soll wachsen und gedeihen".

Wie die Götter und Geister, so stellen sich auch die Thiere und alle Naturwesenheiten auf die beiden Seiten des Guten oder Bösen. Der Welt des Bösen gehört die Winterkälte an, „die von den Dämonen geschaffene", und der Nordost, der verderbliche Wind der Wüste. Von Thieren schädliches Gethier wie die Schlange, der Wolf, der unbemerkt zu den Hürden schleicht, die Ameise, die das Getreide raubt. Andere Thiere gehören zum Reich des Guten. So der Hund, der Behüter der Herden, der Besitzer zauberhafter Kräfte, vor denen die bösen Wesen fliehen, vom Menschen mit abergläubischer Sorgfalt umgeben, gegen alle schlechte Behandlung durch Strafandrohungen von phantastischer Höhe geschützt. Ferner der Hahn, dessen Ruf das Kommen des Tages verkündet: „Steht auf, ihr Menschen, preiset des beste Gute, flucht den bösen Geistern." Unter der Umhüllung der Lehre, welche alle Wesen auf die Reiche des Guten und Bösen vertheilt, treten hier die Spuren viel älterer Vorstellungsschichten zu Tage. Wir sehen hier noch etwas von dem Thier, wie es dem Wilden erschien, dem Menschen nicht wie eine Sache angehörend, sondern ebenbürtig, freundlich oder feindlich in sein Dasein verflochten, ein Träger verborgenen Zaubers und unergründlichen, weitreichenden Wirkens.

In der Menschenwelt endlich herrscht, wie sich von selbst versteht, derselbe Gegensatz von Gut und Böse. Auf der Seite des Angra Mainyu verderbenbringende Menschen wie der Irrlehrer, der falsche Priester, der Zauberer, die Buhlerin. Auf der andern Seite die Guten, Reinen. Es sind nicht nur Angehörige des eigenen Volks. Wir hören auch von Frommen turanischen Stammes. Ein wichtiger Zug. Jenes Kindheitsalter des ethischen Denkens ist vorüber, für welches Gut und Böse so viel geheißen hat wie Stammgenosse und Fremder. Der alte Gegensatz ist durch einen neuen, mächtigeren abgelöst: jetzt ist ein Guter, wer auf der Seite des Asha steht, mag er auch turanischem Stamm angehören.

Der Vornehmste unter den menschlichen Freunden des Guten ist Zarathustra selbst. Seine Gläubigen sehen in ihm keinen Halbgott, keinen Gottmenschen; er ist ein Mensch, das Kind menschlicher Eltern. Aber um die Gestalt dieses Menschen zog bald das Dogma seine Linien. In seinem Erscheinen verwirklicht sich das große Weltgesetz; es ist der Markstein im Weltleben. In der genauen Mitte des sechstausendjährigen Zeitraums, in welchem sich die Geschichte der Menschheit abspielt, verkündet Zarathustra seine Lehre. Auf seine Zeit folgen noch drei Jahrtausende und am Ende eines jeden Jahrtausends ein neuer, dem Zarathustra ähnlicher und durch das Band geheimnißvoller Sohnschaft mit ihm verknüpfter Prophet. Zarathustra ist es, der „in beiden Welten am meisten das Gute liebt"; er ist „der Stärkste, Gewaltigste, der Rüstigste, Schnellste, der Allersiegreichste geworden unter der beiden Geister Geschöpfen". Wenn die Seelen der frommen Verstorbenen angerufen werden, betet man auch zum Genius des Zarathustra: „Zarathustra verehren wir, der ganzen körperlichen Welt Herrn und Meister und ersten Gläubigen, aller Wesen Weisesten, aller Wesen Königlichsten, Glänzendsten, Herrlichsten, den Würdigsten, daß man ihn verehre, anrufe, befriedige, den Gepriesensten, den Mann, der ersehnt und der Verehrung und Anrufung würdig heißt, wie nur ein Wesen sein kann, um des besten Guten willen."

Die Analogie mit den Anschauungen des Buddhismus von der Stellung, welche Buddha im Weltleben einnimmt, drängt sich hier von selbst auf. Wie Zarathustra so ist auch Buddha für den Glauben der Seinen ein Höchster der Menschen, aber nichts Anderes als ein Mensch. Wie Zarathustra so muß auch Buddha zu seiner Zeit, nach einer Ordnung, die in festbestimmten Zahlen, so zu sagen im arithmetischen Rhythmus des Weltlebens begründet ist, auf Erden erscheinen. Wie nach Zarathustra andere Propheten von gleicher Natur kommen werden, um auch andere Zeitalter solchen Segens theilhaftig zu machen, so ist auch Buddha nur Einer neben den Buddhas, die ihm vorangegangen sind und die ihm nachfolgen werden. Man sieht auch hier wieder — wir bemerkten das schon bei der Vergleichung der zarathustrischen und buddhistischen Versuchungsgeschichte — wie weit die Aehnlichkeit der Vorstellungen gehen kann, welche unabhängig von einander unter verschiedenen Völkern durch dieselben Motive

ins Leben gerufen werden. Zugleich freilich drängen sich nicht minder die Verschiedenheiten auf. Zunächst eine äußerliche und im Grunde doch nicht nur äußerliche: die weite Kluft zwischen den Dimensionen der Zahlen und Zeiträume. Wie bescheiden nehmen sich neben den unzähligen, unabsehbaren Weltaltern des Buddhismus die wenigen Jahrtausende der Iranier aus, neben der endlosen Schar der vergangenen und künftigen Buddhas die kleine Reihe der vier zarathustrischen Propheten. Man fühlt den Abstand, ich möchte sagen, der Temperatur der Einbildungs=
kraft. Und weiter, das Bild des Lehrers und Meisters, wie es den Gläubigen vorschwebt, die Ausdrücke, welche sie brauchen, um seine allüberragende Herrlichkeit in Worte zu fassen, wie verschieden auf beiden Seiten! Bei den Zarathustriern — wir erinnern an jenes Gebet zum Genius des Propheten — die ein=
fachen, man kann sagen kindlichen Lobpreisungen seines Glanzes, seiner königlichen Kraft, seiner Würdigkeit angerufen zu werden. Bei den Buddhisten die Ehrfurcht von Denkern vor dem vor=
nehmsten Denker, der aus eigener Kraft das Räthsel des Welt=
leidens gelöst hat, „dessen Sinne stille sind, dessen Seele still ist". Hier spiegelt sich in müden, weltabgewandten Geistern die Gestalt dessen, der durch die Macht des Gedankens, durch die Macht des Entsagens das Thor des Nirvana eröffnet hat, dort in den Seelen eines gesunden, thatenfrohen Volks das Bild des vom höchsten Gott erleuchteten, starken Bundesgenossen dieses Gottes, des großen Lehrers und Vorkämpfers aller Guten.

Ein Zug von Bundesgenossenschaft haftet für diesen Glauben nicht nur dem Verhältniß Zarathustra's, sondern dem des Frommen überhaupt zum Gott an. Der Gedanke der Freund=
schaft, des gegenseitigen Gebens und Nehmens zwischen Gott und Mensch ist ja uralt, und erst auf einer sehr jungen Stufe

der geschichtlichen Entwicklung steigert sich die Erhabenheit des Gottes über den Menschen zu solcher Höhe, daß jener unbedingt nur der Herr und der Gebende, dieser unbedingt nur der Knecht und der Empfangende sein kann. Der vedische Fromme sagt zum Gott: „Gieb mir; ich gebe dir", und wenn er geopfert hat: „Der Gott nahm das Opfer an; er ist erstarkt; er hat seine Kraft gemehrt." Dieselbe Vorstellung ist auch im Avesta keineswegs erloschen. Der regenbringende Sterngott Tishtrya (Sirius?), welcher der überlegenen Kraft des Dämons der Dürre unterliegt, erhebt die Klage:

> Wenn die Menschen
> Meinen Namen verehrten,
> Wie der andern Götter
> Namen sie verehren,
> Würd' ich gewinnen
> Die Kraft von zehn Rossen,
> Die Kraft von zehn Kamelen,
> Die Kraft von zehn Stieren,
> Die Kraft von zehn Bergen,
> Die Kraft von zehn Strömen.

Doch hat sich im Ganzen in der zarathustrischen Auffassung die Idee der Bundesfreundschaft zwischen Gott und Mensch bemerkbar vertieft. Es ist nicht mehr so sehr der rein äußerliche Austausch von Geben und Nehmen, so daß der Gott Opferkuchen oder Getränk, der Mensch Reichthum und langes Leben erhält. Sondern die Bundesgenossenschaft bedeutet jetzt gemeinsames Wirken und Kämpfen für das eine große Ziel. Der gute Gott und der gute Mensch fördern sich gegenseitig im Werke des Guten.

Es kann danach, wenn wir die Gestaltung des Cultus im zarathustrischen religiösen Wesen betrachten, kein Zweifel sein, daß die Grundideen jenes Glaubens ihrer Natur nach, sofern nicht gröbere, unter den Massen herrschende Vorstellungen das Uebergewicht erlangten, einer besonders energischen Betonung des Opferwesens, der alten rohen Veranstaltungen für Speisung und Tränkung der Götter kaum günstig sein konnten. Um das Reich des Guten und sich selbst im Reiche des Guten zu fördern, soll man das Land bauen und dem Vieh Pflege zuwenden: „Wir halten für das Beste," heißt es einmal, „Verehrung und Preis Ahura Mazda's und die Fütterung des Viehs." Man soll Wahrheit und Treue bewahren, „dem Frommen Gutes erweisen, mag er von nah oder fern kommen", gegen böse Menschen Feindschaft üben und böses Gethier ausrotten — kann sich die Vereinigung hoher Ideale und kindlicher Gebundenheit des Denkens deutlicher widerspiegeln als in der Gestalt des Zarathustriers, der Ameisen und Frösche vertilgt, um das Reich des höchsten Guten zu fördern? Vornehmlich aber tritt in jenen Hymnen, welche die Gedanken Zarathustra's am reinsten aussprechen, die Forderung innerlicher Gemeinschaft des Menschen mit Ahura weit vor allem äußeren Cultus in den Vordergrund. Sein ganzes Leben soll man dem Gott zum Opfer bringen:

> Als Gabe giebt Zarathustra
> Des eignen Körpers Leben
> Und guten Denkens Erhöhung
> Dem Mazda. Dem Asha giebt er
> Des rechten Handelns Erhöhung
> Und der Rede Gehör und Herrschaft.

Aber so wahrscheinlich es in der That ist, daß dieser Glaube aus den in ihm selbst liegenden Antrieben nicht allzu viel von einem Opfercultus geschaffen hätte, so selbstverständlich bleibt doch, daß er diesen Cultus, der nun einmal vorhanden war und unaustilgbar im Volksbewußtsein wurzelte, auf seine Weise bewahrte. In jenen ältesten Hymnen freilich wird der berauschende Opfertrank Haoma, der Soma des Veda, mit keinem Wort erwähnt. Aber darum lebte der uralte Somacult doch wie in Indien so auch unter den Zarathustriern fort. Was in einem der populäreren avestischen Texte gesagt wird, könnte ganz ebenso im Veda stehen, daß aus dem Hause, in dem man den Soma bereitet und preist, alles Uebel, das die bösen Geister hervorbringen, verschwindet. Freilich fehlte dem avestischen Haoma-Opfer der vornehmste Somatrinker der Vorzeit, der ewig durstige, rauschesfrohe Gewitterer. Die derbe Pracht des alten Göttergelages verblaßte so zu einem krausen Gewirr von Weihungen und sacramentalen Symbolen, zu einem abgestorbenen Ueberrest vergangenen religiösen Lebens, der sich zum rechten und vollen Ausdruck der neu ins Dasein strebenden Gedanken umzuformen nicht im Stande war.

Näher als der Somacult stand dem zarathustrischen Wesen der alte Feuercult, die Pflege des Sohnes und irdischen Vertreters des Ahura Mazda, des nie schlummernden Gottes voll immerwährenden leuchtenden Lebens. Dem Feuer brachte man in der Morgenfrühe mit reinen Händen das wohlriechende Brennholz, „trockenes, darauf das Tageslicht geschienen, mit heiligen Gedanken zubereitetes". Dann segnete der Gott seinen Verehrer: „Zu dir möge sich Herdenreichthum erheben und Reichthum an starken Kindern. Zu dir erhebe sich der Wunsch deines Geistes, der Wunsch deiner Seele. Lebe ein frohes Leben alle die Nächte, die du lebst!"

Unter den Hauptrichtungen des zarathustrischen Cultus ist endlich, wenn man diesen Ausdruck brauchen darf, der Cultus der Reinheit hervorzuheben: nicht, oder doch nicht in erster Linie, ein Handeln, das sich darauf richtet, die Gnade der Götter zu gewinnen, wie dies der Cultus im engeren Sinn durch Gaben und Verehrung zu erreichen sucht, sondern das hinwegthun schädlicher Substanzen durch wirkliche oder vermeintliche Beseitigungsmittel, ein Grenzgebiet zwischen dem Cultus und einer gewissen primitiven Hygiene. Eine vornehmste Quelle von Gefahren für den Menschen, ja für das ganze Naturleben ist dem Zarathustrier das von Leichen ausgehende Contagium. Der Leiche bemächtigt sich ein Todesdämon in Gestalt einer Fliege. Was der Leiche nahe kommt, wird von diesem Dämon berührt und unrein. So darf der Todte nicht begraben, nicht ins Wasser geworfen, nicht verbrannt werden; sonst wird die Erde, das Wasser, das Feuer durch die Todesunreinheit befleckt. Andere Verunreinigungen drohen von anderen Seiten: die Abfälle des menschlichen Körpers, z. B. die abgeschnittenen Haare und Nägel, sind unrein; die Luft, die man ausathmet, ist unrein. Der Abwehr solcher Gefahren gilt eine Fülle peinlich ängstlicher Vorsichtsmaßregeln: wie Waschungen mit Wasser und Kuhurin, Räucherungen, das Tragen eines Schleiers über Nase und Mund bei priesterlichen Verrichtungen, um das heilige Feuer vor dem eigenen Athem zu schützen, die Aussetzung der Leichen auf einsamen Höhen oder auf jenen Leichenthürmen, wo die Geier schnell die verderbendrohenden Stoffe beseitigen. Ueber das Alter der einzelnen Gebräuche in ihren Details mag man zweifelhaft sein. Aber es wäre verfehlt, den ganzen Typus solcher Reinheitsvorschriften um des Geistes der Kleinlichkeit willen, der ihnen anhaftet, dem alten, echten zarathustrischen Religionswesen absprechen und in ihnen nur die Schöpfungen eines degenerirten Priesterthums späterer Zeiten sehen zu wollen. Dieselben Geister, welche die erhabene Idee des Guten, die mächtige Gestalt des Weltbeherrschers Ahura Mazda schaffen konnten, waren doch über die Zusammenhänge von Ursachen und Wirkungen in den Naturvorgängen — vor Allem in denen, welche das menschliche Wohlsein beeinflussen

— von Auffassungen sehr primitiver Art beherrscht, deren nothwendige Consequenz eben jener Reinheitscultus gewesen ist. Die geschichtliche Betrachtung muß Züge dieser Art an der Stelle stehen lassen, an der sie eben stehen. Wir dürfen sie nicht übersehen, aber ebenso wenig darf ihnen im Vergleich mit den Ideen, die wir als die wahrhaft wesentlichen in dieser religiösen Bewegung zu erkennen haben, eine übertriebene Bedeutung beigelegt werden.

Wir schließen unsern Ueberblick über die zarathustrischen Lehren, indem wir fragen, welches das Ende des weltumfassenden Kampfes zwischen Gut und Böse sein wird. Es ist schon berührt worden, daß Zarathustra den Glauben an Himmelslohn und Höllenstrafen, dessen Grundzüge er unzweifelhaft als längst feststehend vorfand, beibehalten hat. Aber die beherrschenden Gedanken seiner Weltauffassung drängten doch auf eine andere Beantwortung der Frage nach dem letzten Ziel alles Daseins hin. Das Problem, welches der Gegensatz des Guten und Bösen enthielt, blieb ungelöst, wenn jener Gegensatz sich in dem Gegenüberstehen hier eines Himmels, dort einer Hölle durch die unbegrenzte Zukunft des Jenseits verewigen konnte. Der Kampf mußte eine Entscheidung finden, und für den lebensfrohen Sinn der Zarathustrier war diese Entscheidung nur als ein Sieg des Guten denkbar. So lagerten sich über den Himmels- und Höllenglauben neue, anders geartete Vorstellungen. Sie sind den apokalyptischen Visionen vergleichbar. Ihren Anfängen nach lassen sie sich auf die ältesten Hymnen zurückverfolgen: eine große Entscheidung, die man, wie es scheint, als nahe bevorstehend ansah, und das Kommen des Gottesreiches. Später schoben sich begreiflicher Weise diese Hoffnungen auf eine fernere Zukunft hinaus. Der letzte der Propheten wird erscheinen. Die Todten werden auferstehen und einen neuen, geistigen Leib empfangen. Ein ungeheurer Kampf wird gekämpft werden; er wird mit der Vernichtung des Bösen, mit der Begründung einer seligen Welt des Guten enden. „Er (der kommende Prophet) wird die Welt zum Ziele führen, daß sie frei von Alter und Tod sei, von Verwesung und Fäulniß, voll ewigen Lebens, voll ewigen Wachsens, ihrer selbst mächtig, wenn die Todten auferstehen, wenn den Lebenden Unsterblichkeit werden und die Welt nach Wunsch zum Ziel gelangen wird."

Das ist die letzte, große Zukunftshoffnung des zarathustrischen Glaubens.

IV.

Mehrfach haben wir jener Hymnen (Gathas) zu gedenken gehabt, welche im Avesta eine hervorragende Stellung einnehmen. Sie sind in alterthümlicherer Sprache als die übrigen Texte verfaßt und genießen bei den Gläubigen besondere Verehrung. An diesem vornehmsten Document der Zarathustralehre dürfen wir nicht vorübergehen, ohne es etwas eingehender zu betrachten.

Wir erwähnten schon, wie die Ueberlieferung das Bild Zarathustra's ausmalt, „das Feuer besorgend und Gathas singend", und so weist auch der Wortlaut selbst jener „Gathas des heiligen Zarathustra", wie sie einmal genannt werden, an vielen Stellen auf den Propheten in eigener Person als auf den Redenden hin. Der Zarathustra aber, welcher hier spricht, ist nicht jener Zarathustra der späteren Legende, dessen Gestalt Mythus und Dogma in übermenschlicher Größe fixirt haben. Es ist ein wahrer, lebendiger Mensch. Wir sehen ihn in Noth und Kampf; wir hören ihn von seinem Prophetenberuf mit den Sorgen, die er bringt, reden und davon, wie er aus dem Vertrauen auf Mazda Kraft und Zuversicht schöpft. Ich glaube, daß das Alles nicht auf bloßer literarischer Fiction beruht, sondern daß uns hier wirklich — ein Denkmal

von wundervollem Werth — Worte erhalten sind, in die der
große Mann selbst seine Seele ergossen hat. Und wenn es neben
ihm noch andere Dichter sein mögen, die an jenen Poesien ge=
schaffen haben, dürfen wir in diesen doch Männer aus dem
engsten Kreise des Propheten oder seine nächsten Nachfolger
vermuthen und gewiß sein, auch bei ihnen dem echten Aus=
druck der Gedanken und Stimmungen, wie sie um Zarathustra
lebendig waren, zu begegnen.

Die Poesie der Gathas bewegt sich in gemessenem Schritt,
ernst und schwer. Sie ist arm an allem Farbenglanz, an Bildern
und Gleichnissen, an dem Schwung der Beredsamkeit alttesta=
mentlicher Propheten. Keine Vermittlungen und Uebergänge,
kein Fließen, Gleiten, Sichschmiegen. In abgerissener Schroff=
heit, in immer gleicher Wucht, oft nur kurz, ja dunkel ange=
deutet, steht ein Gedanke, ein Gedankenfragment neben dem
andern oder kehren dieselben Ideen in eintönigen Wiederholungen
einmal über das andere wieder. Immer dieselbe Richtung des
Blickes nach oben und nach innen; dort liegen die vornehmsten
Güter und Entscheidungen, von deren übergroßem Gewicht in
echter und tiefer Ergriffenheit geredet wird. Immer dieselben
gestaltlosen Gottheiten, das beste Gute, der gute Geist; dieselben
Worte heftigen und feierlichen Zornes gegen die, welche der
Verkündigung des Propheten widerstreben, das Reich des Guten
befeinden. Ein enger Horizont; wenige, große Ideen und ernste,
starke Empfindungen.

Bald wendet sich der Dichter im Gebet an seine göttlichen
Schützer, bald redet er lehrend und ermahnend zur Gemeinde.
Die Gottheiten und Genien des Volksglaubens, wie Mithra
oder die Vorfahrengeister, sind für die Gathas nicht vorhanden.
Es ist allein der eigenste, innerste Kreis der zarathustrischen
Götterwelt, Mazda selbst und die Amesha Spenta, bei denen

hier alle Gedanken weilen, jene strahlende Schar der streitbaren Mächte des Guten, gleichsam eine Fluth durch einander schwebender, mit einander verschwimmender himmlischer Lichtwolken. Die Nähe dieser Götter fühlt der Dichter. Vor ihnen beugt er sich in Demuth. Ihnen schüttet er Sorgen und Hoffnungen, sein ganzes Herz aus. Er fragt sie; sie antworten ihm; von ihnen fließt ihm Kraft zu.

> Welcher Hülfe ist meine Seele mächtig?
> Für meine Herden, für mich wer wird als Schützer erfunden?
> Wer anders als das Gute und als du, Mazda, du Herrscher,
> Gewißlich ihr, die ich rufe, und als der beste Geist?

Von diesen himmlischen Herren der Wahrheit sich erleuchten zu lassen und dann dem Volk die Botschaft verkünden: das ist das Werk, zu dem der Dichter sich berufen fühlt. Er erzählt, wie der Höchste ihm erschienen ist und sich ihm offenbart hat:

> Daß du heilig bist, Mazda, du Herrscher, hab' ich gesehen,
> Als zu mir kam der beste Geist
> Und mich fragte: "Wer bist du? Wem gehörst du?
> Kannst du mir ein Zeichen setzen für die Tage,
> Da wir uns befragen wollen über dich und die Deinen?"
>
> Und ich antwortete zuvörderst: "Ich bin Zarathustra!
> Ein echter Feind, so viel ich vermag, dem Schlechten,
> Aber dem Guten sei ich kräftige Freude,
> Auf daß ich nach Wunsch des Himmels Genüsse erlange,
> Indem ich dich, Mazda, lobe und preise.
>
> Und daß du heilig bist, Mazda, hab' ich gesehen,
> Als zu mir kam der beste Geist
> Und mich fragte: Was begehrst du zu wissen?
> Und als deinem Feuer Gebetes Gabe ich brachte,
> Damit ich das Gute, so viel ich könnte, verstände.
>
> (Der Gott redet:)
>
> So sollst du mein Gutes sehen, wenn ich dich rufe
> Zu mir zu kommen, vereint mit der Göttin der Weisheit.
> Und was du uns fragen willst, frage,

Denn wie mächtiger Herren Frage gilt uns die deine,
Da der Gebieter dir Macht giebt und dich befriedigt.

  (Zarathustra spricht weiter:)
Daß du heilig bist, Mazda, du Herrscher, hab ich gesehen,
Als zu mir kam der beste Geist,
Als ich zuerst durch eure Worte belehrt ward.
Leid erfährt bei den Menschen, wer sich dir hingiebt.
Aber was ihr das Beste nennt, gethan soll es werden.

Von diesem Leid, das die Hingabe an Mazda bringt, reden die Dichtungen oft schlicht und ergreifend. Sie klagen, daß der Unterdrücker der Gebote Gottes der Stärkere ist, daß der Böse nicht als das, was er ist, erkannt wird. „Wann werde ich dich, o Asha, sehen?" fragt der Dichter, und er betet: „Wenn ihr in Wahrheit da seid, Mazda mit Asha und dem guten Geist, so gebt mir dessen ein Zeichen." Er klagt Gott seine Noth:

Zu welchem Lande soll ich mich wenden? Wohin soll ich gehen?
Von Verwandten und Freunden verstößt man mich.
Nicht sinnen die Nachbarn Gutes gegen mich
Noch des Landes böse Beherrscher.
Wie soll ich dir, Mazda Ahura, was dir gebührt, erweisen?

Ich weiß, o Mazda, warum es mir schlecht geht,
Warum ich wenige Herden habe und wenige Mannen.
Das klag' ich dir. Sieh du darein, Herr,
Gieb mir Freude, wie der Freund dem Freunde sie bietet.

Aber solche Zweifel und Klagen werden doch weit überwogen von dem Ausdruck gewisser Zuversicht. Vor des Dichters Geist steht die gottgegebene Erkenntniß. Sie ist nicht, wie so viele unter den Lehren der indischen Speculation, ein eifrig gehütetes Geheimniß; er fühlt sich berufen, durch sie „die Welt zum Ziele zu führen", „die rechten Wege des Heils zu zeigen in dieser körperlichen Welt und in der des Geistes", „alle Lebenden für den Glauben zu gewinnen". Predigend tritt er vor die Menge:

Höret mit euren Ohren das Beste, betrachtet die Wahrheit mit dem Geiste,
Daß ihr den Glauben wählt, Jeder für sich, Mann für Mann,
Vor der großen Entscheidung, merkend auf unsere Lehre.

Und ein andres Mal:

Ich will reden. Nun lauscht mir, nun höret zu,
Die ihr von nah und die ihr von fern Verlangen tragt.
Nun bedenkt Ihn alle, denn Er ist offenbar.
Nicht soll zum zweiten Mal der Irrlehrer die Welt zu Grunde richten,
Der Schlechte, dessen Zunge böse Wahl gewählt hat.

Und verkünden will ich die beiden Geister, die im Anfang waren,
Von denen der Heilige also sprach zu dem Bösen:
Nicht kann sich unser Sinn vereinen, nicht Lehre noch Denken,
Nicht unser Wollen, nicht Worte noch Thaten,
Nicht unsre Satzungen, nicht können sich unsre Seelen vereinen.

Und verkünden will ich, was in dieser Welt das Erste,
Wie mir's gesagt der Wissende, Mazda der Herrscher:
Wer von euch nicht handeln wird nach dem Worte,
Wie ich es meine und wie ich es sage,
Dem wird das Ende der Welt zum Elend gereichen . . .

Und verkünden will ich den Größten von Allen,
Preis durch das Gute dem Weisen unter den Wesen bringen.
Durch seinen heiligen Geist höre es Mazda, der Herrscher,
Den ich anzubeten gelernt vom besten Geiste.
In seiner Weisheit mög' er das Beste mich lehren . . .

Ihn bring' ich herbei mit des Gebetes Lobpreis,
Denn jetzt möchte ich es vor Augen schauen,
Das Reich guter Gedanken und Werke und Worte,
Der durch das Gute ich Mazda, den Herrn, erkenne.
Anbetung woll'n wir ihm weihen im Paradiese[1].

---

[1] Es darf nicht verschwiegen werden, daß die vorstehenden Uebersetzungen in vielen Einzelheiten unsicher sind, wie überhaupt die Erklärung der Gathas fast durchweg voll von Problemen ist, deren sichere Lösung noch nicht gelungen ist und vielleicht nie gelingen wird. Ich muß mich hier besonders den Arbeiten von Bartholomae und Geldner zu Dank verpflichtet bekennen.

Auf die Gegner solcher Verkündigungen häufen die Gathas das volle Maß rechten Priesterhasses. Wenn es zwischen Priester und Priester, so lange die alte Einheit eines Volks in seiner Gottesverehrung noch bewahrt ist, nur rein persönliche Rivalität geben kann, so fließt da, wo jene Einheit sich aufgelöst hat, wo Glaube gegen Glauben steht, die persönliche Feindschaft mit der Feindschaft der Gedanken, der Feindschaft des Rechtgläubigen gegen die verderbenbringende Irrlehre zusammen. So weitet jener Haß sich aus; er vertieft und verbittert sich. Wer gegen den Schlechten gut ist, der ist selbst ein Schlechter. Wer ihm aber Böses thut mit Gedanken oder Worten oder mit seinen Händen, der erfreut Ahura Mazda. Der Gott wird wider den Feind angerufen: „durch den guten Geist wirke seinen Tod"; „hilf dem Gerechten, daß er den Bösen verwunde." Und die Gläubigen ermahnt der Dichter, nicht auf die falschen Lehrer zu hören, welche Haus und Gau und Land in Elend und Tod stürzen: „trefft sie mit dem Schwert!" Solche Ausbrüche der Feindschaft ziehen sich durch die Gathas vom Anfang bis zum Ende. Selbst in die festlichen Töne einer Dichtung wie jenes Hochzeitsliedes für die Tochter des Propheten klingen die Dissonanzen dieses Hasses hinein: die Schilderung des frommen Eheglücks schlägt dort zum Schluß in einen leidenschaftlichen Erguß gegen die Feinde des Propheten um. Die Uebelthäter sollen heulen; sie sollen bald in des Todes Schlingen gerathen. Wo ist der gerechte Gott, der sie um Leben und Freiheit bringen wird?

Wer möchte erwarten, in jener Zeit den Stimmungen moderner Toleranz zu begegnen? Wie Jesaias oder Jeremias, so wäre auch Zarathustra nicht gewesen was er war, ohne diesen starken und harten Haß gegen seine Feinde, in denen er, die Seele geschwellt von dem Bewußtsein, der Kämpfer Mazda's zu sein, die Feinde Gottes und des Guten erkannte.

V.

Die Untersuchungen, welche dem Religionsforscher obliegen, sind Untersuchungen ähnlich, wie sie der Zoolog oder Botaniker zu führen hat. Wie dieser auf die thierischen oder pflanzlichen Organismen, so hat jener auf die verschiedenen Species der Gattung Religion die Methoden man kann sagen einer auf das geistige Gebiet übertragenen vergleichenden Anatomie anzuwenden. Und diese Methoden werden ihn beständig zu Ergebnissen führen genau gleichartig denen, zu welchen sein naturwissenschaftlicher Mitforscher gelangt. Dieser ist gewohnt, neben den Organen, welche den gegenwärtigen Lebensbedingungen eines Thieres oder einer Pflanze entsprechen und aus ihnen erklärbar sind, auf Schritt und Tritt auch solche oder die verkümmerten Spuren solcher anzutreffen, die sich allein aus den längst vergangenen Verhältnissen erklären, unter welchen die Vorfahren der jetzigen Species den Kampf ums Dasein gekämpft haben. So erkennt auch unter den Vorstellungsmassen, wie sie in den heiligen Texten einer Religion meist mehr oder minder durch einander gehäuft vorliegen, ein geübtes Auge bald die Erzeugnisse weit von einander entfernter Zeitalter und Denkformen. Oft hat Uraltes sich in unveränderter Lebendigkeit inmitten jüngerer Umgebung bewahrt, indem die Bedingungen, aus denen es einst hervorgegangen, sich fortdauernd wirksam erhalten haben. Oft andererseits ist das Alte stehen geblieben, trümmerhaft und ohne Leben, aber doch stehen geblieben: Vorstellungen oder Gebräuche, welche den veränderten Richtungen des äußern Lebens oder Seelenlebens nicht mehr entsprechen, die aber doch von der Vergangenheit her allzu tief in den Geistern festgewurzelt sind um untergehen zu können. Oft endlich ist das Alte von neuen Strömungen erfaßt und mitgerissen, in den Dienst neuer Bedürfnisse und Tendenzen gestellt worden; dann hat es ebensowenig seine ursprüngliche Gestalt unverändert bewahrt, wie es die Gestalt angenommen hat, welche jene Neuentwicklung einem frischen, aus ihr allein hervorgegangenen Product verliehen haben würde: vielmehr vermischen und verschlingen sich dann die Elemente des Alten und Neuen oft unauflösbar, oft doch nicht so fest, daß nicht geduldige Forschung sie zu entwirren im Stande wäre. Erst dann aber, wenn wir in größerer oder geringerer Annäherung ermittelt haben, was eine Religion als Erbtheil aus der Vergangenheit übernommen hat, werden uns, von diesem Hintergrund sich abhebend, die eignen, neuen Mächte des Denkens und Fühlens, welche jener ihr Gepräge geben und in denen ihr lebendigstes Leben sich ausdrückt, erkennbar werden, so viel hier eben unter den Dunkelheiten, die das Gesichtsfeld überschatten, an solche Erkennbarkeit gedacht werden kann.

Wir haben an einzelnen Punkten unserer Darstellung die Anwendung dieser Betrachtungsweise auf den Glauben des Zarathustra schon gestreift. Hier wird der Ort sein, ihre zusammenhängendere Durchführung zu versuchen.

Wie in jedem Glauben, so fehlt es auch in diesem nicht an Vorstellungen und Gebräuchen, welche aus den Zeiten fernster Anfänge des religiösen Wesens, aus den vor aller Geschichte liegenden Perioden der Wildheit und der Halbwildheit stammen. Dort sind gewisse Grundformen ausgeprägt worden primitiver Erfassung der in der Welt waltenden Geister oder Zaubermächte und kindlicher, wilder Kunst, diese Mächte sich zum Heil zu beeinflussen: Vorstellungen, von denen Reste und Spuren, ja ganze compacte Massen sich oft, wie bekannt, mit unverwüstlicher Zähigkeit bis in hohe und höchste Religionsformen hinein erhalten haben.

Aus dem zarathustrischen Glauben dürfen wir hierher z. B. die Rolle rechnen, welche die Verehrung der Vorfahrengeister spielt. Wir erwähnten, wie die Seelen der Hingeschiedenen in den Dörfern umgehen, um sich speisen zu lassen, wie sie ihren Nachkommen Regen für die Weiden und Sieg in der Schlacht spenden. Mit dem Glauben an das dem Erdenleben weit entrückte Dasein der Verstorbenen in Himmel und Hölle stehen diese Anschauungen im Grunde im Widerspruch. Wir treffen hier eben, vermischt mit Vorstellungen, die eine höher entwickelte Phantasie geschaffen hat, auf solche, die den ältesten Phasen religiösen Wesens angehören; über die ganze Erde verbreitet, auch bei den wildesten Völkern findet sich der Glaube an Seelen, welche die Wohnsitze der Lebenden umschweben und ihnen Gutes und Uebles zufügen, ein Glaube, der sich dann im letzten Grunde unverändert — man denke an die christliche Heiligenverehrung und an die Gebräuche des Allerseelentages — bis auf hohe Stufen von Religion und Cultur erhalten hat und noch erhält.

Aehnlich Altes liegt vor, wenn der zarathustrische Priester beim Opfer heilige Baumzweige mit geweihtem Wasser in mannigfache Berührung bringt: der Vegetation soll Wasser zugeführt werden — ohne allen Zweifel ein Regenzauber, wie er den Zauberern der Wilden so gut wie dem heutigen Volksglauben auch europäischer Völker überall in wesentlich gleicher Gestalt geläufig ist.

In denselben Zusammenhang gehören weiter jene von uns beschriebenen abergläubischen Abwehrmaßregeln gegenüber allen Verunreinigungen, d. h. gegenüber der Infektion durch schädliche körperliche, luftförmige, geisterhafte Substanzen, insonderheit solche, die zu dem Tode und zu Todten in Beziehung stehen. Die zarathustrische Grundanschauung vom welterfüllenden Kampf zwischen Gut und Böse konnte, sobald sie sich ins Kleine und Kleinliche verfing, der Ausbildung dieses Reinheitscultus nur günstig sein. Ihrem Ursprung nach reichen aber auch diese Vorstellungen und Gebräuche, wie keinem Zweifel unterliegen kann, in die fernste Vergangenheit zurück.

Auf jene Vorzeit des Seelencultus, des dumpfen Treibens der Regenzauberer und Medicinmänner folgt dann die Periode des Glaubens an große, lichte, in unvergleichliche Höhe emporgehobene Götter und die Verehrung dieser Götter mit kunstvoll geordnetem Opfer und Loblied. Als die Vorfahren der Iranier und Inder ein Volk bildeten, war schon längst diese höhere und reinere Form von Glauben und Cultus zur Herrschaft gelangt. Ihr angehörige Gestaltungen dürfen wir von vornherein erwarten in besonderer Stärke unter dem ererbten Bestande vertreten zu finden, welchen der Zarathustrismus aus der Vergangenheit übernommen und auf dem er den Bau seiner eignen Ideenwelt errichtet hat. Um hier feste Ergebnisse zu gewinnen, sind wir aber glücklicher Weise nicht auf Schlüsse allein aus der inneren Wahrscheinlichkeit angewiesen. Wir besitzen greifbare Documente. Von der religiösen Poesie zwar, welche jenes vorgeschichtliche indoiranische Muttervolk schon in reicher Entwicklung besessen haben muß, ist uns auch nicht eine Zeile erhalten. Aber mit Hülfe der Zeugnisse, die uns das indische Brudervolk der Nation Zarathustra's bietet, können wir doch zu einem klaren und bestimmten Bilde von der gemeinsamen geistigen Vergangenheit gelangen. Wie die beiden Dialecte, so stehen sich auch — wir haben dies schon oben berührt — die religiösen Literaturen von der einen und von der andern Seite des Hindukusch, der Veda und die zarathustrischen Bücher, unbeschadet tiefgehender Differenzen, in vielen Beziehungen sehr nah. Die Götter der beiden Nationen sind zum nicht geringen Theil die gleichen. Und jenen Göttern tragen Priester, die mit denselben Namen benannt sind, Hymnen vor, welche in denselben oder verwandten Versmaßen gedichtet sind; sie bringen dieselben Opfergaben dar, vor Allem den heiligen Rauschtrank, welcher Götter und Priester begeistert. So wird der Veda zu einem Document ersten Ranges, wie er es für die Erforschung der zarathustrischen Sprache ist, so auch für die der zarathustrischen Religion: er verknüpft sie mit festen Punkten, die außer ihr liegen; er macht es möglich, den Götterglauben und die Götterverehrung der indoiranischen Zeit, die nächste, breite Grundlage des zarathustrischen religiösen Wesens, als eine vergleichsweise bekannte Größe in Rechnung zu stellen.

Ein erstes und wichtigstes Ergebniß nun, zu dem solche Untersuchungen uns führen, ist die wenigstens unsern Vermuthungen erreichbare Herstellung der Vorgeschichte der mächtigsten unter den zarathustrischen Göttergestalten. Der Weg oder doch wichtige Strecken des Weges scheinen uns erkennbar zu werden, auf dem Ahura Mazda zu seiner allüberragenden Hoheit emporgestiegen ist.

Es läßt sich erweisen, daß es unter der Götterwelt des indoiranischen Volks einen Kreis von sieben mit einander zusammengehörigen himmlischen Herren gegeben hat. Zwei von ihnen, die beiden Größten, bildeten ein eng verbundenes Paar; neben ihnen standen fünf Kleinere. Von jenen beiden ist der Eine der Gott Mithra, dessen Verehrung sich später vom Orient aus durch das ganze Reich der antiken Cultur verbreitet hat. Der Zweite ist ein noch Größerer, allen Andern Voranstehender. Er hat die Ordnungen der Welt geschaffen, der Sonne den Weg gebahnt. Mond und Sterne wandeln nach seinem Gebot durch die Nacht; er läßt die Flüsse zum Meere strömen. Von seiner

Himmelshöhe sieht er schlaflos und untrüglich auf das Thun der Menschen herab. Er durchschaut auch ihre verborgensten Thaten. Den Listigen, Zauberkundigen überlistet er mit seiner noch größeren Zaubermacht; den Schlingen, die er ausgebreitet, entrinnt der Uebelthäter nicht. Im Veda heißt dieser Gott Varuna. Er und überhaupt die Götter jenes ganzen Kreises werden dort besonders häufig als asura, d. h. ursprünglich etwa „Besitzer geheimer Zaubermacht," benannt. Das Wort asura lautet in der iranischen Sprache ahura; der Gott des zarathustrischen Glaubens, welcher seinem Ursprung nach mit Varuna, dem großen Asura des Veda, zusammenfällt, ist kein Andrer als Ahura Mazda.

Für die Indoiranier war dieser große Gott doch nicht der einzig Große, vielleicht auch nicht der Größte. Andere Götter standen neben ihm, vor Allen der gewaltige, stierkräftige Gewitterer, der siegreichste Dreinschläger, der immer durstige Trinker des berauschenden Soma, der Verleiher von Macht und Sieg an seine Freunde, die freigebigen Opferer. Aber man sieht doch, daß gerade in der Gestalt jenes Asura Elemente enthalten waren, aus denen die geschichtliche Entwicklung einen größten, ja einen einzigen Gott bilden konnte. Immer mehr ließ diese Entwicklung die Bedürfnisse geordneten socialen Lebens in den Vordergrund treten, die Tendenzen einer ihres eignen Wesens bewußten Cultur, und damit die Vorstellung göttlichen Waltens über Recht und Ordnung, göttlichen Wohlgefallens an culturschaffender Arbeit. Das Alles mußte um so entschiedener betont werden, je mehr für das religiöse Wesen vor den unbeholfenen Ideen von Bauern oder Kriegern die geordnete, man kann sagen berufsmäßige geistige Arbeit eines Priesterstandes maßgebend wurde. Dem entsprechend mußte jener geistigere Gott, der Kluge, Kunstreiche, Ordnungen Schaffende und Erhaltende, immer größere Aussicht haben, gegenüber dem starken, plumpen Riesen das Uebergewicht zu gewinnen. Es ist begreiflich, daß zugleich mit diesem Größerwerden des Gottes sich auch eine gewisse Läuterung seines Wesens vollzog. In der alten Zeit, für welche das Ideal geistiger Macht und kunstvoll schöpferischen Gestaltens nothwendig zugleich die düsteren, verworrenen Züge des Zauberthums an sich trug, war dieser Gott ein größter Zauberer gewesen, auf dessen dunkel verborgener Kunst das Weltdasein beruht. Jetzt mußten diese Züge zurücktreten: immer siegreicher mußte der Charakter lichter, hoheitsvoller Weisheit durchbrechen. Und wie endlich die Potenz des Lichts, der Ordnung, mit einem Worte des Guten, in voller Bestimmtheit als die eine große Weltmacht erfaßt wurde, welche alle wahren Werthe des Daseins in sich schließt, mußte der Gott, in welchem jene Potenz ihren persönlichen Ausdruck fand, aus dessen Mund sie redete, mit dessen starkem Arm sie handelte, zu einer so unvergleichlichen Höhe emporrücken, daß neben ihm, dem Herrscher im Reiche des Guten, alle andern Götter nur als Gehülfen, als Diener gelten konnten.

In der Dämmerung vorhistorischer Zeiten, von denen kein Wort directer Ueberlieferung erhalten ist, scheint sich so die Spur der Vorgänge erkennen zu lassen, in welchen sich die Umgestaltung des großen Asura, des Zaubergottes der Indoiranier, zu dem zarathustrischen Ahura Mazda, dem höchsten Herrn alles Guten, vorbereitet und schließlich vollendet hat.

Ich meine aber, daß wir noch weiter gehen, die Vorgeschichte jenes Gottes noch durch ein weiteres Stück Weges, in noch entlegenere Fernen zurückverfolgen können.

Wir wissen, daß die meisten großen Gottheiten der alten Mythologien ursprünglich Verkörperungen von Naturwesenheiten waren. Zeus ist der Himmel gewesen, ehe er zum höchsten

Lenker aller Geschicke wurde. Sind Spuren vorhanden, die ähnlich auch für die Gestalt des Ahura Mazda als allerletzte Grundlage einen Naturkörper oder eine Naturerscheinung ergeben?

Mir scheint eine sehr deutliche solche Spur in der erwähnten Stellung des Gottes an der Spitze von sieben einander ähnlichen Göttern zu liegen: er selbst der Größte, neben ihm, ein Paar mit ihm bildend, Mithra; die fünf Andern kleiner. Nun ist Mithra zweifellos ursprünglich ein Sonnengott gewesen und noch für das Bewußtsein späterer Zeiten ein Sonnengott geblieben; zahllose durch die antike Welt zerstreute Monumente zeigen sein Bild mit der Inschrift Deo Soli invicto Mithrae „dem Gott Sonne, dem unbezwinglichen Mithras." Ist es da nicht klar, daß jene Sieben ursprünglich die sieben himmlischen Lichter, Sonne, Mond und die fünf dem Alterthum bekannten Planeten gewesen sind? So erklärt sich die Zusammengehörigkeit der beiden Großen zu einem Paar und ihr Größenunterschied gegenüber den fünf Kleinen; so erklärt es sich, daß die Inder Mitra zum Herrn des Tages, Varuna — jenen Gott, welcher bei ihnen dem Ahura Mazda entspricht — zum Herrn der Nacht machen. Befremden könnte es nur, daß dem Mond und nicht der Sonne die erste Stelle angewiesen ist. Aber das Bedenken schwindet, wenn es uns gelingt, uns in die Denkweise der Culturstufe, welche diese Götter geschaffen hat, zurückzuversetzen. An Anhaltspunkten hierfür fehlt es uns nicht. Mondgötter als höchste Götter sind nicht selten. Die Sumerier, die Begründer der chaldäischen Civilisation, erkannten in Nannar, dem Mondgott von Ur, „den Herrn und Fürsten der Götter": sie beteten zu ihm: „Am Himmel wer ist der Höchste? Du allein bist der Höchste. Auf Erden wer ist der Höchste? Du allein bist der Höchste." In der Verehrung der Indianer

Amerikas hat der Mond vielfach den Vorrang vor der Sonne, und zwar — dies ist für uns von besonderer Bedeutung — tragen die auf ihn bezüglichen Vorstellungen oft einen bösen, unheimlichen Anflug. „Der Mond," sagen ähnlich die Finnen, „hat ein sonderbares, mannigfaltiges Aussehen. Bald ist er schmal, bald wiederum allzu breit in seinem Gesicht. Nachts ist der Grause in Bewegung, Tags ruht er." Haben wir hier nicht den Schlüssel zu jenem Hervortreten der Mondverehrung? Der himmlische Nachtwandler, der so bedenklich im Dunkeln sein Wesen treibt, der mit solcher Kunst seine Erscheinung fortwährend zu verändern und sich oft ganz unsichtbar zu machen weiß, ist offenbar ein viel gefährlicherer Zauberer als die Sonne, welche immer in derselben Gestalt am hellen Tage waltet. Daß dann die fortschreitende Entwicklung eben diesem nächtlichen Gott die Herrschaft über Recht und Ordnung der Welt beilegte, und daß weiter diese Vorstellung sich so zu sagen der ganzen Lebenskraft des Gottes in dem Maße bemächtigen konnte, daß darüber seine ursprüngliche Mondnatur zurücktrat und schließlich völlig vergessen wurde, ist ebenfalls begreiflich. Auf der einen Seite war der Mondgott als der größte Zauberer vornehmlich dazu befähigt, die kunstvollen Bewegungen des Weltalls einzurichten und durch seinen Willen zu lenken; auf der andern mußte gerade er, dessen Auge durch die Nächte blickt, vor allen andern Göttern eben die Sünden erspähen, welche sich im Dunkel verbergen und denen gegenüber darum das Bedürfniß nach einem göttlichen Wächter besonders stark gefühlt wurde.

So glauben wir in entlegenstem Alterthum als ersten, fernsten Vorläufer des Ahura Mazda einen Mondgott anzutreffen[1].

---

[1] Man mißverstehe dies nicht dahin, als solle Ahura Mazda hier für einen Mondgott erklärt werden. Als der Gott die Gestalt des Ahura Mazda

Langsam mächtige, gewiß nach Jahrtausenden zu bemessende Wandlungen menschlichen Denkens und Trachtens spiegeln sich in der Geschichte dieses Gottes wider, in diesem Wege von der tückisch gefährlichen Gestalt des Zauberers Mond zu dem kunstvoll weltordnenden Asura der Indoiranier und weiter zu der leuchtenden Erhabenheit des höchsten Herrn alles Guten, den Zarathustra anbeten lehrte.

Was sich uns bei dem großen Asura ergeben hat, wiederholt sich in Bezug auf die meisten Hauptgestalten des zarathustrischen Glaubens: sie sind schon in indoiranischer Zeit vorhanden gewesen. Oder wenn dies nicht, so sind sie wenigstens in Stellen eingerückt, an welchen in entsprechender Gruppirung schon damals Gottheiten standen, die nun durch neugeschaffene Gebilde ersetzt wurden. Ueberall aber ist das Altgegebene, Ererbte — freilich, wie sich von selbst versteht, nicht an jeder Stelle gleich durchgreifend — in der Richtung umgeformt worden, welche durch die Worte Asha und Ahura Mazda bezeichnet wird. Nicht mehr wie vordem das unabhängige Nebeneinanderstehen hier eines Gottes, dort eines Gottes, wie in der Natur

---

trug, war längst vergessen, daß er einst der Mond gewesen war. So konnte man jetzt ohne Widerspruch von ihm sagen, daß die Sonne sein Auge ist, daß er der Sonne den Weg geschaffen hat u. dgl. m. — Ich bemerke noch, daß ich die nähere Begründung der hier entwickelten Auffassungen in meiner „Religion des Veda" (S. 185 ff.) und in der „Zeitschrift der Deutschen Morgenländischen Gesellschaft" (Bd. 50, S. 43 ff.) gegeben habe. Die dort vorgetragene Vermuthung (vgl. auch oben S. 71), daß der Götterkreis von Mond, Sonne und Planeten dem indoiranischen Volk von einem fremden, in der Himmelsbeobachtung weiter fortgeschrittenen Volke, etwa aus Chaldäa, zugebracht worden ist, habe ich hier absichtlich bei Seite gelassen, obwohl ich sie trotz dem vielfach gegen sie erhobenen Widerspruch nach wie vor — zumal nach den neuerdings von assyriologischer Seite her beigebrachten Bestätigungen (siehe Hommel in den Proceedings of the Society of Biblical Archaeology, März 1899) — für durchaus wahrscheinlich halte.

die zur Vergöttlichung sich drängenden Erscheinungen auftreten. Sondern eine große Heerschar guter, lichter, streitbarer Helfer und Diener des Ahura Mazda. Das Feuer, sein Sohn, die Wasser, die er geschaffen hat, wirken an dem großen Werk des Guten mit. Am deutlichsten tritt der Charakter dieser Umformung da hervor, wo sie am freisten gewirkt, wo sie von dem alten Bestande nur so zu sagen den Grundriß übrig gelassen hat. An der Stelle jener kleineren Gefährten des großen Gottes, in denen wir nach ihrem ursprünglichen früh vergessenen Sinn Planetengötter zu erkennen meinen, stehen im neuen Glauben die Amesha Spenta, diese vergöttlichten Abstraktionen, wie „die heilige Weisheit," „das beste Gute". Hier schöpft das zarathustrische Denken ganz aus sich selbst, und was es erschafft, sind jene Gestalten, in denen das reine Licht des Asha sich in eine Vielheit leuchtender Strahlen bricht. Aber hier bewahrt sich wenigstens in der Zahl dieser Gottheiten, in der Weise ihrer Zusammenordnung eine letzte, leiseste Spur davon, daß einst Gebilde anderer Art an dieser Stelle gestanden haben.

Die meisten der alten Götter treten natürlich im zarathustrischen Glauben als gute Wesenheiten auf. Wie wäre es anders denkbar bei dem lichtbringenden Feuer, dem Freunde und Wächter der menschlichen Wohnungen, oder den Wassern, den Spenderinnen der Fruchtbarkeit, dem unschätzbaren Segen für Weiden und Aecker, oder bei Mithra, dem Feinde der Lüge, dem Beschützer der Verträge und der Treue? An einigen Stellen aber erscheinen auch unter den bösen Wesen des Avesta, unter den Geschöpfen und Mitkämpfern des Angra Mainyu, alte Götter oder vielleicht richtiger die bloßen, ihres Inhalts beraubten Namen jener Götter. Wie diese Verschiebung oder Degradirung vor sich gegangen ist, wird sich kaum mit Sicherheit aufdecken lassen. Hingen jene Namen mit irgend welchen anrüchigen Zauberpraktiken zusammen? War ihre Verehrung mit Persönlichkeiten verknüpft, welche den Zarathustriern feindlich gegenüberstanden? Das Befremdendste ist, daß sogar der alte allgemeine Name der Götter überhaupt, daiva — wörtlich „der Himmlische" — im Avesta zu einer Benennung der bösen Dämonen geworden ist. Wie ist diese Umwandlung, die so zu sagen aus den Göttern Teufel gemacht hat, zu erklären? Wahrscheinlich zum Theil eben aus der Feindschaft gegen die conservativeren Kreise, welche an der Verehrung der alten Götter festhielten. Zum andern Theil aber wohl auch aus der doppelseitigen Natur jener Götter selbst, welche, zumeist gnädig gegen den Menschen, sich doch auch feindlich und tückisch zeigen konnten. Der vedische Dichter betet um Errettung vom Zorn „der deva und der Sterblichen", von der Bedrängniß, „die von den deva und die von den Sterblichen bereitet ist". Ganz ebenso fleht der zarathustrische Beter, daß es ihm gelingen möge, alle Bosheit „der daiva und der Sterblichen" zu überwinden. Man sieht, wie hier die avestischen daiva, d. h. Teufel, im Grunde eben nur die Erbschaft der einen Seite des Wesens der alten daiva angetreten haben. Für die gnädigen Götter waren im Avesta andere Namen gebräuchlich geworden; es ist wohl begreiflich, daß man da nach dem Wort daiva, welches von Alters her wenigstens mit der Möglichkeit schädlichen Thuns verknüpft war, griff, um das Bedürfniß nach einer Benennung der feindlichen Wesenheiten zu befriedigen[1]).

Unter die Worte und Vorstellungen, welche der zarathustrische Glaube aus der alten Zeit übernommen hat, gehört

---

[1]) Ich kann diese Sätze nicht niederschreiben, ohne zu erwähnen, daß ich hier Auffassungen von J. Darmesteter (»Ormazd et Ahriman«) wiedergebe, einem Forscher, dessen früher Tod vor wenigen Jahren den zarathustrischen Studien einen unersetzlichen Verlust zugefügt hat.

endlich der centrale Begriff dieses Glaubens selbst, der Begriff des Asha. Die Vergleichung der ältesten indischen Literatur zeigt auf das Klarste, daß der iranische Prophet diesen Begriff nicht aus dem Nichts erschaffen hat. Wir finden das Asha im Veda unter demselben Namen, abweichend im Wesentlichen nur nach den stehenden Lautverschiedenheiten der beiden Dialekte, als Rita, d. h. „Ordnung", wieder[1]). Der vedische Dichter sieht das Wirken des Rita in der Natur wie in der sittlichen Welt; es kommt zur Erscheinung, wo immer feste Gesetzmäßigkeit den Naturlauf oder das menschliche Thun beherrscht. „Nach dem Rita strömen die Flüsse"; „nach dem Rita hat die Himmelstochter Morgenröthe aufgeleuchtet." „Nach dem Rita trachtet" der gerade und wahre Mensch im Gegensatz zu dem, der mit Lug und Trug Schaden stiftet. Wie Ahura Mazda der Schöpfer und Wächter des Asha, so ist im Veda der Gott Varuna, welcher dort, wie wir gesehen haben (S. 177), dem großen Ahura entspricht, der Begründer und Herr des Rita. Nach alledem ist kein Zweifel daran möglich, daß schon vor der Trennung der Inder und Iranier sich das Denken dieses Volks mit der Idee des Rita als einer höchsten Weltordnung beschäftigt hat. Fragen wir, welche Wandlung diese Vorstellung auf ihrem Wege in den zarathustrischen Glauben hinein erlitten hat, so wird sich die Antwort natürlich nicht in vollkommen scharfen Begriffen ausdrücken lassen; wir dürfen eben den unbestimmten Lichtschein dieser Idee nicht in den geraden Linien einer mathematischen Figur wiedergeben wollen. Soviel aber

---

[1]) Die etymologische Identität von Rita (genauer Rta mit vocalischem r) und Asha wird trotz des so verschiedenen Aussehens der beiden Worte durch die vergleichende Lautlehre mit unbedingter Sicherheit erwiesen. Die Rolle des Rita in den altindischen religiösen Poesien habe ich in meiner „Religion des Veda" (S. 195—202) dargestellt.

wird man doch, meine ich, sagen können, daß das Asha Zarathustra's im Vergleich mit dem alten Rita etwas Volleres, Concreteres, Lebendigeres geworden ist. Die Vorstellungen von Ordnung, Recht, Wahrheit haben sich hier, scheint es, enger mit denen von Glück und gesundem Gedeihen, von Licht und Leben verbunden. Vor Allem aber steht das Asha unter den weltbeherrschenden Mächten in ganz anderer Höhe als das Rita, in einziger, absoluter Höhe da. Der vedische Dichter — und wir dürfen diesen mit Sicherheit als Zeugen auch über den Glauben der gemeinsamen indoiranischen Vergangenheit gelten lassen — blickt neben dem Rita mit nicht minderer Verehrung auf ganz andere Mächte als auf die entscheidenden, weltlenkenden hin: so auf den starken Arm eines Gottes wie Indra, der nicht nach ewiger Ordnung, sondern nach Lust und Laune, nach seiner Gunst für die, die ihm den Rauschtrank bereiten,· und seinem Zorn gegen die, welche ihn nicht bereiten, die Menschen emporhebt und niederwirft. Für den zarathustrischen Glauben hat solches Spiel göttlicher Willkür aufgehört: das Asha, dem die Scharen der Guten im Himmel und auf Erden vom Gott bis zum Thier einträchtig dienen, drückt allein die Richtung und den großen Zusammenhang alles Geschehens aus, des welterfüllenden Kampfes und dereinst des Sieges des Guten über das Böse.

So hebt sich uns aus den Elementen, die der Vergangenheit entlehnt sind, der eigentliche und wesentliche Inhalt des zarathustrischen Glaubens selbst hervor. Wie weit das Erschaffen dieses Inhalts, das Fortschreiten vom Alten zum Neuen ein einheitlicher Vorgang gewesen ist, müssen wir unentschieden lassen. Soviel sieht man deutlich, daß bewußtes Wirken, die ausgeprägte und kräftige Subjectivität von Reformatoren und wohl vor Allem eines großen Reformators bestimmend hier eingegriffen hat. Aber daneben mag, vielleicht durch lange Zeiträume und eine Reihe verschiedener Phasen, die Vorarbeit und Mitarbeit menschlicher Vorgänger und unpersönlicher Mächte das Ihre gethan haben. In den ungeheuren Lücken der geschichtlichen Ueberlieferung verschwinden hier für uns die Einzelheiten[1]). Was wir thun können, ist nur dies, den zarathustrischen Glauben als eine große Masse der Naturreligion der Vergangenheit gegenüber zu stellen und für das Ganze der Wandlungen, welche sich hier vollzogen haben, den zusammenfassenden Ausdruck zu suchen.

Die alte Gottesverehrung ging in der Bemühung auf, bald dieses bald jenes Gut, wie es Stimmung und Bedürfniß des Augenblicks mit sich brachte, der Gebelaune hier des einen, dort des andern Gottes abzugewinnen. In der neuen Zeit hat ein geordneteres Leben, in welchem die Mächte von Gesellschaft und Cultur mit ihrem stetig festen Wirken immer mehr gegenüber dem Spiel der Naturgewalten in den Vordergrund getreten sind, die Güter des menschlichen Daseins aus der zerstreuten Vereinzelung in einen großen Zusammenhang gerückt. Das reifer werdende Denken erkennt das Leben des Einzelnen, ja das Leben Aller als ein Ganzes. Das reifer werdende Wollen erfaßt die eignen Interessen als zusammenhängend mit den überragend wichtigen Interessen eines Ganzen. Immer

---

[1]) Insonderheit ist zu beklagen, daß sich nicht mit Sicherheit feststellen läßt, wie weit der Glaube der großen Perserkönige, welche sich auf ihren Inschriften zur Verehrung des Auramazda bekennen, auch im Uebrigen mit dem zarathustrischen Glauben identisch war. Es wäre denkbar, daß Ahura Mazda bei den Iraniern oder einem Theil der Iranier als höchster, alle andern überragender Gott schon vor Zarathustra festgestanden hätte, und daß der Glaube der Achämenidenkönige an diesen Gott von der religiösen Bewegung, die von Zarathustra ausging, mehr oder minder unabhängig gewesen wäre. Vielleicht schaffen hier neue keilschriftliche Funde Klarheit.

vollständiger werden aus der Zahl der Güter alle die gestrichen, welche mit den Forderungen, die jenes Ganze stellt, im Widerspruch stehen. Immer entschiedener schließen sich die einzelnen Ziele in der Vorstellung eines höchsten Ziels zusammen. Hier liegt die centrale Idee des zarathustrischen Glaubens. Nicht mit der Kunst und in der Formelsprache abstrakter Dialektik, aber mit der Kraft einer tief ergriffenen, weit blickenden Seele stellt der Prophet jenes Ziel den Seinen vor Augen.

Je fester sich aber die Welt des Guten zu einer Einheit zusammenschließt, um so nothwendiger muß als ihr Gegenbild in diesem Vorstellungskreis eine Welt des Bösen erscheinen. Vorbereitet hat sich diese Gegenüberstellung längst auf dem Boden der alten Naturreligion. Dort kämpfen Götter gegen feindliche Dämonen und gewinnen ihnen zu Gunsten der Menschheit Licht oder Viehbesitz, den Inbegriff von Nahrungsfülle und Wohlstand ab; Indra bezwingt Vritra, der die Wasser gefangen hält, und läßt sie sich über das Erdreich ergießen. Aber das ist doch nur ein Vorspiel zu dem weltumfassenden Kampf des zarathustrischen Glaubens. Hier sind die Gegensätze in ganz anderer Schärfe gesondert, zu anderer Größe gesteigert. In Indra haben Regungen aller Art neben einander Platz; in Ahura Mazda kann das Böse nicht wohnen: hier muß diesem ein eignes Reich gehören. Natürlich konnten sich mit diesem Gedankengange Motive anderer Art vereinen, um die Gegenüberstellung von Gut und Böse weiter zu verschärfen. Man hat, vielleicht mit Recht, vermuthet, daß die Phantasie in den schroffen Extremen der iranischen Sommergluth und Winterkälte, in dem unvermittelten Nebeneinander fruchtbaren Landes und todter Wüste Anregungen für die Ausgestaltung jenes Gegensatzes gefunden habe. Noch näher als solche Verhältnisse des Naturlebens lag jenen priesterlichen Denkern die Feindschaft des eignen geistlichen Kreises und der gegenüberstehenden Gruppen. Man erinnere sich der Rolle, welche in den zarathustrischen Hymnen die Lügenpriester spielen, die das Land ins Verderben bringen und mit dem Schwert gezüchtigt werden müssen: wohl glaublich, daß dieser Gegensatz, so im Vordergrunde von Allem stehend, so schroff und unüberbrückbar wie der Gegensatz der Gerechten und der Gottlosen im Alten Testament, etwas von seiner Schärfe, von der ihm anhaftenden Leidenschaft aus dem Bereich des menschlichen Daseins in die Betrachtung des Universums ergossen, daß das Reich des Bösen etwas von den Farben angenommen hat, in welchen man die Verehrer der bösen Götter leibhaftig vor Augen sah. Ueber das Alles werden wir hier noch jene Stimmung des Denkens in Anschlag bringen müssen, welche für dessen Jugendalter charakteristisch scheint: die Vorliebe für extreme Steigerung und grelle Ausmalung aller Contraste, das Uebersehen der Einschränkungen, Abstufungen, Milderungen, in deren Auffassung ein reiferes, geschmeidigeres Denken sich bewährt. So wird uns die allüberragende Mächtigkeit, die Schärfe und Heftigkeit, welche der Vorstellung des Weltgegensatzes und Weltkampfes zwischen Gut und Böse im zarathustrischen Glauben eigen ist, wohl begreiflich scheinen.

Wie nun weiter von dem groß und schroff gedachten Ideal des höchsten Guten sich nach allen einzelnen Gebieten dieses religiösen Wesens die Wirkungen erstrecken, wie von dort her allen vornehmsten Schöpfungen dieses Glaubens entscheidende Charakterzüge zukommen, ist leicht zu erkennen und zum Theil schon an einzelnen Stellen unserer Darstellung vorweggenommen worden. So haben wir angedeutet, wie jene Grundidee auf den alten Cultus eingewirkt, wie sie den alten Unsterblichkeitsglauben durch die Einschiebung der Lehre von der Auferstehung am jüngsten Tage und vom endlichen Siege des Guten umgeformt hat. Hier sei uns nur gestattet, zum Schluß noch einmal auf die Gestalt des höchsten Gottes selbst von diesem Gesichtspunkt aus zurückzublicken. Wie verhalten sich zu jenem centralen Gedanken die Züge, in welchen das Wesen Ahura Mazda's sich ausdrückt?

Daß aus dem Chaos der alten Götterwelt ein Gott sich als der höchste, ja im Grunde als der alleinige wahre Gott erhoben hat, wird nicht die Wirkung einer einzigen Ursache sein. Eine solche Ursache unter anderen war offenbar das immer mächtigere Hervortreten der königlichen Gewalt im irdischen Leben, dem entsprechend auch im Götterreich, dem himmlischen Gegenbild der Menschenwelt, ein König über Alle und Alles herrschen mußte. Es darf aber angenommen werden, daß unter den Factoren, welche die Wendung in der Richtung auf den Monotheismus sei es hervorgerufen sei es verstärkt haben, auch der Idee eines weltumfassenden Reiches des Guten hervorragende Geltung zukommt. Die unabsehbare, ungeordnete Menge von Göttern der alten Zeit, unter welchen in fortwährenden Schwankungen bald der Eine, bald der Andere als der momentan wichtigste erschienen war, hatte den zahllosen vereinzelten Kräften entsprochen, die der Mensch einst in der umgebenden Welt wirken sah, und den zahllosen vereinzelten Bedürfnissen, für welche er die göttliche Hülfe anrief. Jetzt schlossen sich alle Kräfte und alle Ziele in der Welt des Guten zu der mächtigen Einheit des Asha zusammen. Damit verschwand zwar die Vielheit der alten Götter nicht ohne Weiteres; dazu wurzelte sie zu fest in den Geistern, fand sie nach wie vor zu mächtigen Anhalt an den alten Gewohnheiten der Weltbetrachtung und des volksthümlichen Cultus. Aber doch mußte sich das Gewirr jener Götterwelt nun um einen festen Mittelpunkt ordnen. Der Gott, welcher das Asha repräsentirte

— und eines solchen Gottes bedurfte das Asha selbstverständlich; diese Form die großen Weltmächte vorzustellen haftete dem Denken jenes Zeitalters unablösbar an — konnte nur ein höchster, allbeherrschender sein, wie das Asha das höchste, allumfassende Gesetz und Gut war. Freilich war es auch natürlich, daß jener Gott doch zugleich noch etwas Anderes sein mußte als allein die durchsichtige Verkörperung jener Idee. Er war ja nicht, damit eine solche Verkörperung da sei, aus dem Nichts geschaffen; die Anknüpfung an den vorhandenen Besitz des alten Götterglaubens, speciell an jenen großen Lichtgott, der schon für die Indoiranier über dem Rita[1]) gewaltet hatte, verstand sich von selbst. Die alten Götter aber waren ihrer Herkunft nach überwiegend Naturgötter, Personificirungen der großen Naturmächte. So mußten denn auch in der Wesenheit des neuen höchsten Gottes oder richtiger jenes alten Gottes, der nun zum höchsten wurde, Züge sich erhalten, die schließlich im Naturdasein wurzelten. Aber doch eben nur verblaßte Züge, altüberkommene Reste aus grauer Vergangenheit. Seinem wirklichen lebendigen Wesen nach konnte jener Gott kein Naturgott mehr sein; hoch über der Natur mußte dieser göttliche Herr geordneten menschlichen Daseins, wahren und reinen Sinnes, arbeitsreichen Lebensglückes sich zu freier, geistiger Höhe erheben. Er konnte keiner jener unfertigen Götter mehr sein etwa vom Schlage des alten indischen Varuna, über denen weitere noch unerstiegene Höhen lagen. Ueber solche Götter hinaus mußte das Denken des zarathustrischen Volkes ganz so wie seines indischen Brudervolkes einem höchsten Gipfel zustreben. Aber wie bezeichnend ist die Verschiedenheit dieser beiden Gipfel, die Verschiedenheit der göttlichen Gestaltungen, in welchen die

---

[1]) Siehe oben S. 184.

Schaffenskraft des indischen und des iranischen Geistes ihr letztes Können offenbart hat. Die weltverachtende Kühnheit indischer Philosophen drang in jene äußersten, gestaltlosen Fernen vor, jenseits von Bewußtsein und Persönlichkeit, jenseits von Gut und Böse, zu dem neutralen, hinter aller Weltbewegung ewig ruhenden Brahma, „dessen Name heißt Nein, Nein", in dessen Abgründen die Seele, den Qualen des Daseins entronnen, träumend verschwimmt. Im Lande Zarathustra's gab es keine Philosophen, keinen metaphysischen Tiefsinn, keinen Durst nach der Erlösung vom Weltleiden. Aber es gab ein kräftiges Volk, das, von gesundem Lebensgefühl erfüllt, in Arbeit und Kämpfen sein Dasein zu ordnen und zu behaupten gewohnt war. Hier erhob sich weite und große Auffassung der Aufgaben und Ziele des Menschenlebens zur Vorstellung des Guten und verkörperte sie in der erhabenen und reinen Gestalt Ahura Mazda's, des höchsten guten Gottes, des Verbündeten und Anführers aller Wesen im Himmel und auf Erden, die für das Gute kämpfen.

Register.

Achämeniden 147, 149, vgl. 186 Anm. 1.
Agni (Gott des Feuers) 18 ff., 45, 110.
Ahana 48.
Ahura Mazda 71, 139, 145, 149 ff., 153 ff., 167 ff., 176 ff., 189 ff.
Alexander von Epiros 40.
Alexander der Große 39 f., 116, 138, 140, 144.
Amesha spenta 156, 167 ff., 182.
Angra Mainyu 145, 153, 155 ff., 170.
Anquetil Duperron 131 ff., 136.
Antigonos Gonatas 40.
Antiochos Theos 40.
Ardeschir 139.
Asha 150 ff., 156, 169, 184 f., 189 f.,
Asiatic Society 1, 5.
Asoka 40 ff., 112.
Astronomische Berechnungen über indische Chronologie 38.
Asura 177 f.
Asvin 54 f., 65.
Athene 48.
Atropatene 142.
Avesta 129 ff.
Babylonische Einflüsse auf die Indoiranier 71, 181.
Baktra (Bakhdhi) 142 ff.
Bartholomae, Chr. 137, 170 Anm. 1.
Baruch 130.
Benfey 15.
Bergaigne 30.
Böhtlingk 28 f.
Bopp 9 f., 27, 135.
Bourget, P. 123.
Brahma 191.
Buddha, Buddhismus 12, 22 ff., 39 ff., 43, 75 ff., 85 ff., 101 ff., 108, 110 ff., 121 ff., 159 f.
Burgeß 108 A. 1.
Burnouf 12, 136.
Çakuntala s. Sakuntala.
Candragupta 40 f.
Çaunaka 25 f.
Christenthum und Buddhismus 99, 105 f.
Chronologie Indiens 37 ff., 76; dgl. des Zarathustrismus 140 ff.
Colebrooke 7 f.
Cultus 60, 62, 71 ff., 109, 161 ff., 188.
Curtius, E., 118.
Dämonen, niedere 62, 64, 74, 103, 155.
daiva 183.

Darius 139, 149.
Darmesteter, J. 183 A. 1.
Debora, ihr Siegeslied 67 A. 1.
deva 63, 183.
Dioskuren 54 f., 65.
Dualismus der Avestareligion 155 f., 170, 187 f.

Empedokles 93.
Epimenides 96.
Epos, Anfänge des indischen 31 ff.
Erinys 47 f.
Erlösung 81 f., 94 ff., 102 f., 111, 125 f.
Eschatologie des Avesta 165 f., 188.
Ethische Natur der Götter 68 ff. 101 ff., 180 ff.
Ethnologie 55 ff.

Fetisch 59, 61, 63, 110.
Feuer (vgl. Agni) als avestischer Gott 157, 163, 182.
Folklore im Buddhismus 93, 111.
Foucher 108 A. 1.
Frashaostra 148.

Gathas (avestische Dichtungen) 139, 148, 153, 162, 166 ff.
Gautama 105, 110.
Geister vgl. Dämonen.
Geldner, K. 31 Anm. 2, 138, 170 Anm. 1.
Geschichte Indiens 36 ff., 77.
Grammatik vgl. Sprachwissenschaft.
Griechische Kunst, ihr Einfluß auf Indien 108, 116.
Griechische Spekulation 75 ff., 83 ff.
Grünwedel 107, 108 ff.

Haoma 163.
Helena 48, 52.

Herakleitos 87, 88 f.
Herder 133 f.
Hermes 47 f., 55 Anm. 1.
Hommel 181.
Hutaosa 147.

Jackson, W. 140 Anm. 1.
Jamaspa 148.
Indoiranische Periode 175 ff.
Indra 18 f., 33 f., 45, 55, 65, 69, 71, 75, 110, 154, 177, 185, 187.
Jona 40.
Jones, Sir W. 2 ff., 133.

Kalibasa 6.
Köppen 122 f.
Kuhn, Ad. 15, 49.

Lang, Andr. 56.
Lassen, Chr. 13.

Mahabharata 12 f.
Malerei, indische 107, 112 ff.
Mannhardt 56.
Manu 6.
Mara 101 ff., 120.
Medien 142.
Meru 142.
Milinda (Menandros) 89, 91.
Mithra 156 f., 167, 176, 179, 182.
Mitleid im Buddhismus 126.
Mitra 179.
Mönchthum im Orient und Occident 99 f., 111.
Mondgott 65, 70, 179 f.
Monotheismus 66 f., 156.
Morgenröthe 18 f., 45, 48, 50.
Müller, Max 15, 28, 46, 50.
Münzen, griechisch-indische 116.
Musik des Veda 18 Anm. 2.

Oldenberg, Aus Indien und Iran. 13

Mysterien 83, vgl. Orphiker.
Mythologie, vergleichende 45 ff., 51 ff.

Naturmächte, ihre Vergötterung 60 f., 64 ff., 178 f., 190.
Nichts, Idee desselben im Buddhismus 125 f.
Nietzsche 121, 145.
Nirvana 88, 95, 98, 115, 120.

Opfer 20, 62, 71 ff., 109, 161 ff.
Orphiker 83, 85 f., 89 ff., 92, 94, 98.

Parjanya 21.
Parsen 131, 138, 140.
Paulinus a S. Bartholomaeo 5 Anm. 3.
Persische Kunst 115 f.
Persische Religion 149.
Pischel 31 Anm. 2.
Planetengötter 179.
Platon 84 ff., 87, 94, 96, 98.
Polytheismus 67 f., 189.
Pons, Pater 7 Anm. 1.
Pourucista 148, vgl. 171.
Pourushaspa 145.
Pramantha 49, 52 f.
Prinsep 12.
Prometheus 49, 52 f.
Pushan 55 Anm. 1.
Pythagoras, Pythagoreer 84 f., 92 f., 98 f.

Regenzauber 74, 174.
Reinheitscultus 163 f.
Rigveda vgl. Veda.
Rita 184 f., 190.
Rohde, E. 83 Anm. 1.
Roth 15, 28 f.
Rubra 101 f.
Rückert 9.

Säulenformen 115 f., 118.
Sakuntala 6.
Sanskrit und seine Erforschung 1 ff., 135.
Sarama 48, 52.
Sarameyas 47 f. 55 Anm. 1.
Saranyus 47.
Sasaniden 138 f.
Scherman, L. 92 Anm. 1.
Schlegel, die Brüder 9.
Schreibkunst 22 f.
Sculptur, indische 107, 112 ff.
Seele, Speculationen über dieselbe 80 f., 88 f., 122 f.
Seelenverehrung 64, 157, 167, 174.
Seelenwanderung 81, 89 ff., 94.
Seistan 142.
Sikandar 140.
Sindhu 18.
Sprachwissenschaft, indische 24 f.; vergleichende 9 ff., 45 ff., 51 ff., 135 ff.
Stupas 112.

Taine 121 ff.
Tapas 74.
Thiere, ihre religionsgeschichtliche Bedeutung 59, 61, 63 f., 110, 154, 157 f.
Thor, eddischer Gott 55.
Tishtrya 161.
Tylor 56.

Ueberlebsel 57, 63 f., 74, 92, 172 ff.
Unterweltsfahrten 81, 92.
Upagupta 107.
Ushas vgl. Morgenröthe.

Varuna 45, 65, 70 f., 75, 177 f. 190.
Vasishtha, sein Siegeslied 63.

Bayu 33.
Veda, seine Erforschung 14 ff.; seine Poesie 18 ff., 72 f., 109; seine Religion und Mythologie 18 ff., 43 ff., 58 ff., 101 f., sein Verhältniß zum Avesta 129 f., 141, 175 f.
Versuchungsgeschichte 104 f., 145 f.
Vessantara 127.
Vishtaspa 143, 147.
Vocalismus des Sanskrit und des Griechischen 11 Anm. 1.
Voltaire 133.

Weber, Albr. 15, 29.
Wilde, ihre primitive Cultur und Religion 55 ff., 59, 81, 173 ff.
Wilson 30.
Windisch 101 ff.
Wörterbuch, das Petersburger 28 f.

Zarathustra 105 Anm. 2, 130 ff., 158 ff.
Zauberwesen 59 f, 73 f., 95 ff., 149, 164 f., 174, 178, 180.

Verlag von **Wilhelm Hertz** (Besser'sche Buchhandlung)
in Berlin W.

BUDDHA.

Sein Leben, seine Lehre, seine Gemeinde.

Von

Hermann Oldenberg.

Dritte vermehrte Auflage.

Preis: geheftet 9 M., geb. 10 M. 50 Pf.

Die

Hymnen des Ṛigveda.

Herausgegeben

von

Hermann Oldenberg.

BAND I.

Metrische und textgeschichtliche Prolegomena.

Preis: geheftet 14 M., geb. 16 M.

Die

Religion des Veda.

Von

Hermann Oldenberg.

Preis: geheftet 11 M., geb. 12 M. 50 Pf.